文学人生课

中国古代文学经典人物谱

胡山林 著

河南人民出版社
·郑州·

图书在版编目（ＣＩＰ）数据

中国古代文学经典人物谱 / 胡山林著． －－郑州：河南人民出版社，2025．1．－－（文学人生课）．
ISBN 978-7-215-13509-3

Ⅰ．I206.2

中国国家版本馆 CIP 数据核字第 2024PF6969 号

河南人民出版社 出版发行
（地址：郑州市郑东新区祥盛街27号 邮政编码：450016 电话：0371-65788058）
新华书店经销　　　　　　　河南锦华印务有限公司印刷
开本　710 mm×1000 mm　　1/16　　印张　21.25
字数　237 千
2025 年 1 月第 1 版　　　　　2025 年 1 月第 1 次印刷

定价：47.00 元

让文学走向大众 融入生活

（代序）

王立群

　　胡山林教授退休前是我们河南大学文学院文艺理论教研室的老师，在几十年的教学生涯中，他根据社会和学生需求以及个人学术兴趣，在专业基础理论课之外，开设过几门以提高学生专业技能与综合素质为宗旨的选修课和通识课。

　　20世纪80年代中期，最早开设的课程是"文艺欣赏心理研究"（后来成书《文艺欣赏心理学》），讨论欣赏兴趣、欣赏能力等接受心理。讲课过程中，学生们提出希望他讲讲"怎样分析解读文学作品"的问题。山林老师意识到，对于文学院学生来说，这是一个非常重要的课题，因为分析解读文学作品是文学院学生必须掌握的基本技能。为了满足学生需求，他沉下心来备课。经过几年努力，1992年开设了"文学欣赏导引"课，主要讲授文学欣赏的角度、原则和方法。这是一门基础性、入门性的专业理论课，旨在培养学生分析解读文学作品的能力。这门课一直开到现在并成为全校公选课。

　　这之后，山林老师又开设了"文学与人生"课，从人生视角解读文学，借助文学透视人生。这门课由文学院开到全校，又讲到社会上各类培训班。由于"文学欣赏导引"和"文学与人生"都关乎学生综合素质的提高,适用于文理工等各个专业,所以这两门课的教材经过改编修订,被清华大学出版社列为"高等院校人文素质教育系列教材"和"21世纪通识教育规划教材"相继出版。

长期的文学教学实践使山林老师意识到,文学是人学,是关乎灵魂的事业,所以文学既是文学院学生学习的专业课,同时也应该是惠及大众、惠及全社会的课,文学应该在社会精神文明建设、提升全民文化素质中发挥应有的作用。于是山林老师逐渐形成了自己的教学理念,或者说职业理想、职业愿景,那就是:让文学从大学文学院的课堂上解放出来,走向大众,融入人生,滋养每个人的心灵。

为了这个理念或愿景,山林老师付出了尽其所能的不懈努力。首先,在学校和社会上讲授文学的同时,他著书、写教材,从理论上倡导文学大众化,向社会大众普及文学欣赏知识(如《文学欣赏导引》《文学修养读本》等),传播文学的思想精华;撰写论文呼吁"人生视角解读文学,借助文学透视人生","人生"应该成为解读文学作品的独立视角之一。其次,他把自己的理论主张落实到研究和写作实践中。这就是在教学之余、退休前后持续不断地撰写分析解读文学名著的文字。目前"文学人生课"书系,就是这方面成果的集中体现。由于山林老师在理论与实践方面普及文学的实绩,经全国社会科学普及理论研讨与经验交流会认定,他被评为全国优秀社会科学普及专家。

阅读文学作品对于提高个人的人文素养、提高社会的精神文明水平都具有重要意义。这一点已经成为大众共识。但是,在具体实践中也遇到一些实际问题。例如,古今中外文学作品汗牛充栋,洋洋大观,这么多,人们该读什么呢?文学作品尤其是长篇小说篇幅浩大,如今人都很忙,耗不起时间怎么办?还有,读进去出不来,读完一片茫然,不知所云,不读白不读,读了也白读怎么办?

以上这些阅读中常见的普遍性问题,在"文学人生课"书系中基本上都得到了解决。首先,本书系遴选古今中外文学殿堂中被公认为"名著"的作品进行解读。名著都是具有较高思想艺术价值和知名度,包含永恒主题和经典人物形象,经过时间过滤经久不衰、广泛流传的文学作品。这就初步解决了读什么的选择问题。其次,丛书的写作体例一般是先概括叙述作品故事梗概,介绍人物的命运故事,之后从中提炼具有超越性和普遍性的人生意蕴,即对当下仍然有启发借鉴意义的"人生启悟"。这样基本上解决了"耗不起时间"和"不知所云"的问题。

山林老师在写作时设定的读者对象是大中小学生和广大文学爱好者,所以"文学人生课"重点分析文学名著的思想意蕴,有意避开了过分专业化的知识介绍和写作技巧的详尽分析。这对于非专业的大众读者来说,节省了时间,满足了想从阅读中受到思想启悟的精神需求。

"文学人生课"书系的出版,从大的方面说,有益于助推全民阅读,构建文学与大众的桥梁。在党中央的倡导下,全民阅读上升为国家发展战略,自 2014 年以来已连续多年写入政府工作报告;2021 年,《中华人民共和国国民经济和社会发展第十四个五年规划和 2035 年远景目标纲要》明确提出"深入推进全民阅读,建设书香中国"。全民阅读的对象广泛,而文学作品尤其是经典名著是重点选项。不过,文学名著是作家精心打造的精神产品,其思想精华不是快餐式浅层阅读所能发现并转化为精神滋养的。这时候就需要文学从业者利用自己的专业知识对作品作一些必要的分析解读,在感同身受中把作品的思想精华提炼出来与读者交流。换句话说,文学名著与大众之间需要一座桥梁,"文学人生课"书系就具有这样的桥梁作用。

在文学接受群体中,大中小学生是一个特殊群体。他们正处于心智成长的重要阶段,此时大量阅读文学名著不仅仅是应付考试的需要,更重要的是通过广泛的课外阅读开阔精神视野,提高综合素质,促进心智成长。文学名著读与不读、读得多与读得少,对于一个人的精神成长是绝对不一样的。相信"文学人生课"会对学生的课外阅读有所帮助,符合当前新文科建设、应用文科建设的方向,试行学术大众化、大众化学术之路,是有价值有意义的教学改革实践。

作为大学教师,完成课堂教学和课外辅导也就算尽职尽责了。但是,如果能够把自己的本职工作与国家发展战略结合起来,自觉主动承担社会责任,为国家发展战略、为社会文明建设尽自己的绵薄之力,那就更好了。自古以来拥有家国情怀,以天下为己任就是读书人的优秀传统。"文学人生课"着眼于为社会服务,就是上述传统的继承。

"文学人生课"从人生视角分析解读了大量文学名著,但是,文学殿堂里的好作品何其丰富,本书系里涉猎的无非是无边大海中的几个小岛。从这个角度看,解读文学作品是一项永远做不完的工作,是需要众多文学从业者共同完成的课题。为此我呼吁更多同仁积极热情地投入这项工作,薪火相传地永远做下去。这项工作,首先是让自己获得审美享受,丰富精神世界；其次是对大众、对社会精神文明建设有益。于公于私功莫大焉，何乐而不为?!

在市场经济条件下，出版这类非快餐式的图书，未必有明显的经济效益。但河南人民出版社把社会效益放在第一位，前几年出了《文学修养读本》等，现在又出版这套丛书，这种社会责任感是值得肯定和赞赏的。

"文学人生课"书系让人略感不足的是，"人物谱"系列有外国，有中国古代、现代，但缺少了中国当代。当代名著和当下读者距离更近，读起来更亲切。如果有机会，希望能补齐这个圆环。

2024年秋　于北京

（王立群：河南大学文学院教授、博士生导师，全国高等学校教学名师、河南省突出贡献教育人物、央视"百家讲坛"主讲人）

前　言

开卷之初,先向读者说说本书写作的几个原则。

一、以人物形象为中心解读文学名著

众所周知,文学是人学。人是社会生活的主体,是作家关注的中心。作家创作——当然主要是叙事性作品的创作,无不集中精力塑造好笔下人物,尤其是主人公。在人物形象身上,凝结着社会生活、世故人情、人心人性、思想情感的全部奥秘,体现着作家的创作个性,彰显着其人生观、价值观。换句话说,典型人物是上述各因素的全息缩影。所以,从创作角度看,衡量一部(篇)作品成功与否,关键看其人物塑造得如何;从接受角度看,理解、把握了人物,就等于掌握了打开作品堂奥的钥匙,收纲举目张之效。

二、从人生视角分析人物

人生视角与常见的社会政治历史视角有所不同。后者关注的主要是作品中的社会政治历史问题,这类问题具有特定的时空性,时移世异,时过境迁;而前者关注的是人生问题,如生老病死、人生意义、人性奥秘、命运真相、人本困境等。人生问题与生俱来、与生俱去,不以时代、社会、民族、职业、贫富等的不同而不同,因而具有永恒性、超越性和普遍性。

由此看,现在我们所面临的人生问题,古今中外的人都遇到过。那么人家是怎么对待、怎么处理的？他们的人生经验(包括教训)、人生智慧，可否供我们借鉴？当然可以！文学作品的价值和意义就在这里。

基于这种理解，本书从人生视角解读作品，分析人物，关注点集中在人物形象与我们相通、相近的"人生公因式"，找到至今仍可以借鉴的人生经验和人生智慧。

从这个角度分析人物，人物就活了——既活在过去，也活在当下；既活在作品中，也活在我们的心灵中。

三、注重人生意蕴的提炼

本书设定的读者对象是青少年和社会大众，所以注重作品思想意蕴，尤其是人生意蕴的分析，而不讨论艺术手法等专业性问题。当然我们知道文学名著在艺术上有独特之处，但所有艺术手法都是为更好地传达意蕴而存在的，意蕴是艺术之本。换句话说，意蕴是鱼，而手法是筌，庄子提醒我们，得鱼即可忘筌。也可以用佛家一个比喻：意蕴是月亮，手法是指向月亮的手，你看到月亮了，就可以把指月之手忘掉了。

这样说，并不意味着艺术因素不重要，而只是说，对非文学专业的大众读者而言，思想和人生意蕴更重要，至于其中的艺术因素，留给专业人士去研究。

四、文学阅读重在思想精髓的汲取而不在知识点的分解

如今，全民阅读已上升到国家战略层面，成为社会共识，但如何阅读却不能不注意方式方法。据说，有人把文学名著化为知识点(如《水浒传》中绰号为"鼓上蚤"的是哪一位？)作为应试题考学生。这样做当然也有促进阅读的作用，但危险也在这里。

文学的精华在于作品蕴含的思想感情,在于意蕴意味,在于人生经验、人生智慧。而这一切都必须通过阅读,在感受和体验过程中心有所动、情有所感、意有所悟。这是一个可意会不可言传、可神通不可语达的审美过程,所谓美育就在过程中潜移默化地实现。如果引导学生仅仅关注零打碎敲的知识点,实在是舍本逐末。这样一来所谓文学精华,所谓审美体验和美育,就会大打折扣,等于买椟还珠,捡了芝麻丢了西瓜。

当然,知识点的分解也不是不可以,但无论如何不能单一地将文学作品的精髓抽象化为知识点。怎样让文学阅读成为使读者心智成长的资源,成为素质教育的重要途径,而不仅仅是知识点的死记硬背,是需要在实践中逐步探索解决的大问题。

笔者从事文学教学工作几十年,职业愿景是让文学从大学文学院(中文系)的课堂上解放出来,走向大众,融入人生,滋养每个人的心灵。文学当然是一门专业性很强的学科,但同时又是一门可以走向大众的学科。因为,文学是人学,文学是写人的,在文学中人人都可以找到与自己心灵相通的东西。可以说,人生是文学走向大众的最佳桥梁,人生经验和人生智慧是文学和大众沟通的最佳焦点。阅读文学等于是和各路大神对话,在对话中聆听大神们的智慧,从而提升自己。本书从人生视角解读文学名著,分析人物,就是为实现愿景所作的努力。

文学是人学,文学是关乎灵魂的事业,文学与每个人心灵相通。愿以这本小书于冥冥之中与读者朋友隔空对话。

胡山林

目 录

盘古：中华民族先民思想意识和精神境界的化身 / 1

女娲：大灾大难面前英勇无畏的担当精神 / 8

神农：亲尝百药，以身试毒，造福大众 / 13

夸父：向着目标做舍生忘死的奋斗 / 19

鲧：中国的普罗米修斯 / 23

大禹：中华民族领袖人物的原型 / 27

精卫：造福后人，知其不可而为之 / 33

愚公："愚"出中华民族之精神 / 36

刑天：猛志固常在 / 43

倩娘：分身有术为情缘 / 47

任氏：男权文化视野下的完美女性 / 51

柳毅：立身处世以理为据 / 58

李娃：良心是人格的保护神 / 64

张生：游走于原欲与礼教之间的利己主义者 / 70

崔莺莺：热恋中的人都是傻子吗？/ 78

唐明皇：江山与美人不可兼得 / 85

淳于棼：荣华富贵不过如此 / 91

霍小玉：感情专一诚可爱，但千万别在一棵树上吊死 / 95

李益：拒绝纠错终成感情"老赖" / 101

杜十娘：刻意考验人性追求纯粹感情是危险的 / 106

白娘子:男人对女人又爱又怕的象征意象 / 113

莘瑶琴:择偶以人品为本 / 118

王三巧:既矛盾又不矛盾的本真女性 / 123

蒋兴哥:中国古代罕见的理解人性尊重女性的男性 / 127

滕大尹:掌权官员隐秘的私心最难防 / 133

刘东山:人世休夸手段高,霸王也有悲歌日 / 139

严蕊:把人的高贵和正直演绎到极致 / 144

孙悟空:大众精神狂欢的理想载体 / 148

猪八戒:人见人爱的大众情人 / 155

唐僧:使命在身　不忘初心 / 161

沙僧:团队精神的好榜样 / 168

鲁智深:以赤子之心毫不利己专门利人的纯净人 / 173

林冲:英雄的隐忍与爆发 / 179

武松:江湖义气标本性人物 / 185

宋江:身在江湖,心存魏阙 / 192

关羽:义薄云天,人格高尚撼人心 / 198

诸葛亮:古代文人理想人格的完美投射 / 203

曹操:善恶美丑兼备的奸雄 / 211

刘备:作者理想中的明主圣君 / 218

司马懿:人有时会做出始料未及的事情 / 224

贾宝玉:纠结着所有人的纠结 / 230

林黛玉:跟着感觉走　活在自我中 / 237

薛宝钗:跟着理念走　活在规范中 / 243

王熙凤:聪明反被聪明误,警示唤不醒执迷人 / 249

贾探春:心强命不强 / 256

席方平:将决绝抗争进行到底 / 263

莲香:彰显男人白日梦 / 268

连城:为酬真爱生死以 / 274

连琐:红袖添香夜读书 / 278

黄英:读书人的新活法 / 282

叶生:怀才不遇者的悲情人生 / 288

范进:身份的魔力 / 293

胡屠户:势利人的标本 / 297

匡超人:一阔脸就变 / 302

鲁编修:被洗脑的悲哀 / 308

王玉辉:活人死在观念中 / 313

严贡生:粗鄙的利己主义者 / 318

后记 / 324

盘古：中华民族先民思想意识和精神境界的化身

盘古是中国上古神话中的创世之神。上古神话的作者不是哪个有名有姓的个人，而是泛化的远古时代的先民。盘古神话因其创世的性质而被书写在中国神话的扉页上，表现了先民对于宇宙生成的想象。

盘古开天神话想象

原始社会生产力水平低下，面对难以捉摸和控制的自然界，人们不由自主地会产生一种神秘和敬畏的感情，而突如其来的自然灾害，如火山爆发、地震、洪水，还有人类自身的生老病死等，尤其能引起惊异和恐慌。人们由此幻想出世界上存在着种种超自然的神灵和魔力，并对之加以膜拜，自然在一定程度上被神化了。神话通常以神为主人公，它们包括各种自然神和神化了的英雄人物，其情节一般表现为变化、神力和法术。

人物故事

盘古的原始资料散落在不同时代的不同典籍之中，经过前代

学人认真细致的梳理考证,以下列几条最为著名:

> 天地浑沌如鸡子,盘古生其中。万八千岁,天地开辟,阳清为天,阴浊为地。盘古在其中,一日九变,神于天,圣于地。天日高一丈,地日厚一丈,盘古日长一丈,如此万八千岁。天数极高,地数极深,盘古极长。后乃有三皇。数起于一,立于三,成于五,盛于七,极于九,故天去地九万里。(《太平御览》卷二引《三五历记》)

> 天气蒙鸿,萌芽兹始,遂分天地,肇立乾坤,启阴感阳,分布元气,乃孕中和,是为人也。首生盘古,垂死化身,气成风云,声为雷霆;左眼为日,右眼为月,四肢五体为四极五岳,血液为江河;筋脉为地里(理),肌肉为田土;发髭为星辰;皮毛为草木;齿骨为金石;精髓为珠玉;汗流为雨泽;身之诸虫,因风所感,化为黎甿。(《绎史》卷一引《五运历年记》)

> 盘古将身一伸,天即渐高,地便坠下。而天地更有相连者,左手执凿,右手持斧,或用斧劈,或以凿开。自是神力,久而天地乃分。二气升降,清者上为天,浊者下为地,自是混沌开矣。(《开辟衍绎》)

人生启悟

对于盘古形象,神话学、历史学、民俗学、人类学、文化学等学科,协同努力,已经做过多方面深入细致的研究,对此,笔者深受启发,深感学术之渊深,让人敬佩。不过,一个文学形象对社会大众的影响,或者说对民族精神的熏陶滋养,是通过读者大众的接受,在潜移默化中悄然完成的。所以,本文不打算介绍学界研究成果,而只想紧扣作品文本,紧盯内心,从当下阅读感受(接受效果)出发,谈谈对盘古形象的理解。

顺便说一句,这不但是本文,同时也是本书写作的基本原则、基本思路、基本角度、基本方法。

与生俱来的求知精神

阅读盘古故事,首先为挺拔奇崛、磅礴大气的盘古形象所震撼,继而会想,古人为什么会创造出盘古这一神话人物,是出于什么动因呢?

从创作心理角度推测,似乎应该是这样的:人类每天一睁眼抬头见天,低头见地,日复一日,年复一年,长年累月,祖祖辈辈都生存于天地之间,那么天和地是怎么来的呢?天和地产生之前是什么样的呢?难道从来就是这样的吗?

这疑问的实质是追问世界(宇宙)的来源。问题的提出,说明先民从混沌中醒来,已经有了自我意识,开始分出我和世界了。就像一两岁的孩子,还处于原初的混沌状态,还和"世界"混为一体,意识不到"我"的存在,但三四岁后自我意识觉醒,就会向妈妈提出我从哪儿来、万事万物从哪儿来的问题。

面对世界从哪儿来的问题,先民们没有能力回答。不知道又想知道,没答案又想找到答案,怎么办?那就猜测、想象、虚构,于是就有了恢宏大气的盘古创世神话。

类似的创世神话在其他民族中同样存在,如基督教的上帝创世说等。

盘古神话的出现,说明古代先民与生俱来就有迫切而执着的认识世界、理解世界、把握世界的欲望。这种欲望无关衣食,无关住行,已经超越了现实的物质利益,是一种纯粹的精神需求。这一需求应该是人类这一物种和其他物种的根本区别。正是这一需求,推动人类自觉醒以来开始了破解世界之谜的认识历程,这才有了人类如今对世界、对宇宙、对自然、对自身,对宏观世界和微观世界的认识。

先民们认识世界的强烈欲望,通过精神遗传,绵延流淌在中华民族的血脉里。这种强烈的求知欲,最初处于原始的朦胧的无意识状态,到孔子时上升到清醒自觉的理性状态,直接转变为现实的人生态度,而且有了精彩惊世的表达:"朝闻道,夕死可矣!""发愤忘食,乐以忘忧,不知老之将至。"

超越物质,超越功利,为认识而认识,为精神需求而认识,这种欲望体现出中华精神的高蹈超迈。常有人说中华民族重实利、功利、实际、实用而缺少高蹈超越的精神,只看脚下而不看天空。由盘古故事看,这种说法是因为对中华精神缺乏全面深入的了解。读读中国神话,读读《老子》《庄子》《论语》《周易》等中华经典,就可以知道上述言论之肤浅、之片面、之武断。

无所畏惧的开创精神

根据神话的描述,宇宙最早的形状就像一个大鸡蛋,混沌一团,黑暗无边。盘古就孕育在这黑暗的大鸡蛋里,一直经过了一万八千年。有一天,盘古终于醒来了,醒来后什么也看不见,只感觉眼前漆黑,模糊一团,没有任何空间。他对这种状况不能忍受,于是挥动板斧向混沌勇猛劈去,结果是,轻清者上浮而为天,重浊者下沉而为地。天地初分之时,天地之间尚有些地方粘连不断,盘古还要做后续工作加以完善。他"左手执凿,右手持斧,或用斧劈,或以凿开。自是神力,久而天地乃分"。就这样,经过长久的辛勤劳动,天和地终于彻底分开了。

这就是古代先民想象中宇宙初开的景象。现在我们进入神话创设的情景,设身处地地想象,盘古醒来之后面对一团混沌漆黑一片,该怎么办?很明显他有两种选择:要么忍耐,要么改变。盘古选择的是改变。

怎么改变呢?这可绝对是"前无古人后无来者"的事业呀!没有先例可供模仿,没有经验可资借鉴,而且更可怕的是,改变的方向、蓝图、前景、结果是什么?改变会不会有风险?这一切全不知道,心中没底,胸中无数,等于是一片茫然。这种局面,按照传统的世俗经验,最好是维持现状,依照惯例一天天地活下去,这才是明智之举。但盘古不是如此,他没有经验也没有顾虑,只知道目前这种局面不能忍受,必须改变。于是立即行动,以震撼人心的气概开天辟地,开出一个新世界。不是没有先例吗?自己创造先例,自己就是先例。

盘古的壮举,说明中华民族面对生存困境,自古以来就敢为天下先,就有大无畏的英雄气概,就有无所畏惧的探险精神和开创精神。有这种精神的鼓舞,几千年来,中华民族在任何生存困境中没有畏缩保守,没有消极沉沦,而是一次次地倔强奋起,一次次地战胜困境,在世界民族之林中开创出一片属于中华民族的新天地。

顶天立地的坚持精神

开天辟地绝对是豪迈大气的千古伟业,不是一朝一夕所能完成的。天地分开之后,盘古怕它们还要合拢,就头顶天,脚踏地,站在天地当中,随着它们的变化而变化。天每天升高一丈,地每天加厚一丈,盘古的身子也每天增长一丈。这样又过了一万八千年,天升得极高了,地变得极厚了,盘古的身子也长得极长了。有多长呢?有人推算,说是有九万里那么长。这巍峨的巨人,像一根柱子似的,直挺挺地撑在天和地之间,不让它们有重合的机会。盘古孤独地站在那里,天天做着这种辛苦的工作。不知道又经过了多少年,天和地的构造已经相当巩固了,他不必再担心它们会合在一起了,他实在也需要休息了,这才倒下去死了。(参见袁珂:《神话故事新编》,中国青年出版社1963年版,第21页。)

因为怕天地重合,怕自己创造的伟业毁于一旦,盘古顶天立地站在天地之间一万八千年,直到天地构造巩固,不会再重合,他才放心地倒下死去。请想一想,这需要多么坚强的意志和多么顽强的毅力,这是一种什么样的坚持精神!盘古做到了。这让我们感到莫名的感动和深深的震撼。当然,我们知道这是古人的想象和夸张,但能有、敢有、居然有这样的想象和夸张也了不起啊!这体现了一种伟大的精神,这种精神足以说明中华民族先民的胸襟和气概。

"垂死化身"的奉献精神

盘古倒下后,他的身体发生了巨大的变化。他呼出的气息变成了四季的风云;他发出的声音化作了隆隆的雷声;他的双眼变成了太阳和月亮;他的四肢变成了大地上东、西、南、北四极和五方的名山;他的肌肉变成了辽阔的大地;他的筋脉变成了绵长的道路;他的血液变成了奔流不息的江河;他的汗水变成了滋润万物的雨露;他的头发和胡须变成了天上的星星;他的皮肤和汗毛变成了花草树木;连他的牙齿、骨头等,也都变成了闪光的金属、坚硬的石头、圆亮的珍珠和温润的玉石……

垂死,指临近死亡。盘古以无所畏惧的大无畏精神开辟天地,又以不可思议的意志和毅力坚持支撑在天地之间一万八千年,直到筋疲力尽倒下死去。英雄的死和一般人的死也不一样,盘古死时将自己的四肢百骸化为天下万物,化为神奇美丽的大自然。天地宇宙是人类生存的大空间,在这个巨大空间里,还需要日月星辰、风云雷电、山川河流、草木虫鱼……这一切的一切,凡是人类生存所需要的自然万物,盘古都为之想好了,他以"垂死化身"为代价,为人类创造齐全了。他设计安排得周到极了。

这是什么精神?这是彻底无私无我的奉献精神。用现代话语表述,他心里装着全人类,唯独没有他自己。这种精神十分崇高,极为感人。这种精神出现在中华民族先民创造的神话里,说明我们民族自思想觉醒以来就有这种精神,就推崇、歌颂这种精神。这一点,实在是中华民族的骄傲!

原始朴素的天人合一观念

在盘古神话里,天地混沌如鸡子,盘古生其中;天地初分之后,阳清为天,阴浊为地,盘古在其中;最后,垂死化身,盘古化为自然万物。就这样,盘古从生到死,都与自然万物是一体的,就是天地宇宙的一细胞、一分子。这就是原始朴素的天人合一观念。这种观念是我们中华民族世界观、人生观的一部分,对我们民族的思维方式、意识结构、民族心理影响深远。

神话是以故事形式表现远古先民对自然、社会现象的认识和愿望,用马克思的话说即"通过人民的幻想用一种不自觉的艺术方式加工过的自然和社会形式本身"。(《马克思恩格斯选集》第二卷,人民文学出版社1972年版,第113页。)盘古神话的性质也是这样,它比较典型地体现了中华民族先民的思想意识和精神境界,所以可以视他为中华民族先民思想意识和精神境界的化身。通过源远流长的文化积淀,盘古的精神已经深深地内化到我们民族的心理和意识结构中,升华为民族精神的艺术符号之一,至今仍散发出耀眼的光芒。

女娲:大灾大难面前英勇无畏的担当精神

女娲,中国上古神话中的创世女神,与盘古齐名。

人物故事

女娲的故事广泛散布于多种典籍和民间传说之中。从典籍看,流传最广、影响最大的是以下几则:

> 俗说天地开辟,未有人民。女娲抟黄土作人。剧务(工作繁忙),力不暇供,乃引绳于泥中,举以为人。(《太平御览》卷七八引《风俗通义》)

> 有神十人,名曰女娲之肠,化为神,处栗广之野,横道而处。(《山海经·大荒西经》)

> 女娲祷神祠,祈而为女媒(祈求神任命她做女媒),因置昏(婚)姻。(《路史·后纪二》注引《风俗通义》)

> 女娲作笙簧。笙,生也,象物贯地而生,以匏为之,其中空而受簧也。(《博雅》引《世本》)

> 往古之时,四极废,九州裂;天不兼覆,地不周载;火炎而

不灭,水浩洋而不息,猛兽食颛民,鸷鸟攫老弱。于是女娲炼五色石以补苍天,断鳌足以立四极,杀黑龙以济冀州,积芦灰以止淫水。苍天补,四极正,淫水涸,冀州平,狡虫死,颛民生。(《淮南子·览冥训》)

从以上典籍以及各民族流传的传说看,女娲的事迹主要包括两部分,一是创世,二是补天。

关于创世,女娲的功绩,一是于空旷的天地之间创造了人;二是为了人类的自然繁衍,创设了男女婚配的婚姻制度;三是为了人类活得幸福快乐,发明了笙簧等乐器,让人类与音乐和歌声相伴;四是民间传说中,女娲是世间万物的创造者。在中国许多地方,都流传着女娲正月初一造鸡,初二造狗,初三造猪,初四造羊,初五造牛,初六造马,初七才造人的传说。有的活态神话还说女娲的肉体变成了土地,骨头变成了山岳,头发变成了草木,血液变成了河流,就像开天地的盘古大神"垂死而化"一样。这种传说,不仅在民间流传,而且在典籍记载。古代文字学家许慎在《说文》中指出:"娲,古之神圣女,化育万物者也。"这就是说,女娲是万物创造者的身份,早就是民间和学界的共识。

人生启悟

盘古开天地的故事意味着先民开始追问世界(宇宙)的起源,与此相类,女娲造人意味着先民开始探寻人类和社会的起源(我们从哪儿来,社会何以是这样)。关于盘古故事的人文意蕴或曰文化意义,笔者已经做过分析(与生俱来的求知精神;无所畏惧的开创精神;"垂死化身"的奉献精神等),女娲创世的意义与此相类,此处不再重复。

女娲故事中最引人注目、最震撼人心的是,她在灾难面前的英勇表现。她面临的灾难可不是一般的小灾小难,而是大灾大难——

支撑天地四方的柱子坍塌了,大地开裂成深深的沟壑。天不能覆盖、地不能容载天下万物了。大火漫山遍野燃烧而不灭,洪水肆虐咆哮波浪滔天而不止;猛兽恶禽齐出动,到处残害百姓,用利爪袭击老人和孩子。

这种灾难,出现一个就超级恐怖,现在是天塌地陷,水火夹攻,猛兽恶禽一起来。很明显这是人类的灭顶之灾。在强悍的大自然威力面前,人类显得特别的弱小无奈、束手无策。怎么办?正当人类绝望之时,女娲出现了。女娲针对不同灾害采取相应的抗灾救灾措施:冶炼五色石以修补苍天,斩杀巨龟之足做撑起四方的柱子,杀死黑龙以拯救百姓,用芦灰堆积起来堵塞洪水。结果很理想:天空被修补了,天地四方的柱子重新竖立起来了,洪水退去了,猛兽恶禽被消灭了,人间恢复了平静,百姓能够安居乐业了。

原始时代的人类,抵抗自然灾害的能力特别弱。因为弱,所以就显得那时的灾难特别大特别多。灾难面前的人类,特别渴望有神人、强人、能人出来相救。这就是女娲补天救世神话出现的心理原因。很明显,女娲就寄托了先民的理想和愿望,或者说女娲就是先民梦想中的英雄。女娲形象的塑造充满了浪漫主义色彩,是典型的理想化的艺术形象。

女娲补天故事中,最让人感到震撼的是,女娲在巨大灾难面前毫不犹豫、挺身而出、敢于抗争、敢于担当的精神;最让人钦佩的是,对不同灾难采取针对性措施的智慧。如此巨大的灾难,是足以把人打蒙让人吓坏的。当此时,没有足够的胆量和超人的气度,没有爱护百姓、以天下为己任的英雄情怀,是无论如何不敢向灾难挑战、不敢出面担当此大任的。所以,女娲在天下百姓陷入苦难时不顾一切敢于抗争敢于担当的精神,显得极为崇高和伟大。

这是我们中华民族自古代先民起就一直推崇的精神,也是中华民族身上源远流长绵延不绝的精神基因。在中华民族历史上,有这种精神的人比比皆是,像女娲一样在苦难面前敢于抗争、敢于担当的英雄比比皆是。这是我们民族的骄傲,是我们民族无论在任何困境中都能傲然屹立的精神原因。

关于中华民族骨子里的抗争精神,美国哈佛大学神学院教授大卫·查普曼极为赞赏。他在一次演讲中说,中华民族之所以屹立世界几千年而不倒,原因是他们骨子里有一种顽强不屈的抗争精神。他的这一结论是从神话对比中得到的。他说,我们的神话里,火是上帝赐予的;希腊神话里,火是普罗米修斯偷来的;而在中国的神话里,火是他们钻木取火坚韧不拔摩擦出来的!这就是区别,他们用这样的故事告诫后代与自然作斗争!面对末日洪水,我们在诺亚方舟里躲避,但中国人的神话里,他们的祖先战胜了洪水,看吧,仍然是斗争,与灾难作斗争!假如有一座山挡在你的门前,你是选择搬家还是挖隧道?显而易见,搬家是最好的选择。然而在中国的故事里,他们却把山搬走了!可惜,这样的精神内核,我们的神话里却不存在,我们的神话是听从神的安排。查普曼在列举了诸多对比后总结说,中国人自己都不知道的一个民族特征,却让他们屹立至今,这个精神就是:抗争!中国人听着这样的神话故事长大,勇于抗争的精神已经成为精神遗传基因。

这位美国教授不带偏见地解读中国神话,可谓是中国文化的知音。

女娲创世和补天的神话,还蕴含着另一层文化意义,即在中国文化大系中,它代表着女性文化的一个原型。在此原型中,女性具有创世的崇高地位。女娲形象的出现,说明中国女性在远古时期地位非凡。这一观念也是早期中国文化的基因,对后世影响深远。文献记载,传说周人始祖后稷的母亲姜嫄,于郊野践巨人足迹怀孕生稷。《诗经》和《史记》都接受这一传说。可见在周代,中国生民只认女性为真正的创生者。到了战国时期,最早出现的由老子创造的伟大著作《道德经》,更是崇尚柔性、崇尚雌性、崇尚牝性文化。老子哲学启迪我们,英雄文化不等于就是雄性文化,真正的英雄必须把握柔与刚、雌与雄、牝与牡的合情合理合势关系。作为男性英雄,更应当尊重女性,能看到自己往往不如女性。这种雌性优胜的哲学,是中国的原形哲学,是中国文化的真正的精华。

纵观女娲的一生,她不但创造了人类和文明,而且在人类面临巨大灾难时挺身而出,用英勇无畏的担当保护了人类,死后又化作自然万物继续为人类服务。她是人类的创造者、保护者、拯救者、服务者,她为人类福祉奋斗终生,奉献终生。在中华民族历史上,女娲和盘古一样,为我们民族最早树起了无私奉献的精神丰碑,为民族精神的塑造奠定了坚实的基础。

神农：亲尝百药，以身试毒，造福大众

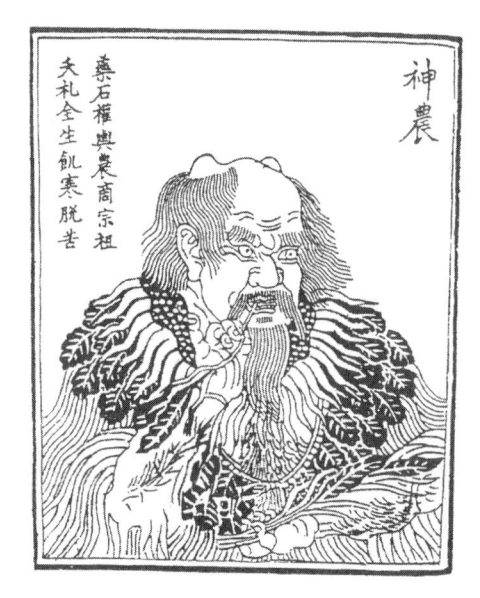

神农，乍听这名字，就会感觉到这不是像张三、李四一样的一个人，而是像"神"一样的"农"，或与"农"相关的一个"神"。这种联想不错，神农的命名正是和"农"相关——他开启了中华民族的农业文明，由于他对农业文明的特殊贡献，人们极为尊敬地称他为"神农"，把他抬到和"神"一样高的位置。

炎帝神农氏

人物故事

神农被抬到如此高的地位，绝不是名不副实的虚誉，而真正是实至名归。因为，他"不仅以一个氏族领袖的权威创立了商品交易的规则，更因为多项伟大的发明发现，被推崇为农业之祖、中医药之祖，成为中国五千年农业文明的奠基人之一。人们历来对这位具有领袖气质的改革家、政治家、发明家，怀有无限丰富的想象，尤其体现在,当三皇五帝说红透神州之时,古代的精英们依然一致地把政治上已经被黄帝取代的神农推上显要的三皇(三皇有多种说法,但每种说法中都有神农)之位,并作为开启帝王时代的最后一个'神',成为炎黄子孙的祖先"。

神农,在神话学中人们普遍认为他就是"炎黄"并称中的炎帝。他和黄帝一样,虽然被称为"帝",其实并不是真正的帝王,而是远古时期的部落首领或部落联盟首领。因为对人类作出了卓越贡献,人民对他们极为尊敬,感念至深,追尊他们为"皇"或"帝",把他们敬为神灵,以各种美丽的神话传说来宣扬他们的伟大业绩。

人生启悟

神农是一个被神化了的理想人物,是远古人类改造自然征服自然集体智慧的优秀代表。神农一生贡献很多,主要集中在农业和中医药业。这两个领域对人类的生存太重要了。远古时的人们在丛林聚居,以渔猎为生,要想让生活质量有所提升,就需要在遍地荆棘中另辟蹊径,创出新路。神农正是应时代呼唤创下了伟业。可以想象,从零开始的拓荒创业何等不易。正是在这个艰难的创业过程中,创生了中华民族的精神。

披荆斩棘、敢为天下先的创新精神

神农创立的农业文明中,最著名的是制耒耜,种五谷。神农之前,人类以渔猎为生,尚不知种粮为食。通过长久的试验摸索,逐渐发现某些植物可以食用,可以种植。种庄稼需要种子和工具,而五谷的发现和耒耜的发明解决了民以食为天的大事,推动中华民族由原始游牧生活向农耕文明的转化。

有了多余的食物和财物怎么办?响应社会需求,神农创立了市场为人们互相交易提供了方便。据《周易·系辞下》载,神农

"日中为市,致天下之民,聚天下之货,交易而退,各得其所"。神农发明的以日中为市,以物易物的市场是中国货币、商业发展的起源和基石。

原始人裸体无衣,以树叶兽皮为衣。神农教人民织麻为布,自此始有衣穿,这是人类由蒙昧向文明迈出的重大一步。

据《世本·下篇》载,神农发明了乐器,即作五弦琴以乐百姓。神农发明的琴叫神农琴,据说琴音能道天地之德,能表天人之和,能让人感到悦乐。

神农创造了弓箭,有效地防止了野兽的袭击,有力地打击了外来部落的侵犯,保卫了人们的生命安全和劳动成果。

在陶器发明前,人们加工食物只能用火烧烤。神农发明陶器,此后人们对食物可以进行蒸煮加工,还可以贮存物品。

为了促使人们有规律地生活,按季节栽培农作物,神农还发明了历日,立星辰,分昼夜,定日月。

神农的上述贡献,没有先例可供模仿,没有经验可供借鉴,全都是前无古人的原创,可见神农的创新精神、创新胆略、创新能力是何等气魄,何等强大!

总之,神农的创新精神是空前的,他所创立的农业文明是多方面的。他的发明使原始的农业生产力大为提高,人类的生活条件得到了极大改善,所以神农时代被古代包括孔子在内的先贤推崇为理想社会的典范。

以解除民生疾苦为己任的爱民精神

与神农对中华民族农业文明的卓越贡献相比,更让中国人家喻户晓、津津乐道的是他在创立中医药事业方面的巨大贡献。

农业发展,解决了吃饭问题之后,天下百姓的伤病疾苦又提上了神农的心头。这是一个更麻烦更难解决的问题,但只要是大众百姓需要，无论再难，也要想办法解决。这种问题，没有人命令他必须解决，但百姓的疾苦，他看在眼里疼在心里，作为部落首领，他感到自己有责任去解除，否则于心不安。这种宅心仁厚，关心民生疾苦，以天下为己任的自觉担当精神感人至深。

神农的爱民情怀对后世，尤其是对历代皇帝和各级掌握公权力的官员影响深远，经千百年的文化积淀，已经不自觉地成为中国人的集体无意识。有神农的形象在前、在上，皇帝、官员以他为镜鉴要求自己，老百姓以此为标准衡量皇帝、官员。谁做到了就会被老百姓铭记，就会被推崇，被歌颂，谁背叛了就会遭到贬斥，甚至唾骂。这种无形的，然而却是根深蒂固的道德标准、道德力量是中华文化的精华之一，至今仍在中国人价值体系中闪烁着光芒。

亲尝百草的实验精神

为百姓解除伤病之苦，立志容易做起来难。拿什么去解除呢？神农回想在探索哪些植物的果实可以食用的过程中，发现某些植物可以治疗某些疾病。受此启发，他意识到从植物中可以找到医治疾病的药物。但天下植物品种何止千万？哪些植物能治病，能治疗哪些病，这些植物都是什么药性，治疗时需要多大剂量，需要注意什么呢？诸如此类的问题都是黑洞，都是未知的盲区，都需要一一去实验，去探索。于是神农开始了"亲尝百草"的漫长而艰辛的历程。

"亲尝百草"，体现了神农务实、理性的实践精神，实验精神，科学精神。实践出真知，实践是检验真理的唯一标准，上古的神农不会说这样现代的话，但却懂得这一唯物主义道理，所以他不武断，不臆测，每种植物都要亲自尝过才得出结论，得知疗效后才敢投入使用。"亲尝百草"，还体现了神农对大众百姓生命极端负责的精神。人命关天，非同小可，不经过亲身品尝他不放心。

以身试毒的献身精神

世上植物万千种,哪种有毒哪种没有,毒性多大,何药可解,这些人类都不知道。所以亲尝百草是极端危险的事儿。这一点连小孩子都知道,神农当然不会不知道。但正因为有危险,他才要亲尝。他不想把危险推给别人,而是把危险留给自己。想一想,他是部落酋长,是氏族领袖,他完全可以把此事交代给下属去做,自己监督即可。但他没有推给别人,而是不顾个人安危自己亲自品尝。这种做法,说明在神农眼里,别人的生命也是生命,任何人的生命都是宝贵的,也是平等的。他宁肯自己冒险也不让别人冒险,宁肯自己牺牲也不让别人牺牲。设身处地想,神农的这一行为是何等的高尚,这一精神是何等的伟大。真的是让人感到高山仰止,景行行止,虽不能至,心向往之。

神农毕竟是人不是神,可以想象,他在亲尝百草的过程中遇到过多少次危险(中毒),又有多少次九死一生,化险为夷。有文献记载"神农尝百草之滋味,一日而遇七十毒"。"七十"也许有夸张,但可以想象的是,神农在尝药过程中遇到过无数次,乃至无穷无尽的危险,是完全可以肯定的。可以说,尝药的过程就是冒险玩命的过程。世间需尝之草药太多了,这是一个漫长的历程,直到晚年,神农的身影还行走在崇山峻岭和茫茫荒原之间。终于有一天,他在品尝剧毒之药断肠草后,不幸身亡。他为自己开创的中医药事业献出了宝贵生命。著名的神农架林区,传说就是神农尝百草的地方。《帝王世纪》说神农在位一百二十年崩,死后葬长沙。后人为纪念神农先皇对中草药事业的伟大贡献,将中国第一部药学专著命名为《神农本草经》,把神农视为"中医药之祖"。

笔者每到中药店买药或到中医院看病,看到林林总总的中草药,被医生按药性药量准确地用于疾病的治疗时,就无比感谢以神农为代表的先人们所作出的巨大贡献,所付出的巨大代价。差不多可以说,我们现在所掌握的每一点中医药知识都是前人以生命为代价换来的。我们享受着前人所创造的文明成果而不自知,作为现代人,我们是多么的幸福啊!

"有的人死了,但他还活着;有的人活着,但已经死了"。(臧克家)只要"神农尝百草"的故事还在流传,神农就永远活在中华民族的心灵中。为人民作出过贡献的人,人民会永远记住他,怀念他。神农是华夏文明的杰出创造者和代表者之一,神农不朽,神农精神不朽!

夸父：向着目标做舍生忘死的奋斗

夸父追日的神话，是我国最著名的古老神话之一。

人物故事

夸父的故事见于《山海经·海外北经》："夸父与日逐走，入日；渴，欲得饮，饮于河、渭，河、渭不足，北饮大泽。未至，道渴而死。弃其杖，化为邓林。"

夸父逐日雕像

夸父与太阳赛跑，追赶到太阳落下的时候，他口渴极了，想要喝水，喝干了黄河、渭河之水却仍不能解渴，便想去北方的大泽湖继续喝。未及到达，就渴死在半路上了。他丢下的手杖，化作一片桃林。

关于这一神话的解读，从资料看，一般集中于以下两个方向。一，对夸父身世的考证。据《山海经·西山经》载，在黄河以南，有一种动物，长得像猿猴，力量超强胜过虎豹，善于投掷，名曰举父。郭璞为《山海经》做注时猜测这种动物就是夸父。著名的现代神话学家袁珂先生也认为夸父是一种猿类动物，《山海经》里以长跑见长的神极有可能就是夸父。有人引《山海经·大荒北经》证明夸父是幽冥神后土的孙子，而后土的祖先是身份煊赫的炎帝，也就是说,夸父有高贵的帝王血统。二,对夸父追日动机的猜测。较多的看法是:追求光明,让代表光明的日永远不落。有人说是在追赶时间,只有重视时间和太阳竞走的人才能走得快,才能不落后于时间。有人说是为了给人类采撷火种,使大地获得光明与温暖,夸父是"盗火英雄",是中国的普罗米修斯。有人说是自然界的一种争斗,夸父代表"水",而太阳代表"火",水火两神相争,水火不容。有人说是中华民族历史上一次长距离的部族迁徙,是一次探险,但由于他们对太阳的运行和中国西北地理状况的认识错误,所以悲壮地失败了。

人生启悟

上述考证、猜测、解读,角度不同,都有道理,对于理解作品都有帮助,笔者深受启发。不过,由于文本极为简略,所以为接受者留下解读的巨大空间。前面说过,本书写作的基本原则是,紧扣作品文本,紧盯自己内心,从当下阅读感受出发解读作品。因此,笔者作为大众读者的一员,从普通读者的阅读心理出发,说说自己的读后感。

从文本和自己的感受出发,笔者对夸父形象的理解是——向着美好的目标,做舍生忘死的奋斗。

文本极短小,其中的关键词是,"与日逐走""饮于河、渭""道渴而死"。

"与日逐走"——奔跑追日,这是一个看起来似乎不可思议的行为,为什么呢?动机何在?作品没说,没说就无解。既然无解,我们就不必也不能说得太具体太确定,任何具体确定都是"片面"而不是"全"。这正如《道德经》的名句所说:"道可道,非常道;名可名,非常名。"不宜具体、确定,最好抽象、模糊。抽象起来看,笔者认为,夸父之所以追日,肯定是为了一个美好的目的、目标,或者"日"本身就代表了这一目标。这个目标关乎人类的福祉,值得追求,值得为之付出努力、付出代价,甚至为此牺牲生命也在所不惜。否则就不值得追求,不值得付出。这应该是不言而喻的道理。

美好的目标不是轻易能够达到的,而是需要付出艰苦努力的。夸父当然懂得这一道理,于是他付出的努力是超人的,为此忍受的痛苦(代价)是巨大的,令人惊叹的(喝干黄河、渭河之水仍不能解渴)。面对如此巨大的痛苦,他没有想到终止追求,没有想到半途而废,没有后悔自己的行为,而是一如既往,打算"北饮大泽"后继续追下去。遗憾的是他终没能如愿,最后"道渴而死"。死时丢下的拐杖变成一片桃林,结出鲜美的桃子,也许可以为后来追日的人解渴吧!

自古至今的大众读者,因种种限制,不可能去考证典籍,不可能做更深奥的学术解读,而只能是根据文本提供的故事展开直观的联想和想象,或者说根据文本提供的艺术符号,体会其中的象征意义。《夸父追日》提供的艺术符号——"与日逐走""饮于河渭""道渴而死"——其实就是三幅震撼人心的画面。三幅画面蒙太奇式地拼接起来,给人的联想就是,一个内心力量强大无比的人,在向着他所认定的目标,做舍生忘死的追求,为了这一目标即使牺牲生命也在所不惜。此时,夸父已经成为一个精神符号,在他身上体现了、凝聚了巨大的精神能量,每个读过,哪怕是听说过他的人,都能感受到从他身上所辐射出的精神能量。

事实上,在《夸父追日》神话流传的过程中,自古至今,中国人民也就是从上述意义上理解夸父这一形象的。2018年3月20日,习近平总书记在第十三届全国人民代表大会第一次会议上的讲话中说:"中国人民是具有伟大梦想精神的人民。在几千年历史长河中,中国人民始终心怀梦想、不懈追求,我们不仅形成了小康生活的理念,而且秉持天下为公的情怀,盘古开天、女娲补天、伏羲画卦、神农尝草、夸父追日、精卫填海、愚公移山等我国古代神话深刻反映了中国人民勇于追求和实现梦想的执着精神。中国人民相信,山再高,往上攀,总能登顶;路再长,走下去,定能到达。"这段话中提到的夸父追日,就是从"心怀梦想、不懈追求""勇于追求和实现梦想的执着精神"的意义上进行解读的。

  精神!精神!!!对神话的解读,一定要记住"精神"两个字。所有神话,包括寓言等非现实的艺术形象,都应该从精神符号角度去理解。掌握了这一原则,对神话的解读就不至于出现那么多争议和迷惘!

鲧：中国的普罗米修斯

中国神话体系中，鲧是著名的治水英雄大禹的父亲。

人物故事

关于鲧的资料，著名神话学家袁珂先生经过对典籍的梳理爬剔，整理出以下几条：

> 洪水滔天，鲧窃帝之息壤以堙洪水，不待帝命。帝令祝融杀鲧于羽郊。鲧复生禹，帝乃命禹卒布土，以定九州。（《山海经·海内经》）

> 鲧死三岁不腐，剖之以吴刀，化为黄龙。（《山海经·海内经》注引《开筮》）

> 大副（剖）之吴刀，是用出禹。（《初学记》卷二十二引《归藏》）

> 鸱（猫头鹰）龟曳衔（拖拉、牵引），鲧何听焉？顺欲成功，帝何刑焉？永遏（禁压）在羽山，夫何三年不施？伯鲧腹禹，夫何以变化？（《楚辞·天问》）

根据以上资料，袁珂先生勾勒出鲧的生平事迹。鲧身世显赫，是主宰宇宙的天帝的孙子。鲧长大后，人间正经受着空前的洪灾。大地上波涛滚滚，奔腾不息，老百姓扶老携幼，四处漂流。洪灾的发生，据说是因为天帝看见下方的百姓做了错事，发了脾气，于是降下洪水以示惩戒。天上众多的神对于百姓的疾苦无动于衷，只有鲧看在眼里，疼在心中，下决心一定要想办法解救他们。他对祖父的狠心很是不满，劝祖父赦免百姓过错，把洪水收回天庭。但祖父固执己见，把鲧痛斥一顿。以鲧之力尚不能平息洪水，怎么办呢？鲧一筹莫展。后来听说"息壤"（生长不息的土壤）能堵住洪水，可是这东西是天庭的至宝，天帝绝不会给他，鲧万般无奈只好去偷。好不容易他真的把息壤偷到了手，用于人间果然灵验，洪水渐渐消失，百姓生活恢复平静，重新安居乐业。

就在鲧为百姓高兴之时，天帝知道了他偷窃息壤的事。天帝痛恨家门出了忤逆的儿孙，决心狠狠惩罚他。天帝派火神祝融残忍地把他杀死在羽山上，夺回剩余的息壤。随即，洪水重新泛滥，百姓重回灾难之中。

鲧被杀后精魂不散，死不瞑目，尸体三年鲜活不烂。不仅如此，鲧肚子里还逐渐孕育出新的生命。天帝知道后大惊，派天神带"吴刀"剖开了他的尸体，这时他肚子里跳出一条虬龙升上天空。这条虬龙就是鲧的儿子禹。禹升天后，鲧被剖开的尸体化作一条黄龙跳进羽山旁边的深渊中，在那里悄悄地活着，他要亲眼看见儿子继承他的事业，把百姓从洪水中解救出来。

人生启悟

鲧的故事感人至深。首先，鲧性格善良，有天生的同情心和怜悯心。百姓受苦受难，与你一个"豪门"子弟何干！那么多神都睁只眼闭只眼，假装没看见，表现得很冷漠，你就不能学他们吗？不能！面对百姓受苦受难，鲧看不下去，因为他有一颗善良而温暖的心——对百姓深深的同情心和怜悯心。看到百姓在受难，他感觉好像自己、自己家人在受难。他对百姓的苦难感同身受,他的心在颤抖,所以他虽然知道自己身份微小、力量微薄,但还是决定站出来尽其所能地做些事情。

其次,鲧有正义感,为正义事业不惜冒犯最高权威。百姓的灾难是他的祖父天帝亲手制造的,但鲧认为即使百姓有错,也不应该受如此惨重的惩罚;惩罚如此残忍,明明是祖父的错。对于天帝惩罚不当之错,别的神未必不知道,但他们圆滑世故,"事不关己高高挂起",抱持多一事不如少一事的态度冷眼旁观。而鲧不是这样,在他心里,事关正义,必须站出来说话,否则任由错误继续下去,他心里过不去。于是有了大胆劝阻祖父的行为。

再次,忤逆天帝以救万民,为拯救百姓冒险偷宝,即使丢掉生命也在所不惜。劝阻无效,对百姓的灾难又不忍见死不救,于是他的行为进一步升级——不顾一切偷窃救灾宝物"息壤"。偷宝物,这不仅仅是冒犯,而是公然背叛公然造反了。行为的性质如此严重,鲧不可能不知道;行为可能带来的严重后果,鲧不可能不清楚。但这些与拯救百姓苦难比起来,都算不了什么,即使为此遭受无论多么大的惩罚也认了。果然不出所料,盗宝行为招来了最严重最可怕的惩罚,天帝派火神把鲧残忍地杀死了。

还有,鲧为正义事业死不瞑目,把希望寄托在接班人身上。鲧身死尸身不化,因为他坚信自己的事业是正义的,而正义的事业是不应该中断而应该坚持下去的。所以他腹中孕育出儿子禹,希望他继承自己的遗志,把治水救人的事业进行到底。禹没有辜负父亲的期望,长大后经过千辛万苦,终于完成治水大业。

鲧的生平事迹,按世俗常情是无法理解的。他一心为民,是上级的命令吗?是百姓求他吗?是可以从中获取利益,得到回报吗?没有,这一切全都没有。他的所有行为都是自觉自愿的,是自己主动选择的。如果说有什么命令的话，那是他自己内心的命令，是良心的命令。也就是说，鲧的一切行为都是无私忘我的，是完全彻底、不折不扣、心甘情愿的奉献。

当然，我们清楚地知道，鲧和其他神话人物一样，都是人们幻想出的艺术形象，在幻想人物身上，寄托了人们的人格理想和美好愿望。人们希望人间有这样的英雄，希望英雄有伟大纯洁的人格，有拯世救人的崇高理想。人民群众的美好理想和愿望化成了文艺作品（神话）中的光辉形象。这些形象作为精神符号，陪伴着我们民族成长，经历史岁月的积淀，已经作为文化基因内化到民族意识结构中，成为民族宝贵的精神财富。

鲧的形象让我们想起古希腊神话中的普罗米修斯。普罗米修斯看到人类茹毛饮血的蒙昧生活于心不忍，于是不顾一切，冒险从天庭盗火给人类，从此人类生活大为改善，人类文明前进一大步。但他却得罪了神界最高统治者宙斯，被绑在高加索山上终日被神鹰啄食肝脏，肝脏白天被啄掉晚上再长出来，如此周而复始，无始无终。普罗米修斯的命运感动了马克思，马克思称普罗米修斯是人类哲学日历上最崇高的圣者和殉道者。

普罗米修斯和鲧一样都是为民请命的英雄，都有伟大而崇高的情怀，都是为人民做好事最后没有得到好报反而受到惩罚的悲剧英雄。何谓悲剧？好人做好事理应得到好报，结果不但没有得到好报，反而得到惩罚，这种极端的错位就是荒诞，就是悲剧。用鲁迅先生的话说，悲剧是将人生有价值的东西毁灭给人看（《鲁迅全集》第一卷，人民文学出版社 2005 年版，第 203 页。）。悲剧人物虽然被毁灭了，但他们的崇高形象和精神价值却以震撼人心的效果留在了人间，成为"人类的脊梁"，鼓舞着、感召着人类沿着他们的足迹继续前行。

大禹：中华民族领袖人物的原型

大禹姓姒，名文命，但没有人称他姒禹或姒文命，而均称其大禹，是因为他是治水事业的领袖，有治水成功的伟大功劳，所以尊称其为大禹。这里的"大"是伟大之意，是人民对他一生事业的总体评价，饱含着敬仰、崇拜、颂扬之情。人民对于为大众利益做出过伟大贡献的人，永远念念不忘，给他以崇高的地位，大禹的称谓就是明证。

大禹治水雕像

人物故事

相传，禹治理洪水有功，接受帝舜禅让，继承部落首领。在诸侯的拥戴下，正式即位，以阳城为都城，国号为夏，分封丹朱（尧的儿子）于唐国，分封商均（舜的儿子）于虞国。

作为夏朝第一位君王，后人称他为夏禹，成为上古传说时代与伏羲、黄帝比肩的贤君圣帝。禹最卓著的功绩，就是历来传颂的治理滔天洪水，又划定九州，奠定夏朝。禹死后，安葬于会稽山（今属浙江省绍兴市）。

在神话传说中,大禹能调遣、指挥神灵为治水服务,由此看他是神,而且是大神;但从脚踏实地干工作,因厥功至伟被推为夏王朝第一代开国君主角度看,他又是人。于是历史上对于大禹究竟是人还是神的争论一直存在。

人生启悟

其实对神话传说不必较真,以情理度之,很可能是人们出于对大禹的敬仰,根据传说加以想象,把真实的大禹神化了。在大众心目中,人民领袖就应该是这样的,人们按照领袖应该具备的素质塑造了大禹。因此我们可以说大禹是中国文化中最早的领袖原型,在他身上具备了人民群众理想和愿望中领袖的基本品格与综合素质。

胸有宏图大志

由鲧的故事可知,禹是在鲧死后尸体三年不腐,在鲧的腹中孕育出来的。众所周知,男性是不会生孩子的,即使是远古之人也懂得这一道理。但鲧腹中却能孕育孩子,说明神话的创造者也觉得鲧死得太冤了,他们不忍心让鲧就这样死去,于是违背常识让鲧自身孕育生子,以便有人继承他的事业,让人死而事业不死。由此看,禹就是鲧的精魂的化身,就是鲧本人再世,就是复活的鲧。借用现代科学术语说,禹从鲧身上再生,禹就是鲧的克隆人。

鲧因治水而死,所以禹出生后的天生使命就是继承鲧的事业,继续治水。治水是禹的宏图大业,天然使命,所以他长大之后第一件事就是请求天帝命他治水。所幸的是,天帝这一次头脑没有发昏,没有阻挠,而是同意了禹的要求,命他继续治水("帝乃命禹卒布土,以定九州")。禹的伟大事业就此开始。

不惧艰难险阻

禹奉命开始大规模治水的事被水神共工知道了,他勃然大怒,下决心顽抗。共工兴风作浪把洪水从西方引向东方,一直冲到空桑(山东曲阜)。大禹深知对于恶贯满盈的共工,讲道理是没用的,于是决定用武力征服他。禹在会稽山召集众神商议办法,然后亲帅众神和共工大战,共工寡不敌众,终于被制服了。

共工手下有个大将叫相柳的不服气,共工被制服后他继续作恶。相柳是蛇身九头的怪物,暴虐无比,法力巨大,打个喷嚏就会成为水泽。禹看到相柳作恶多端,死不悔改,忍无可忍之下运用神力与其决战,将其杀死。

为治水,禹曾三到桐柏山(在河南省桐柏县西南),见那里总是刮大风,打大雷,石头啸叫,树木哀号,治水工作无法开展。禹判断这是妖怪在使坏,调查后发现果然是一个叫无支祁的水怪在捣乱。这怪物形状像猿猴,白脑袋,青身子,身体极灵活,眼睛闪金光,力量大过九头象,很难对付。(据说,无支祁是《西游记》中孙悟空形象的渊源。)禹不信邪,知难而上,发动群神,历经周折终于把他擒拿,镇压在如今江苏省淮安的龟山脚下。

总之,治水是一项伟大的工程,在这一过程中肯定会遇见各种各样的困难。无论遇到什么妖魔鬼怪,艰难险阻,大禹都会想办法征服之,战胜之,毫不犹豫,充分显示出他作为领袖的气度和魄力。这种气度和魄力让敌人胆寒,给自己人以信心和力量。

团结各方力量

一项伟大的工程,靠领袖个人单打独斗是绝对不行的,必须团结一切可以团结的力量,这一道理大禹当然明白。在治水过程中,大禹尽量争取可以争取的力量一起投入战斗。

首先是得到天帝的支持,使自己的事业师出有名,同时,天帝指派曾经斩杀蚩尤的应龙和灵龟帮助他。在治水过程中应龙走在前面,以尾巴划地开凿河道,把洪水引入江河。灵龟背息壤跟着大禹填平深渊,加高土地让人类居住。

开始治水时,有一天大禹正在黄河边观察水势,波涛中忽然跳出一个人面鱼身的怪人,手捧"河图"献给大禹。据说怪人就是河伯冯夷。河图上画的是中原一带河流的流向及水势,图上还标明了一些洪水容易泛滥的河床和地段。

在开凿龙门山的时候,大禹在一个黑暗的大岩洞里见到了另一贵人伏羲。伏羲早年也和洪水打过交道,深谙治水不易。当听说大禹治水的壮举时深受感动,愿助其一臂之力。他把一只形状像竹片的玉简交给大禹,就是测量大地的玉规。禹带着玉规走遍天下,用它平定了水土。

大禹领导人民驻扎在巫山脚下治水时,有一天忽然狂风四起,吹得地动山摇,天昏地暗。正在一筹莫展之时,神女瑶姬(炎帝的女儿)赶过来帮忙,教会大禹驱神役鬼的法术。大禹运用法术迅速止住了狂风。不仅如此,神女还派遣侍臣狂章等人帮助大禹凿通了巫山。

大禹手下还有太章、竖亥两位天神。洪水平息大功告成之时,禹命令他们丈量天下土地。这也是一个巨大的工程,两位天神一个从东极走到西极,共量得两亿三万三千五百里七十五步;另一个从北极走到南极,量得同样数目的距离。禹于是知道了天下大地的总面积。

伟大的事业需要人,伟大的事业也感召人、吸引人。尽量团结吸引各方力量参加,是大禹成功的重要原因之一。

调查研究为先

调查研究是现代话语,但作为干事业的工作方法,自远古起,包括大禹,是都懂得而且都在使用的。大禹所需要治理的洪水,不是局部性的,而是全局性的。其涉及面积之广大,地理地貌之复杂,是前所未有的。因此,要想治理好洪水,不能从局部出发,而必须从全局出发。换句话说,制订治水的计划和方案,必须建立在对全局的把握和了解上。而全局,在当时的历史条件下,如果不是一无所知,起码也是知之甚少。怎么办?途径很简单,那就是对全局做深入细致的调查研究,弄清天下山川河流走向,以便为制订合理有效的治水方案提供依据。

为此,大禹不辞劳苦,足迹遍及九州,还周游列国,走遍了当时许多稀奇古怪的王国。

据神话传说,大禹到过南方海外结胸国,羽民国,讙头国,三苗国,贯胸国,交胫国,反舌国,周饶国,长臂国;从南海转向东海,大禹到过大人国,君子国,青丘国,黑齿国,玄股国,毛民国,劳民国……

为治水进行如此范围之广的调查研究,在中华民族历史上恐怕是空前绝后的。天道酬勤,辛苦就有回报。在广泛深入调查研究基础上,大禹制定了改堵为疏的总体战略。在此基础上大禹因地制宜,从实际出发,为各地制订了合乎客观规律的治水方案,最后终于取得中华民族历史上首次治水大成功。

公而忘私为民

关于这方面的故事,众所周知的是,大禹新婚刚刚四天,还没有来得及度蜜月,就离开妻子重赴治水第一线。为治水哪里需要去哪里,满天下四处奔波,一年到头顾不上回家。好不容易有机会路过家门回去看看,可是,往往因为需要处理的事情紧急,无奈只好公而忘私,舍小家顾大家,"三过家门而不入"。

对于大禹公而忘私的行为,现在有人不以为然,指责他太冷酷冷血太过分了。以现代的个体本位观念看,也许有那么一点道理,但是,需要知道的是,不同时代、不同民族有不同的观念。远古时代,人们生存条件极为恶劣,极需要公而忘私的人带领大家与大自然、与毒蛇猛兽斗争,人们心中呼唤、期盼这样的人出现,一旦出现自然而然地受到大众的拥戴和崇拜,大禹就是这样的人。在大禹身上,寄托了大众的理想和愿望。

人们按照自己的理想愿望塑造了大禹,大禹形象反过来又塑造了民族心理、民族性格。就这样,公而忘私自远古时代流传下来,积淀到民族心理、民族意识结构中,形成了集体本位观念。集体本位观念是中华民族文化的一个闪光点。纵观历史,自古至今出现过无数为国家、为民族、为大众公而忘私的人。这些人的精神境界令人感动,令人敬仰,他们的形象作为精神符号一直在提升、在塑造着整个民族、整个社会的精神文明。

身先士卒苦干

从文献记载来看,西周早期就有了大禹治水的相关描述。早期文献中,大禹的形象就是一个脚踏实地苦干的治水英雄,其治水过程异常辛苦。《尚书》《庄子》《诗经》《商颂》《逸周书》等文献对此都有记述。治水过程中,大禹亲自指挥并参与了所有大的工程。

司马迁在《史记》中记载大禹治水的工作状况:"凿龙门,通大夏,疏九河,曲九防,决湻水,放之海,而股无胈,胫无毛,手足胼胝,面目黎黑,遂以死于外,葬于会稽。"

读了这段描述,大禹身先士卒始终坚持在治水大业第一线艰苦奋斗、鞠躬尽瘁、死而后已的伟大形象巍然屹立,令人肃然起敬。中华民族早期就有这样的领袖,实在是民族之幸!

精卫：造福后人，知其不可而为之

"精卫填海"是中国著名的上古神话之一。

人物故事

"精卫填海"的故事见于《山海经·北山经》：

> 北二百里，曰发鸠之山，其上多枯木。有鸟焉，其状如乌，文首，白喙，赤足，名曰"精卫"，其鸣自詨。是炎帝之少女，名曰女娃。女娃游于东海，溺而不返，故为精卫。常衔西山之木石，以堙于东海。漳水出焉，东流注于河。

大意是，再向北走二百里，有座山叫发鸠山，山上长了很多柘树。有一种鸟，它的形状像乌鸦，头部有花纹，白色的嘴，红色的脚，名叫精卫，它的叫声像在呼唤自己的名字。传说这种鸟是炎帝小女儿的化身，名叫女娃。有一次，女娃去东海游泳，溺水身亡，再也没有回来，所以化为精卫鸟。精卫鸟经常口衔西山上的树枝和石块，用来填塞东海。浊漳河就发源于发鸠山，向东流去，注入黄河。

人生启悟

关于精卫填海的故事，基于不同的研究视角，人们把它归于不同的神话类型,如危机原型,图腾崇拜原型,死而复生原型,复仇原型,女性悲剧原型等。根据划分类型不同,对其意蕴的解释也就不同。本书无意于作神话学的研究,而只想从自己的阅读感受出发,试提出一种理解。

精卫,一只小鸟,何其小也;大海,茫茫无边,何其大也;一极小,一极大,反差极大。换句话说,从经验常识看,精卫想填平大海的行为是极为可笑、极为荒诞的,其愿望是永远不可能实现的。如此明显的事实,精卫不可能不知道。但她全然不顾这一冷酷的现实,只是一心一意,心无旁骛地去做自己想做的事业,去完成自己的心愿。

关于她的心愿即行为动机,主流观点解释为复仇。这固然是符合常规心理的一种解释,但笔者认为,亦可以解释为精卫为了杜绝再发生类似自己这样的悲剧,决心倾己微薄之力要把大海填平,为此不管付出多大努力,不管需要多长时间,全不考虑,无怨无悔。这是一种多么伟大、多么崇高的愿望啊!由己及人,舍己为人,女性的善良、慈悲情怀,全在这里了。这难道不是一种更合情合理、顺理成章的解释吗?!

明知不可为,仍然执意而为之,原因者何?不为别的,为圆梦也,为心安也。这里没有现实的、功利的考虑,不为任何现实的、功利的目的。从现实功利角度出发,人们可以尽情嘲笑精卫的天真、幼稚、无知、迂腐、愚昧,甚至愚蠢。但是换个角度,从审美、文化、精神、灵魂角度看,这是人的一种灵魂吁求,一种精神需要。这种需求促使、支配、呼唤人们去行动,去努力,去奋斗,成败得失在所不计,只求慰藉自己的心灵——尽人事而后心安。这是一种多么坚强的意志,多么高贵的品质!

关于"精卫填海"及《山海经》的文化意蕴,文学评论家刘再复先生作过深刻的论述。他说:"《山海经》产生于天地草创之初,其英雄女娲、精卫、夸父、刑天等等,都极单纯,他们均是失败的英雄,但又是知其不可为而为之的英雄。他们天生不知功利、不知算计、不知功名利禄,只知探险、只知开天辟地、只知造福人类,他们是一些无私的、孤独的、建设性的英雄。他们代表着中华民族最原始的精神气质,他们的所作所为,说明中华民族有一个健康的童年,所做的大梦也是单纯的、美好的、健康的大梦。"

从文化,从心灵,从审美角度理解"精卫填海"及《山海经》等"荒诞不经"的神话故事,就可以理解历史上和现实中有那么多人所从事的伟大事业——虽然不可能达到任何现实的功利目的,但依然全身心投入,坚持不懈,乐此不疲;就可以理解他们"知其不可而为之"行为的深处,是"尽人事而后心安"。心安,高于现实功利,这是中华民族原典文化中最精华、最高贵的遗产。

最让人感动不已的是,填海的事业不是别人派给精卫的,而是她自己为自己设置的,这种设置完全是无私的、利他的。她把为他人创造福祉定为自己的责任,这是不折不扣以天下为己任的担当。这与基督救世、佛陀度世的情怀有什么区别?!

宽广的胸怀,伟大的精神!伟哉!中华文化!

愚公："愚"出中华民族之精神

愚公是中国神话传说中的人物，《列子·汤问》里的故事《愚公移山》中的主人公。

人物故事

愚公的故事在中国家喻户晓，人人皆知，毋庸赘述。

人生启悟

关于《愚公移山》思想意蕴的解读众说纷纭，不一而足。这里，笔者避开纷纭，只盯着自己的内心，从具体真切的阅读感受出发，谈谈对愚公形象的理解。

愚公这一形象，看似简单、单纯，细思起来却蕴含丰富，耐人寻味。笔者以为，在愚公身上，非常典型地体现了中华民族的伟大精神，是中华民族精神的艺术符号或曰典型代表之一。

困难面前绝不屈服的挑战精神

"太行、王屋二山，方七百里，高万仞。""北山愚公者，年且九十，面山而居。惩山北之塞，出入之迂也。"两座大山挡在愚公家门前，出来进去都要绕路，愚公想率子孙搬掉它。山之巨大，人之渺小，二者对比之悬殊令人感叹。换句话说，愚公想要搬山，困难之大，简直不可想象。面对如此巨大的困难，有两种选择。一是逃避——这是绝大多数人的常规选择，这一选择有足够的理由。另一种选择是,向困难挑战,面对困难勇敢地迎上去,与困难作艰苦卓绝的斗争。这是愚公的选择。愚公在巨大的困难面前,没有逃避,没有畏缩,没有觉得不可思议,而是召开家庭会议决定向困难挑战。

这种在巨大困难面前敢于挑战的精神绵延不绝,内化到中华民族的深层心理中,成为民族精神结构中一种重要元素。

敢于改变世界的开拓精神

两座大山挡在家门口久矣,祖祖辈辈都认了,都这么过了,习以为常了。习惯让人心灵麻木、僵化、固化,以至于没有任何不自在的感觉,人和自然浑然一体了。祖宗们似乎天然承认这是上天的安排,是老辈留下的遗产,因而没有哪一辈的哪个人想到,山挡门前很不方便,必须搬掉它。

但是到了愚公这里,事情发生变化了。变化一,愚公从习惯成自然的麻木中觉醒了,感觉到生活不方便了。这意味着愚公的自我意识、主体意识的出现,无意识的天人合一变为主客二分了。这就为改变世界提供了主体条件。变化二,也是最重要的,觉醒后的愚公不是忍耐,不是逃避,而是下决心一定要搬掉它。愚公的决心体现出,他身上具有敢想前人不敢想的开拓精神。这是一种敢于改变世界的雄心大志,一种敢为天下先的豪迈情怀,这也是中华民族精神的重要元素。

"聚室而谋"的民主精神

搬山这样的宏图大业,当然不是一个人所能完成的,这应该是集体事业,因而应该广泛发动群众,动员所有能参加、愿参加的人参与。愚公明白这一道理,于是当他决定搬山的时候,没有倚老卖老,依仗家长的权威独断专行,宣称这事儿老子定了,你们就执行命令吧!而是把自己的设想提交家庭会议讨论("聚室而谋"),让大家充分发表意见,结果大家一致赞同("杂然相许")。其妻提出疑问(能力如何?土石往哪儿放?),大家集思广益,提出解决办法("投诸渤海之尾,隐土之北")。在经过充分民主讨论之后形成决议。这样一来,搬山的设想就成了集体决议,集体事业,集体行为。民主讨论的决议让每个人心甘情愿地投入艰苦的事业中。

愚公的做法说明,干事业充分发扬民主,依靠群众,集思广益,是中华民族自古以来就有的宝贵智慧。

群众的力量是伟大的,任何伟大事业没有群众的参与是不可想象的。中华民族这一智慧在中国共产党领导的革命事业中得到了最为充分的发扬。毛泽东1945年在《愚公移山》这篇著名文章中把上述智慧运用于具体的现实实践中,放手发动群众,壮大人民力量,在我党的领导下,打败日本侵略者,解放全国人民,建立一个新中国。毛泽东还强调不但要发动群众,还必须使全国广大人民群众觉悟,心甘情愿和我们一起奋斗,去争取胜利。

用行动说话的务实精神

既然全家统一了思想,决定干一番大事业,那就立即付之于行动——"遂率子孙荷担者三夫,叩石垦壤,箕畚运于渤海之尾"。在这里,我们看到愚公力避空谈,对决议的行动力、执行力。无论干什么事情,干之前的充分议论是必要的,但事情一旦决定下来,就要付诸行动。因为只有"干"才是硬道理,没有实际行动,任何美丽的设想都是空中楼阁。愚公这种雷厉风行、用行动说话的作风,体现了中华民族很早就有的不尚空谈、踏踏实实、埋头苦干的务实精神。

率先垂范的带头精神

愚公决定搬山之时,已年近九十。且不说远古时代,即使科学发达、人寿日益增长的今天,九十岁也属高龄,身体、精神均已衰老。以这样的高龄,对家庭大事,按说只参与决策、参与指挥而不必亲力亲为,尤其是不必参与体力劳动了。但我们看到的愚公却是以身作则、身先士卒,和子孙们一起投入繁重的体力劳动。这样高龄的老人还亲身奋战在第一线,子孙们谁还敢懈怠、敢偷懒,谁还有怨言呢!——啥都别说了,加油干吧!

以愚公的年龄,以他的身份地位(家长),他有资格有特权只动嘴不动手,只指挥不干活。但愚公放弃了自己的特权,以家庭普通一员的身份参加劳动。愚公的行为为子孙后代树立了榜样,是全家人的灵魂。他老人家率先垂范的精神,是搬山事业持续下去的动力源泉。

坚韧不拔,持之以恒的坚持精神

对于搬山事业,愚公家能投入的劳力是有限的("子孙荷担者三夫",加上愚公共四个人),劳动的效率也是有限的("寒暑易节,始一反焉")。以这样的人力、效率,想把两座大山搬走,要等到何年何月?所以遭到智叟的嘲笑——笑他太愚蠢("汝之不惠")。

对于智叟的嘲笑,愚公完全不以为然。他认为不是自己蠢,而是智叟不开窍,甚至顽固得不可思议。为什么?他有他的道理:"虽我之死,有子存焉;子又生孙,孙又生子;子又有子,子又有孙;子子孙孙无穷匮也,而山不加增,何苦而不平?"是啊!挖掘的对象山不加增,只会不断减少;而人,一代又一代"无穷匮"地挖下去,哪怕一万年、十万年,总有一天会把山挖平的。这里,愚公论证的逻辑是铁打的、周严的、无可辩驳的,所以智叟理屈词穷,无言以对。

天下事,人的胸襟和眼界不同,看法也就不同。在智叟看来,愚公是愚蠢的。因为他仅仅看到了山之庞大人之渺小,仅仅看到三五年、十来年直至一辈子看不到目标的悲哀。但愚公的眼界绝对不是三五年、十来年乃至一辈子,而是久远,是子子孙孙"无穷匮",也许一万年,也许十万年。总之,目光放远,只要坚韧不拔,持之以恒,目标总有达到的那一天。如此看来,到底是愚公愚,还是智叟愚?

显然,愚公对于自己面临的困难有足够的估计,他压根没有速战速成的幻想,而是充分意识到这是一场持久战。对于这场持久战,他有足够的心理准备。通过他对智叟的反驳,可以看出愚公的意志、毅力像钢铁一样坚强,对于将来要达到的目标确信不疑。愚公这种坚韧不拔、持之以恒的坚持精神,十分伟大,十分感人。

坚韧不拔、持之以恒的坚持精神,源远流长,始终流淌于中华民族的血脉中,至今仍然是鼓舞我们前进的精神力量。如国家主席习近平在第十三届全国人民代表大会第一次会议上的讲话中说:"中国人民是具有伟大梦想精神的人民。……中国人民相信,山再高,往上攀,总能登顶;路再长,走下去,定能到达。"实现中华民族伟大复兴的道路也是漫长的,但只要发扬愚公精神,坚韧不拔,百折不挠地走下去,总有实现的那一天。今天,中国人民比历史上任何时期都更接近这一天。

前人栽树,后人乘凉的奉献精神

愚公和全家决定搬山的时候,谁都知道,这不是二三十年,一两代人的事儿,而是需要几十年、几百代,甚至更多年更多代才能完成的事业。也就是说,愚公和全家人都知道他们当中,无论谁都享受不到自己耗尽毕生精力的劳动成果,谁都活不到事业成功的那一天。或者说,谁都知道自己这一生只有出力的份,没有享受的份。但是,他们谁都没有犹豫,而是全家一致决定搬山,而且立即行动。

是什么力量、什么原因促使他们做出这样的决定?很明显,为了子孙后代福祉。在愚公和家人心里,自己和子孙后代是命运共同体,在这个共同体里,前辈人有责任为后辈人的幸福创造条件,为后代人的福祉艰苦奋斗,付出努力。这是什么精神?这是前人栽树,后人乘凉的奉献精神,是彻底无私的忘我精神。这是中华民族很早就有的精神,这种精神境界之高远,胸襟之阔达,让人肃然起敬。

由此我们理解了中华民族历史上那些为了民族,为了大众的福祉无私奉献的人,理解了无数革命先烈(其中有不少是出身富家的子弟)为了革命胜利年纪轻轻就献出了宝贵的生命。鲁迅先生称这些人是中华民族的脊梁。可以说,是他们崇高的精神境界支撑起来中华民族的精神大厦,这种精神光耀千秋,绵延不绝。

不受干扰,坚定信念之独立精神

愚公的搬山事业曾受到世俗的干扰,这就是智叟的嘲笑——笑他愚不可及,笑他不自量力。平心而论,以世俗、现实眼光看,智叟自有他的道理。但愚公对他的嘲笑嗤之以鼻,完全不予理睬。不但不理睬,还反唇相讥,义正词严地驳斥他。愚公一通朴素朴实谁都无法反驳的大道理,把智叟批驳得张口结舌。愚公对智叟的反驳,从方法论上看绝不是狡辩,而是最普通的常识。世上人人皆知的最普通的常识,才是颠扑不破的真理,才有无可辩驳的力量。

细读文本,从愚公气势夺人的语气和无可辩驳的道理,可以看出他信念之坚定,内心之充实。他对自己事业必然成功一点都不怀疑。换句话说,愚公具有超强独立的精神世界,有超出常人的胸襟和眼光,因而不受任何世俗的干扰,坚定不移地把自己的事业进行到底。

反复诵读《愚公移山》,时时感受到的是超强的心灵气场,是充盈饱满的中华精神。愚公的形象,其实就是中华民族的形象,愚公的精神就是中华民族的精神。

《愚公移山》是中国古代寓言故事，选自《列子·汤问》。今人评价《列子·汤问》篇，称其笔锋横扫天下，天地至理，万物奥妙，以飨博物君子。文中载有诸多超逸绝尘的神话传说，极言天地之广阔无垠，万物之烦冗驳杂，以期突破世人囿于视听的浅陋常识。因为宇宙广阔，万物奥妙，所以天下万物皆不可凭借有限的耳闻目见来臆断其是非有无，通达大道的至理名言，也无法按照惯常思维去理解其深刻内涵。既然《列子》的作者有如此高深通达的宇宙观和人生观，那么创造出《愚公移山》的寓言，塑造出愚公的伟大形象，也就不足为奇了。

笔者少年时读《愚公移山》，感受愚公精神，每每称奇，感叹两千多年前古人怎么会想象出愚公的故事。现在明白了，因为他们有博大的胸襟和高远的眼光。他们开口宇宙如何如何，闭口天地怎样怎样，天地宇宙是他们精神的活动空间，他们的思想翱翔于天地宇宙之间。天地间没有他们不敢想的事，没有他们不敢创的业。所以有盘古开天地，有女娲补天，有精卫填海，有愚公移山等神话和寓言。这是何等的自由，何等的豪迈，何等的浪漫。这时候的民族精神热情、阳光、豁达、开放、充满活力、富于创造性，他们敢想、敢干、敢与天地相往来。

这样的民族精神薪火相传，哺育滋养了中华民族，积淀于民族深层心理结构中。这是一笔巨大的精神财富，这笔财富将在我们的生活中继续发扬光大，历久弥新。

刑天：猛志固常在

刑天是中国古代神话传说人物之一。刑天本无名，因被黄帝砍掉了头颅，故叫刑天。天者，颠也，颠即人的额头；刑者，戮、割、刈之义，"刑天"即断头者。

人物故事

关于刑天的文献记载，主要有以下两条：

> 神农乃命刑天作"扶犁"之乐，制"丰年"之咏，以荐福来，是曰"下谋"。（《路史·后纪三》）

> 刑天与帝（黄帝）争神，帝断其首，葬之常羊之山，乃以乳为目，以脐为口，操干戚（盾牌、大斧）以舞。（《山海经·海外西经》）

从文献看出，刑天原本是神农（炎帝）手下臣子，虽是武将却喜欢音乐，而且能作乐，能写诗。以后世标准衡量，可以说是一员儒将。从他创作的乐曲和诗歌看，当时神农治下的社会生活是和平的，人民是幸福快乐的。

然而曾几何时，炎帝被武力强大的黄帝打败了，炎帝被驱逐到南方做了一方小天帝。仁爱宽厚的炎帝委曲求全，表示不愿再和黄帝抗争。刑天和蚩尤一样,曾力劝炎帝举兵复仇,但炎帝不为所动。刑天感到愤懑不平,当蚩尤举兵反抗黄帝的时候,他想一同前往,但被炎帝阻止了。后来蚩尤兵败被杀,他再也控制不住与黄帝决一死战的冲动,决定单独行动,去和黄帝拼个你死我活(参见袁珂:《神话故事新编》,中国青年出版社1963年版,第88—89页。)。结果就是资料中记载的,在激烈的战斗中,刑天的头被黄帝砍掉了,也就是被杀身亡,当然也就无法再战斗了。但出乎所有人的意料,失去头颅的刑天,不但没有认输放弃战斗,此举反而激起他更大的战斗激情。没眼睛观看、没嘴巴呼吸怎么办,他"以乳为目,以脐为口",继续挥舞着盾牌和大斧与敌人拼杀。

人生启悟

头掉了还继续战斗,这太违背常识、太不可思议了。然而,正因为违背常识、不可思议,这才是神话。神话以超级荒诞的手法塑造出一位超级勇猛的战斗英雄,给读者带来超级的精神震撼。

刑天的精神核心是什么?笔者以为诗人陶渊明的概括是靠谱的、准确的——"刑天舞干戚,猛志固常在"。

猛志——勇猛无畏的战斗决心、战斗意志、战斗精神;常在——贯穿于刑天生命的全过程。

首先,说服炎帝复仇。炎帝被黄帝打败后,炎帝本人作为统帅已经放弃复仇的愿望,决心过和平安定的生活了(以现代眼光看,这正是炎帝的伟大之处,他不愿以千百万平民百姓的性命做人质)。但刑天却不甘心,他以臣子的身份劝说、鼓动炎帝东山再起,再去拼杀,但被炎帝拒绝了。刑天和炎帝的想法不一样,是因为他们的地位、身份、性格不一样。刑天是武将,性格很刚烈,所以不服输。

其次,单挑黄帝。说服炎帝不成,刑天无论如何咽不下这口气,怎么办?万般无奈中他决定单枪匹马,单挑黄帝。黄帝手下有千军万马,炎帝举部落大军对阵尚且落败,他以个人之力单挑,不是以卵击石,很可笑吗!也许是吧,但"猛志"所在,一切全顾不得了。

再次,更让人不可思议的是,刑天头掉了还继续战斗。这一幕把刑天的"猛志"张扬到了巅峰,发挥到了极致。

自此,中国文学、文化史上一个以"猛志"为精神内核的战神形象巍然屹立,刑天作为面对强敌顽强不屈决绝战斗的艺术符号,刻进了中华儿女的心灵里。

刑天的战斗精神、战斗意志太强烈、太决绝、太令人震撼了!神话以寥寥三十字刻画出一个惊天地泣鬼神的艺术形象,太了不起了。

远古之人为什么会创造出这样一个震撼人心的艺术形象呢?原因无他,就因为创造者内心就是刑天这样的人,就有这样的性格,至少是有这样的想法,这样的冲动。道理很简单,艺术形象是创造者内心世界的外化,是理想、愿望、幻想、性情、意志等情思意念的客观对应物。而神话,以荒诞的形式表达的正是远古先民的心声。

刑天的"猛志"、刑天的性格、刑天的形象给战友以振奋,给弱者以鼓舞,给敌人以震慑,至今放射着精神之光,仍有强大的气场。

或许有人会问,黄帝不是中华民族的始祖吗?刑天这样对待黄帝,刑天成了什么人?!这个问题应该以历史的眼光看。远古时期,黄帝也罢,炎帝也罢,都是原始部落的首领。千千万万的首领率领自己部落的民众,为自己的生存而战。这种情况下的战争,从性质上看,无所谓正义与邪恶,无所谓进步与落后,都是丛林法则的体现。因此,黄帝、炎帝、蚩尤、刑天等所有的神话人物,都是中华民族的祖先,他们身上所体现出的优秀品质,都是中华文化的传统,都是民族文化的遗产,都值得批判地汲取。

具体到刑天来说,我们赞赏、敬仰的是他面对强敌所表现出来的"猛志",是他的性格,他的精神。请注意,是精神!这种精神可以从具体形象中抽象出来加以继承。任何时代,任何社会,都可能有面对强敌的时候,这时候需要发扬的精神,毫无疑问就是刑天的精神。这就是刑天形象永恒的价值和意义。

倩娘：分身有术为情缘

倩娘是唐传奇小说《离魂记》的女主人公。《离魂记》作者陈玄祐，是唐代宗大历年间人。

人物故事

武则天天授三年，清河人张镒在衡州做官。张镒性情质朴好静，少有知音朋友。膝下两女，长女早夭，幼女倩娘端庄美丽。张镒的外甥王宙是太原人，聪明颖悟，仪表堂堂。张镒器重王宙，常说，将来我想让倩娘嫁给你。不知不觉倩娘和王宙都成年了，他们私下里相互日夜思念，家人却不知道。后来张镒的幕僚中有人向张家求亲，张镒同意了。倩娘得知后心情沉重，郁郁寡欢；王宙知道后深深怨恨，托词向张家请辞去京城。张家劝止不住，于是厚礼相赠送走了外甥。

王宙告别舅舅上船，心中悲不能抑。半夜里，王宙正辗转难

唐传奇《离魂记》插图

眠,忽听岸上有人赶来,步履匆忙,片刻到了船边,一看是倩娘赤脚追来。王宙欣喜若狂,问她因何而来。倩娘泣声答道:"你的感情如此之深,让我夜不安寝,食不甘味。如今父亲将我许给别人,强行改变了我的意愿,而我又知道你对我情深不会轻易改变,我思前想后唯恐你为我自杀徇情,所以不顾性命私自投奔。"王宙喜出望外,欢欣雀跃,于是将倩娘隐匿在船中连夜逃走。两人日夜兼程躲到四川安家,五年间生了两个儿子,但始终与张镒无音信。倩娘思念父母,常哭着对王宙说:"我当年不肯辜负你的情义,背弃礼仪伦常和你私奔,转眼间和双亲分离已经五年。作为女儿不能为父母尽孝,此心何安?"王宙甚为感动,说:"我们这就回去吧,你再也不必为远离双亲而痛苦了。"遂一起回到衡州。

到衡州后,王宙一人先到舅舅家为带走倩娘的事谢罪。张镒诧异:"倩娘卧病家中已经几年了,你怎么这样胡说呢?"王宙说:"你若不信,可以到船上与倩娘相见!"张镒大惊,忙差家人去看,果然看到倩娘坐在船中,神情愉悦,见到家人忙询问:"我父母可否安泰?"家人惊为异事,急忙跑回来告知张镒。此时内室中卧病多年的女儿听说后欣喜地起身梳妆更衣,满脸笑容却不说话。这倩娘走出房中与从外归家的倩娘相遇,两人身型叠合融为一体,衣服也重合在一起。

人生启悟

《离魂记》是唐传奇小说中的名篇,一说起唐传奇,人们自然会想起《离魂记》。作品篇幅不长,故事情节亦不复杂,那么它"名"在何处?很明显"名"在"奇"上,"奇"在哪儿?"奇"在"离魂"——常识告诉我们人不会离魂,而作品中倩娘竟然能离魂,所以"奇"。

倩娘为什么要离魂？因为父亲把她许配给他幕僚家的孩子了，而她的心上人是表亲王宙，她情急之下才离魂追他而去。

关于这一点，历来的文学史或论文中都说是为追求自由爱情，冲破封建家庭阻挠，其意义是反封建。"追求自由爱情"应该没问题，但"反封建"一说似有点牵强，因为文本中没有提供"封建家庭阻挠"的相应描写。文本中明明写的是张镒很欣赏王宙，曾主动表示等他长大后，愿将女儿许配给他；后来两个年轻人越长越大，私下苦恋，或许已私定终身的事情他并不知情，只是出于世故人情，答应了同事的媒妁之言。这时，无论倩娘还是王宙，都没有主动站出来说明情况。也许是碍于情面羞于启齿，也许是由于"父母之命媒妁之言"传统的压力，总之他们没有正面出来争取。王宙得知舅舅已将倩娘许给他人，心中怨恨，一怒之下负气出走。倩娘见心上人走了，情急之下离魂追随。

作者怎么想出"离魂"这一精彩的惊世之笔的呢？以情理揣度，也许是面对无法解决的人生矛盾，面对走不出的人生困境，人们会幻想，人，如果分身有术就好了，把这一个"身"（客我，现实之我，肉身之我）留在现实应对困境，让另一个"身"（主我，精神之我，灵魂之我）随心所欲去实现自己的理想。这样一来，矛盾、困境轻松化解，不复缠身，何其美妙！不过谁都知道，分身在现实中是绝不可能的，但现实中不能，不意味着艺术中也不能啊！现在不是"志怪""志异"，写小说、编故事吗？于是心愿所至，分身术就出现了。艺术就是现实缺憾之补偿，艺术是虚构和想象的天地，艺术就是用来满足精神需求的。在艺术世界里，天堂地狱、牛头马面、妖魔鬼怪，千奇百异，无所不可；在这里，只有你想不到的，没有不可能的。这是自上古神话传说起古人都明白的道理。

在《离魂记》中，倩娘利用分身术是为了圆情梦，结情缘，由此可见"情"在人们心中的地位，人们对"情"的追求多么强烈，"爱情自由"对人们的生活多么重要！世界上所有情感当中，男女之间的情欲是最强烈、最坚韧、最不可阻遏不可亵渎的，其爆发力可与原子分裂相比。人同此心，心同此理，今人如此，古人也一样。再泛化一点，古今中外，全人类，概莫能外。原因无它，人性也！

分身离魂为情缘，这一构思太奇特太精彩、给人留下的印象太深刻了，所以对后世产生了巨大影响。中国古代文学史上，此后以"离魂"为母题的作品（小说、戏剧等）不绝如缕，源远流长。

任氏:男权文化视野下的完美女性

任氏是唐传奇小说《任氏传》(作者沈既济)的女主人公。

人物故事

作品第一句介绍任氏是一位女妖,接着介绍

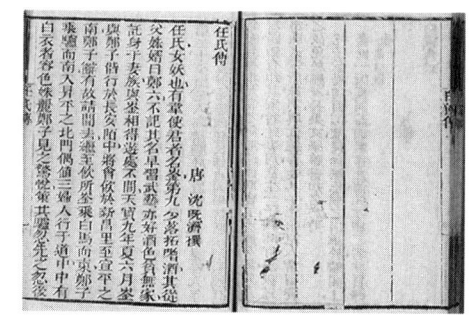

唐传奇《任氏传》书影

两位男主角——郑六、韦崟出场。韦是一位刺史,豪门贵族的外孙,放荡不羁,喜欢喝酒;韦的叔伯妹夫叫郑六,是个习武青年,也喜欢喝酒,贪恋女色,因贫穷只得住在妻子的家族里。韦、郑二人性情相投,交往密切。

一天,二人出去游玩,郑找借口落下一步,看见三位女性在街上行走。其中白衣女人特别漂亮,"郑子见之惊悦",于是骑着驴跑前跑后跟着,加以挑逗,女子也不拒绝。她们一行人都和他打情骂俏,彼此互相熟悉起来。郑六跟着进了女子住宅,互通了姓名,始知女子为任氏。当晚留宿其宅,郑六越发感到任氏"妍姿美质,歌笑态度,举措皆艳,殆非人世所有"。天将亮时二人约好再见时间,任氏催促郑六离开。出门后,郑六向旁边做生意的人打听昨晚留宿之家情况,始知那里是一片荒地,没有住宅,知任氏原来是狐狸精。

郑六再次在市场上见到任氏,她躲着不见他。郑六上前拦住她,她说,既然你已经知道真相,我已没脸再见你,你还是离开吧!郑六表示即使知道了真相也不愿离开她,而且赌咒发誓,愿和她在一起。任氏被郑六的真诚深深感动,也真诚地说,我们这类人之所以被人忌恨是因为她们害人,而我却不如此,你若不嫌弃,我愿终生伺候你。接下来两人商量找一个同居之所,任氏思虑周密,指导郑六租来房屋,很快建起一个温暖的小家。

　　韦崟听说郑六得到一个美女,开始不相信,派人多次察看并亲自过目后,发现任氏确实是绝世美女。韦崟惊喜之下爱得发狂,接着就要施暴。任氏坚决反抗,韦崟强力制之,多次反抗无果,无奈之下任氏凄然表示服从,并为郑六悲哀。韦崟问为什么,任氏说:郑六堂堂男子汉不能保护一个弱女子,还是男子汉吗?你呢,生活奢侈豪华,身边佳丽成群,像我这样的就更多了;而郑六是个穷小子,心爱的女人就我一个,难道你忍心以有余之心而夺人之不足吗?郑六吃你的喝你的,所以只能听你摆布,但凡他还有一点尊严,也不至于让你这样。韦崟性格豪爽义气,任氏一席话说得他无言以对,立马表示不敢了。

　　自此,凡任氏生活所需,一律由韦崟供应。两人频繁交往,甚至有时互相亲热,但从不越过底线。韦崟对任氏又爱又敬,对她毫不吝惜,时时将她放在心上。

　　任氏深知韦崟爱自己,但因为不能对不起郑六,所以不能满足韦崟求欢爱之心。为了表示歉意,任氏答应帮助韦崟寻找美女以报答他。她第一次找到一位卖衣服的女性,虽然肌体凝洁,韦崟很喜欢,但很快他就玩腻了。第二次,任氏用阴谋手段骗到一个十六岁的豪门小姑娘,供韦崟玩弄,直到姑娘怀孕。

　　因郑六贫穷,任氏以非人类眼光,指导郑六买某匹残疾之马,以此赚到一笔钱。

后来,郑六考中武举,被任命为某地小官,又另娶妻成家。赴任之时邀任氏同往,任氏不愿去,再求仍不同意,无奈郑六求韦崟帮其劝她。没办法,她才说有巫师告诉她这一年不该西行,否则会招祸伤身。郑六和韦崟想都没想,嘲笑她聪明人不该迷信。任氏说如果巫师的话应验,我白白为你送命,有什么好处呢?郑六和韦崟执意相求,任氏只好答应。在西行的路上,巫师的预言果然应验,任氏被猎狗狂追,现形被咬死。郑六悔之晚矣。

人生启悟

《任氏传》故事婉转曲折,细腻动人,塑造出任氏这一完美的女狐形象。首先她有惊人的美貌,其次她有坚贞纯洁的道德操守,还有温柔善良、屈己迎人之心。她实在是太完美太可爱了!

但正因为太完美太可爱了,才让我们怀疑,这样的完美和可爱未必是现实中实有的,而是按某种理想模式被塑造出来的。谁的理想模式?当然是男性的,是男性中心主义,或曰男权文化的理想模式。任氏是男权文化视野中的完美女性,任氏形象具备了男权文化理想中女性的所有特征。

其一,有绝世美貌。关于任氏的美貌,作品做了反复渲染。最早是大街出行引起郑六的注意,在闺房中再次让郑六感到她"妍姿美质非人世所有"。接着是阅女无数、姬妾成群的韦崟,开始不相信任氏的美貌,派人一次次察看,直至亲自看见才彻底服了,认为任氏之美过于仆人的描述,因而"爱之发狂"。再次是服装商人眼中的任氏:"此必天人贵戚,为郎所窃,且非人间所宜有者。愿速归之,无及于祸。"这种夸张的描述,极写了任氏之美。频繁描写任氏之美,说明作者对此极感兴趣,尽情玩味,以至于忍不住一而再,再而三地反复渲染。

请问,谁会对女性的美貌如此感兴趣?毫无疑问当然是男性。男性对于女性,首先关心、关注的就是外貌,最喜欢、最想看的当然是美人。这让我们理解了古今中外男性作家笔下的女性,尤其是女主角,基本上全是美女,于是闭月羞花、沉鱼落雁、绝世美人、惊为天人之类的描述层出不穷,你用了我再用,以至于让人感觉雷同生厌。没办法,作家的创造性穷尽了,不得不使用陈词滥调了。

顺便想提及的一个意思是,《任氏传》第一句就说任氏是女妖,接下来才展开对其美貌等的描写。把美丽女人的身份定位为妖(鬼、狐、蛇等),是古代文学创作中因袭的传统。为什么?这里隐隐透露出男性对于女性美既喜又怕的不自信。女性美对于男性的诱惑太大了,由于自感抵御不了,所以先把她们妖魔化,目的是为自己的软弱找借口,把自己犯错的原因栽在她们身上。

不过应该说这可以理解,也不算什么丑恶,为什么?大概因为人性也!由于封建社会一直是以男性为中心,作家基本都是男性,所以有上述现象。可以设想,如果是以女性为中心,女性作家大概也会对男性魅力特感兴趣吧!

其二,甘愿做外室。郑六已是有妻室之人,这一点作品多处提及。首先是开头介绍郑六是韦崟的"从父妹婿"(叔伯妹夫),"贫无家,托身于妻族";其次,当郑六卖马坚持非三万不出手时,"其妻昆弟聚而垢之";其三,当郑六至金城县当官时,"郑子方有妻室"。前两次介绍中郑六的妻子没有露面,当官后娶的妻子和前一个是什么关系,作品没有明说。不过,可以肯定的是,在追求任氏并长期保持关系的过程中,郑六是有妇之夫,这一点任氏是清楚地知道的。但她心甘情愿当外室,心甘情愿被"金屋藏娇",这一点也是可以肯定的。当郑六即将远行邀她同行时,她明确表示,你把我的日用所需给我留下,我老实在家等着你。

有新婚妻子,还要邀任氏,原因何在?原因是,郑六"昼游于外,而夜寝于内,多恨不能得专其夕"——因为必须回家陪妻子,不能长夜和任氏在一起,他感到很遗憾。任氏是妻子之外的性伙伴,他吃着盘里看着碗里,他希望婚外还有性自由,所以他不顾任氏意愿,强行要她走。而最让郑六感到满意的是,任氏安于这样的地位,从来没有为此和郑六吵闹过——她没有越位之想,不要求"转正"。这样的好女人你到哪儿找去?!这样的女人谁不喜欢?你自己想去。

其三,恪守贞节。男权文化对女性的贞节要求特别严格。狐精、女妖,非人类也;而且,任氏的身份,按作品描写,原本属于妓女一类,按道理不守贞节也在情理之中。但让人满意的是,任氏虽然身为狐妖,但依然坚守贞节,而且坚守的态度非常决绝。当她遇到强暴的凌辱反抗无果时,以悲哀无奈的语气说出的一番话,把一向轻狂浮浪的老色鬼韦崟也镇住了。弱弱的哀求中倚仗的是堂堂正正的伦理道德,韦刺史万万没有想到一个看起来似乎人尽可夫的弱女子,竟然对一个穷小子如此忠诚,对道德底线的坚守如此坚定。这样的态度,这样的形象,不得不让他既敬且畏,立马表示不敢了。

任氏的道德操守,在任何文化背景下尤其是封建时代,绝对占据道德高地,这正是男权文化最看重最欣赏的品质,所以历来获得众口一词的赞赏,也就是可以理解的了。

其四,懂得报恩。韦崟打心眼里欣赏她,钦佩她,因而千方百计讨好她,笼络她,尽其所有供她吃喝,尽其所能陪她玩耍。穷困潦倒的郑六不能给她的,韦崟慷慨大度地全给了,这对任氏自然是莫大的恩德。韦崟这样做的目的,任氏心知肚明——他想占有她。

但忠贞于郑六的道德底线让任氏不能以性来报恩,怎么办?为了还韦崟的人情报韦崟的恩,任氏想到的办法是诱骗自己的亲族姐妹供韦崟享乐。

任氏的这种想法和手段,在读者看来是最让人恶心、最不能接受的,这是任氏形象的污点。但是,卑劣的手段所要达到的目的却是堂皇的。男权文化肯定并赞赏她的动机,因而也就原谅、宽恕了她的手段。表现在作品里,韦崟高兴自不必说,作者也没有半句微词啊!作者用很大的篇幅去叙述和描绘任氏是如何把小女子骗到手的。叙述的笔调是平静的、娓娓道来的。如此耐心地描写这一过程,不加任何批评,更不要说谴责,隐隐让人感觉到作者的兴趣和对任氏的欣赏。

其五,会赚钱。在封建时代,挣钱养家糊口本来是男性的责任,但如果女性能够担当起来,至少是能助男人一臂之力,岂不更好!《任氏传》的作者就是这样想的。于是,与男女感情七不沾八不连,忽然插入一个任氏安排郑六买残疾马转手再卖从中赚钱的情节。这情节的插入颇为别扭,但作者需要这样的形象,他有这"特权",所以就插进来了。——这种生硬的情节,也能证明作者的主观意向,暴露作者的创作动机。

其六,为迎合男人心愿,不惜以生命为代价。郑六到外地赴任,不带妻子带情人,为的是能随时寻欢作乐,于是要求任氏陪他同行。但有预言在先,西行危险,任氏不愿去。但郑六不顾任氏请求,执意要她跟着走,而且加码请韦崟出面劝她走——等于是情感绑架。既然心爱的男人如此执着,没办法,那就不顾一切冒险吧!结果任氏失去了宝贵的生命。郑六的要求完全是自私的、过分的、无理的,但男人的利益至高无上,为了迎合男人,自己的一切都无所谓了。这样的女人谁不喜欢?还用说吗?

总之,作品中的任氏从外貌到内心都是完美的,即使有瑕疵有污点,换个角度也转化成了完美的组成部分。任氏的完美,从文化视角看,反映了男权社会里男性的欲望,男性的理想,男性的女性观,是男性中心主义者完美的幻想。这种男权文化已经渗透到了骨子里,以至于人们长期对此没有察觉,一说到任氏形象,都赞颂她善良、多情、对爱情的忠贞之类,而没有发现其中的荒谬和不合理。如今时代不同了,社会进步了,该对《任氏传》这样的作品从文化角度加以解读和清理了。

柳毅：立身处世以理为据

柳毅是唐传奇《柳毅传》中的一号人物。《柳毅传》是名篇，讲的是儒生柳毅和龙女从相识到相知相爱终成眷属的故事。

刊载《柳毅传》图书《太平广记》书影

人物故事

《柳毅传》讲落榜考生柳毅，到泾阳看望同乡的路上，看到愁容满面、衣衫褴褛的美女在放羊。柳毅问她何以如此愁苦，美女答自己原是龙王洞庭君的小女儿，远嫁泾川龙王二儿子后，丈夫放荡、胡闹，公婆却袒护儿子，讨厌她并折磨她，把她赶到这里放羊。她听说柳生要回南方去，想请求他捎信给父亲请求其来搭救她。柳毅是讲义气的人，听了她的话非常激动，很愿意尽力帮助她。龙女很高兴，给他说了联系方式，又把信交给他。

柳毅到家后按龙女教的方法进了龙宫。龙王洞庭君非常感谢柳毅送信告知女儿信息的恩德。龙女的叔父钱塘君性格暴烈，得知侄女有难，眨眼间施法术救侄女回到龙宫。

整个龙族对柳毅感激不尽，从洞庭君、钱塘君到宫女竞相赠送龙宫宝贝给柳毅,同时一天接一天地设宴答谢他。在宴会上,钱塘君为侄女向柳毅求婚,但因态度傲慢激怒了他,柳毅当面拒绝并斥责了钱塘君。钱塘君知错必改,赶紧道歉,但事已至此无法挽回。当柳毅辞别龙宫回家时,洞庭君夫人特意设宴为他饯行,席间让龙女当面向他再拜致谢。夫人惋惜地说,这一分别,不知以后是否还有相见的日子。柳毅此前已经拒绝了钱塘君,可是此刻见到龙女的可爱样貌,心中颇为后悔。

柳毅回家后卖掉龙宫所赠宝物,还没有卖到百分之一,已成百万富翁。他接连两次娶妻,两妻相继死去,后来他把家搬到了金陵。鳏居单身的柳毅常常因为没有妻子而感到寂寞,想另觅一新的配偶。有人向他介绍一位姓卢的小姐,聪明美丽,死了丈夫,母亲可怜她年纪轻轻,不忍她寡居,想觅一个有品德的人和她相配。柳毅答应了这门婚事,举行了婚礼。

婚后的一天晚上,柳毅细看妻子觉得很像龙女,于是和她谈起从前传书的事,妻子没有正面回应。直到一年多后孩子满月,妻子浓妆艳饰将柳毅唤进内室,才明确告诉他自己就是龙女。因他曾经搭救之恩,立誓要报答他。但阴差阳错,始终没有如愿,但爱他的心始终坚如铁石,如今终于如愿以偿。龙女说,今天我能够侍奉君子,彼此在一起相亲相爱地过一辈子,我就是死了也没有遗恨了!柳毅感动之至,解释了自己之所以拒婚的原因,两人相知相爱更笃更深。

因为与龙女结合,柳毅也成了仙,柳的亲族跟着沾了光。

人生启悟

《柳毅传》以浪漫的故事、细腻的文笔,塑造了几个性格鲜明的人物形象,其中以柳毅形象最为丰满。关于柳毅的性格,人们强

越剧《柳毅传书》电影剧照

调了他的豪侠刚烈,称他是一位侠义之士,在他身上体现了见义勇为、急人之困、不负重托、施不望报的侠义思想,同时又体现了威武不屈的坚强性格。

在这里,笔者想提的是柳毅性格中的另一侧面,即作为读书人,他立身处事时时处处都以"理"(道理、理论、理念)为指导,一举一动、一言一行都在"理"上,"理"是他处世做人的准则与行动的依据。

其一,"义"字当头救龙女。

当初柳毅路遇"殊色"放羊女子"蛾眉不舒,巾袖无光"时,立马激起了他的同情心,主动上前搭讪,问她为什么会这样。她向他诉说悲惨遭遇,向他发出求救意愿,问他是否愿意帮这个忙,他回答说自己听了她的遭遇热血沸腾、义愤填膺,恨无毛羽不能奋飞,还说什么答应不答应呢?于是态度坚决、毫不犹豫地答应了。他答应的理由非常明确,那就是,"吾义夫也"。一个"义"字,让他路遇不平拔刀相助。

其二,面对酬谢馈赠,踧踖辞谢,愧揖不暇。

当柳毅把龙女书信送达龙宫,钱塘君救出龙女,龙王洞庭君和其弟钱塘君向他表达真诚感谢时,他的反应是"撝退辞谢,俯仰唯唯"(谦逊地表示不敢当,连连点头回应);当洞庭君和钱塘君在酒宴上向他敬酒时,他的反应是"踧踖而受爵"(踧踖——恭敬而不安的样子);当洞庭君赠以"分水犀",钱塘君赠以"照夜玑"时,他的反应是"辞谢而受";当宫中之人纷纷赠以"绡彩珠璧"时,他的反应是"笑语四顾,愧揖不暇"。

所有这些反应——感谢,推辞,惶愧,不安——接受不是,不接受也不是,用一句话表述即"受之有愧,却之不恭",都在说明柳毅是一个善良懂礼的谦谦君子。他没有以恩人自居,没有居高临下心安理得地接受龙王家的感谢和馈赠,而是深知自己的所作所为都是应该的,本不应该接受如此隆重的酬谢和馈赠,接受了反而让人惶愧不安。柳毅的心理反应来自他高贵的人格,符合儒家一再倡导的君子之道,君子之道是他谦恭谦卑的心理渊源。

其三,面对无礼,正面反击。

宴会上,钱塘君以媒人的身份出面为侄女向柳毅求婚。这本来是一桩好事,龙王愿把公主许配给他,对他来说可以说是莫大的恩宠,是至高的尊重,但可惜的是,钱塘君态度傲慢,用语粗鲁,让柳毅感到自尊心受到了侮辱。事关人格尊严,不容冒犯,于是他"肃然而作,欻然而笑"(严肃地站起来,忽然冷笑),当即严厉地、毫不留情面地予以驳斥。

柳毅的反应,对中国传统文人来说,再正常不过。因为儒家历来把人格尊严看得至高无上,甚至比生命还重要,有道是"士可杀而不可辱"。在人格尊严问题上,儒家的要求是不苟且,不马虎,不必委曲求全,不能卑躬屈膝,不拿原则做交易。这体现了儒家对人的精神品性的重视,体现了高贵的人格操守。

其四,对手认错,立马宽恕。

柳毅义正词严的驳斥让钱塘君深感不安,使其立马认识到自己的错误,于是连忙后退道歉谢罪,承认自己出语狂妄,冒犯了柳的尊严,希望他不要介意,不要因此影响了彼此之间的关系。一个性情暴烈,身份高贵的人能如此当面承认错误,已经相当不容易了。柳毅认识到了这一点,感受到钱塘君的态度是诚恳的,立即原谅了他。当天晚上又举行宴会,两个人欢乐如前,成了知心朋友。

这里,钱塘君知错必改和柳毅不计前嫌、得饶人处且饶人的态度,都是儒家提倡的,都很可贵,都体现了君子之风。

其五,拒婚理由。

如果说《柳毅传》的中心故事是柳毅与龙女的爱情关系,那么最大的事件可以说就是柳毅当众拒婚了。柳毅的拒婚,使看起来立马就可成的一桩好事迅即破灭。这件事对立誓报答柳毅的龙女是一个巨大打击,因此她一直耿耿于怀。阴错阳差,上天眷顾,几年后他们终于又走到了一起。龙女问起当年他拒婚的理由,柳毅的回答是:"洎钱塘逼迫之际,唯理有不可直,乃激人之怒耳。"

"理"——柳毅提出的原因明明白白是"理"。柳毅认为的"理不可直"主要在于两个方面:

(一)"夫始以义行为之志,宁有杀其婿而纳其妻者耶?"柳毅解释说,当初答应救她是因为她的冤屈激起了他的义愤,他真心为她鸣不平,一心想的都是为她申冤,他时刻提醒自己除此之外不能有其他想法("自约其心者,达君之冤,余无及也")。柳毅的意思是说,当初他是以仗义救人为目的,现在杀了人家的丈夫再娶了他的妻子,给人的印象是为了娶他的妻子才肯做如此仗义之事,这就误解了他的本心,玷污了他的名誉,所以要拒绝。由此看,柳毅把自己的名誉看得很重,时刻注意爱惜自己的羽毛。爱惜名誉,这是儒家做人的一个基本准则。

(二)"某素以操真为志尚,宁有屈于己而伏于心者乎?"柳毅说,钱塘君以威胁和诱惑为手段迫使我同意,这是我绝对不能接受的。钱塘君说,"如可,则俱在云霄"(如果你接受,大家都在天堂享福)——这分明是诱惑;"如不可,则皆夷粪壤"(如果不接受,大家都跌入地狱受罪)——这是赤裸裸的威胁。如此无礼,你说我怎么能接受！在正义、正理、正道面前，富贵不能淫，贫贱不能移，威武不能屈，这是儒家君子必须坚持的。

除了上述两点事关原则，还有一个原因，当时是宴会场合，众目睽睽之下，柳毅只求毫无顾忌地说出自己想说的话，只知道照着正理去做，而顾不上其他。这一原因属于特定场合下的激情冲动，受情绪支配。但即使在这种情况下，柳毅坚持的依然是"理"（"唯直是图"），是原则，为原则"不遑避害"。

纵观柳毅的所作所为，一以贯之的是"理"，是"直"。他一言一行都以"理"为指导，一举一动都中规中矩地走在"理"的正道上。"理"是儒家君子立身处世、处事的原则和准绳，无论干什么，都不能无理，不能越理。对儒家来说，"理"的重要性胜于生命。

为什么把"理"看得如此重要？简而言之，为了心安。常言说，心安理得——心安于得理。有（得）理则心安，无理则不安。为什么儒家如此重视心安？因为心安是立身之本，是灵魂归宿，是精神家园，所以读书人历来把心安看得至高无上。正如白居易所说，"我生本无乡，心安是归处"（《出城留别》）；"无论天涯与海角，大抵心安即是家"（《种桃杏》）；"心泰身宁是归处，故乡可独在长安"（《重题》）。

心安，不仅是儒家，是文人士大夫读书人的精神追求，也是人民大众普通老百姓的精神追求（如"为人不做亏心事，不怕半夜鬼敲门"等）。因此，追求心安可以说是中华民族历史文化的一个优秀传统。这一传统任何时候都不过时，至今仍有迫切的现实意义。

李娃：良心是人格的保护神

李娃是唐传奇名篇《李娃传》（作者白行简）的女主角。作品开头这样介绍她："汧国夫人李娃，长安之倡女也。""汧国夫人"，社会地位极高，备受尊崇；"长安倡（娼、妓）女"，社会地位极低，极受鄙视；两种身份极为矛盾，反差极大，怎么会统一在一个人身上呢？作品下一句话给以解释："节行瑰奇，有足称者。"（节操和品行高贵奇特，很值得赞赏）而这，就是作者所以写作《李娃传》的原因（"故监察御史白行简为之传述"）。

第一段激发了读者的极大兴趣。一个妓女被皇帝封为汧国夫人，是因为"节行瑰奇"，那么"瑰奇"在哪儿呢？接下来展开故事。

人物故事

天宝年间，常州刺史荥阳公五十岁得子，儿子聪颖俊秀，文才不凡，荥阳公喜爱并器重他，对他期望甚高。公子受推荐进京参加秀才科考试，临走时，荥阳公为他准备了足够的钱财等费用。公子也很自负，认为考取功名易如反掌。

到京城长安不久，公子爱上了妓女李娃，两人你有情我有意，爱得如胶似漆。他住到了她家里，鸨母（娃母）也认他为女婿。一年后，公子钱财花尽，鸨母设计，李娃执行，想办法绝情地甩掉了他。公子遍寻无果，惊恐迷惑，愤怒得像发疯一样，无奈只得回到刚来时租住的老地方。旧宅老板因怜悯而收留了他。公子怨恨交加,三天不曾进食,结果得了重病。老板怕他一病不起,把他推到办丧事的店铺里。铺子里的人可怜他,轮流照顾他。公子病情好转后为了糊口帮丧事店干活儿,后来学唱挽歌,不久唱出了名。

在一次挽歌比赛中,公子被随荥阳公进京的仆人发现了,荥阳公认为他堕落到如此地步,污辱了家门,用马鞭将其痛打到昏死过去。丧事店的人得知消息,派人拿芦席去埋葬他,结果发现他一息尚存,赶紧抬回去让他养伤。时间长了那些被鞭打的地方溃烂难闻,他们又把公子丢在大路上,从此公子以乞讨为生。

大雪纷飞时公子饥寒难耐,乞讨的声音非常凄惨。李娃在房中听出是公子的声音,跑出来看见他骨瘦如柴,满身疥疮,不像人样儿。李娃激动地去认他,公子发现是李娃,愤怒得昏了过去,一句话也说不出来,只能点头。李娃上前抱住他,为他裹上绣花短袄,扶着他失声恸哭:"你今天落到这个地步,都是我的罪过!"她哭昏了过去,良久才醒过来。鸨母发现,逼李娃赶公子走,李娃坚决不同意,坚持要留下他,照顾他。鸨母看她意志坚定,只得答应。

李娃给了鸨母赎金之后,以余财尽心尽力照顾公子。帮他复原身体,陪他认真读书,不分黑夜白天,长年累月不知疲倦。几年后,公子认为可以参加考试了,李娃认为还不行,劝他努力努力再努力,准备准备再准备。直至公子一举考上甲科,再考直言极谏科获第一名,被授予官职。公子功成名就,将去上任,李娃对他说,如今你已经恢复本来的你,我不再有负于你了;我愿以我的余年回去赡养老妈妈;你应当和名门贵族小姐结婚,让她当你的贤内助;你要努力自珍自爱,从此你我就分手了。公子舍不得,说你走我就自杀。李娃坚辞不从,公子苦苦请求。最后李娃答应把他送过江,到达剑门立即回来。

到达剑门后公子遇见荥阳公,父子相认,问及前事,公子详细叙述了前因后果，荥阳公非常感动，问李娃在哪里。公子说她送我到这里，我正打算让她回去。荥阳公说不可。然后由荥阳公主持，公子明媒正娶了李娃，接纳她正式成为家庭一员。李娃嫁过去后，超级贤德又超级幸运。如为父母守灵处长灵芝，白燕在她家筑巢，皇帝诰封嘉奖，丈夫接连高升，四个儿子都是大官，这些是作者按照封建文人的美梦随意瞎编，让人感到俗不可耐了。

人生启悟

从《李娃传》的故事梗概可以看出，李娃和公子的关系大致经历了三个阶段：公子有钱时的互爱，公子无钱时被抛弃，公子沦为乞丐时李娃全心全意拯救他。第一阶段可以理解，一是郎才女貌，互相吸引；二是公子舍得花钱，李家有钱赚，各得其所。二者相爱也是真的，不过其中有金钱因素在，说不上纯粹。第二阶段，公子破产，没钱赚了，鸨母与李娃合谋甩掉了他，差一点把他气死。这也可以理解，因为李娃母女毕竟以娼为业，有钱则合，无钱则舍，符合商业规则。至于李娃的心理如何，作者没有披露。第三阶段，公子沦为乞丐一无所有时李娃毅然出面相救，态度坚决，义无反顾，与相依为命多年的鸨母闹掰也在所不惜。自由后全心全意照顾公子生活，温情陪护并督促公子读书，直至他功成名就，然后真心表示撤离，让公子另娶名门大户之女为妻。

李娃第三阶段的表现与第二阶段大相径庭，让人感到迷惑不解，她是不是患了人格分裂症了？当然不是！细读文本，深入她的内心就可以理解了。

当鸨母严厉命令李娃驱逐公子时，她说了四条理由予以反驳，为自己辩护。

一是，公子本来是良家子弟，当初骑大马携细软到我们家，钱财花光后,我们设诡计抛弃了他,这简直不是人干的事情。意思很明白,公子如今混得不成人样儿,我们应当负责任,是你我合谋害了他。二是,父子之道,人之天性,他父亲恩断义绝,打死他后又抛弃了他。公子如今沦落到这个地步,世人都知道是因为我。言外之意,我怎么能丢下他不管呢?!三是,公子的亲戚满朝廷都是,有朝一日当权的亲戚查清事情真相,灾祸就会降到我们头上了。四是,"况欺天负人,鬼神不祐,毋自贻其殃也"。

四点原因,第一点强调鸨母和自己的责任,谴责鸨母和自己的罪行,话说得相当重。这样的话,与其说是说给她俩听的,不如说主要是说给鸨母听的。为此我们有理由判断,当初的"诡计"主意是鸨母出的,鸨母是主犯;李娃是被命令,不得不配合,是从犯。而且从李娃的话中还可以听出,当初配合时她就知道这样做是阴损的(不然她不会定性为"诡计"),但出于多种原因没有明确反抗。第二点,李娃突出了自己现在应当担当的责任,表示自己愿意出面负责——他沦落是为了我,我欠了他人情债,这账应由我来还。第三点是外在原因,考虑现实利害,揆之情理,这应该是说给鸨母听的,是用现实压力逼老太婆就范的。

尤其值得一说的是第四点,是更内在的原因。"欺天负人,鬼神不祐,毋自贻其殃也"。这里的"天"和"鬼神"相当于老天爷(抑或上帝),是自古以来中国民间信仰中至高无上的神秘力量。他代表正义,他明辨善恶是非,负责因果报应,掌管惩恶扬善。这种力量,可以理解为冥冥中高居天堂的人格神,内化为人的心理结构即人的良心,西方人称之为"内心的道德法则"(有人译为"道德律令")。"内心的道德法则"来自西方大哲学家康德的一段非常著名的话:"有两种东西,我们越是经常、越是执着地思考它们,心中越是充满永远新鲜、有增无减的赞叹和敬畏——我们头上的灿烂星空,我们心中的道德法则。"

良心,自古以来在中国人精神生活中都极为重要,圣人贤哲就不去说了,即使是普通老百姓,也对良心充满敬畏。如,人在做,天在看;举头三尺有神明;为人不做亏心事,不怕半夜鬼敲门;做人要有良心;等等。有良心,是对一个人品德的最高赞赏;没良心,是对一个人品德的最大贬斥。

心中有良心和没有良心,对于人的行为是大不一样的。有,心中就有敬畏,行为就能自律;没有,就"我是流氓我怕谁"。具体到《李娃传》中,鸨母奉行的是金钱至上的商业原则,因而失去良心,所以当公子没钱时设"诡计"甩掉了他;而李娃心中良心未泯,所以被鸨母利用后心中会有不安,意识到她们合谋的性质是见不得人的"诡计"。虽然作品中没有明写,但我们可以推测,甩掉公子后李娃心中会有愧疚感,甚至罪恶感。这种感觉像阴影一样在她心中徘徊多少年挥之不去。所以一听到公子凄厉的乞讨求救声,她立马激动地冲出去认他,不顾一切地挽救他,后来死心塌地地陪护他,直至他功成名就后毅然撤出。

李娃的行为,在世人眼里是拯救公子,但对李娃来说是拯救自己。她只有通过这样的举动才能赎回自己高贵的灵魂,才能洗清自己哪怕是被动的罪恶,才能驱赶走心中一直徘徊不去的阴影。一句话,对于有良心的李娃来说,这样做与其说是为别人,不如说是为自己——为自己灵魂安宁。所以当公子授官之后,她感到自己还完了良心债,她如释重负,愉快地告诉公子:"今之复子本躯,某不相负也。"这时候的李娃是最快乐最幸福的,世界上再也没有比解除良心压力更轻松美好的感受了。

良心,是一种深层的、内在的、强大的道德力量,正是良心,引导李娃做出了超越常人的善举。她的善举征服了鸨母(她不得不同意李娃救公子),征服了公子(他再见她之初是恨她的——"生愤懑倒地,口不能言"),征服了公子的官员父亲荥阳公,征服了世人——世人评价她"节行瑰奇,有足称者"。监察御史白行简听说后也由衷地赞叹:"嗟乎!倡荡之姬,节行如是,虽古先烈女,不能逾也,焉得不为之叹息哉!"感动之余,挥笔写下这篇"传记"。

　　李娃作为一妓女,做人曾经有污点,曾经做过亏心事,但最终,她以超人之善举成就了完美的道德形象。是什么力量导致她发生如此巨大的转变?从文本看,无他,唯有良心。良心是她的道德底线,是她善举的动力、源泉和依据,换句话说,良心是李娃人格的保护神。

张生：游走于原欲与礼教之间的利己主义者

张生是唐代传奇小说《莺莺传》（由元稹编撰，别名《会真记》）中的男主人公。他是一个什么样的人呢？让我们紧扣文本来了解他，认识他。

人物故事

作品名为《莺莺传》，但第一段首先介绍的却是张生：

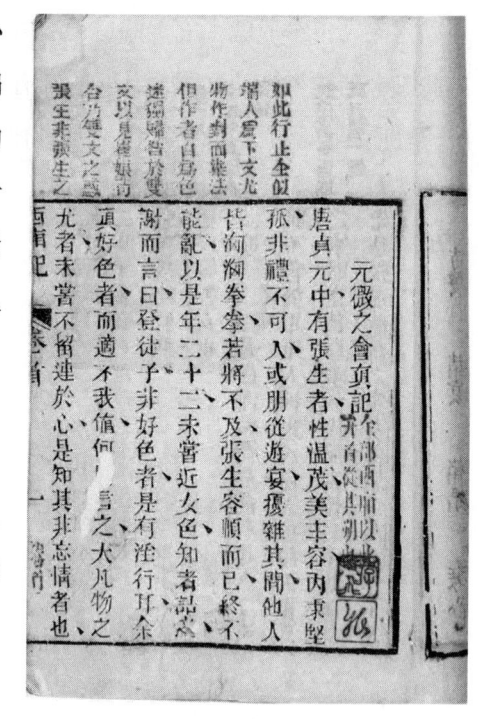

清刊朱墨套印本《会真记》书影

唐贞元中，有张生者，性温茂，美风容，内秉坚孤，非礼不可入。或朋从游宴，扰杂其间，他人皆汹汹拳拳，若将不及，张生容顺而已，终不能乱。以是年二十三，未尝近女色。知者诘之。谢而言曰："登徒子非好色者，是有凶行。余真好色者，而适不我值。何以言之？大凡物之尤者，未尝不留连于心，是知其非忘情者也。"诘者识之。

这段介绍,强调了张生性格的两个特点。一是坚守礼教的好榜样——"内秉坚孤,非礼不可入"。即使在年轻朋友们嬉笑打闹喝酒吃饭等最放松放纵的场合,他也表现得特立独行,"终不能乱"。二是迷恋原(情)欲的好色之徒——"真好色者""非忘情"——这话出自张生自己之口,是张生的自我评价。

由叙述人和张生的自我介绍可以看出,礼教与原欲,是张生心理结构中的两个基本元素,是其精神生活的两个支点,两点对立形成一个心灵张力场,张生的思想、感情、心理、灵魂,就在这一张力场中游移。

洞察了张生心灵世界的秘密,也就掌握了理解张生的钥匙。张生的所有行为,都可以从这里得到解释。

崔莺莺家"财产甚厚",崔氏孀妇携弱子幼女旅居普救寺,时遇兵荒马乱,"惶骇不知所托",恰好张生的军中朋友及时解救了崔家。崔家对张生感激不尽,命儿女出来施礼相谢。莺莺因避男女之嫌迟迟不愿出来,母亲命令之下才衣着随意素面朝天地走出与张见面。张一见即感觉其"颜色艳异,光辉动人"。

莺莺的极高颜值出乎张之意料,美貌的"光辉"像火花,一下子点燃了张生"好色"之原欲,所以他惊惶之下立马上前施礼("张惊,为之礼"),想诱导她说话,想趁机表达爱慕之心("愿致其情")。初次见面就想表心意,张生显得有些太急迫了,这与他"终不能乱"的性格不合,但却合于"真好色"这一面。正如他自己说的,我是真好色者,但是一直没有遇见真正的美人。现在终于遇到了,所以放下架子,收起端肃,立马搭讪。可惜莺莺不理不睬,让他顿感失落。

原欲之火一旦点燃,便会熊熊燃烧。既然不能正面接触,那就侧面迂回——通过丫鬟红娘向莺莺进攻："生私为之礼者数四,乘间遂道其衷。婢果惊沮,腆然而奔,张生悔之。"——没法向莺莺倾泻心意时就倾泻给红娘,结果把丫头吓得一愣一愣的,满面通红地跑了。堂堂正人君子低三下四和丫头套近乎,趁机表心意提要求,结果是,姑娘吓坏了,自己后悔了。第二天红娘再来,张生再也不好意思提自己的要求。红娘说,你的话我不敢向小姐说,也不敢泄露。那么张生提的要求是什么呢?作品没透露,读者自己去想吧!读者可能猜不出具体什么话,但已看出张生内心煎熬极了,他已经被原欲抓住了,他已经进入礼教与原欲的张力场,欲火中烧了。

红娘说,你既然如此煎熬,你是她家亲戚,又是她家恩人,为什么不直接求婚呢?张生的回答是,求婚程序太麻烦,历时太长,如今我已经"几不自持",走路不知去哪儿,吃饭不知饥饱,再让我熬煎几个月,我早急死了("索我于枯鱼之肆")。听听张生的话,多么直白,多么急迫,多么焦躁,多么不加遮掩,可见他被原欲火烧火燎到了何种程度。

红娘了解小姐,建议张生写"情诗以乱之",张大喜,立马以《春词》两首交给红娘。这一招果然有效,莺莺以《明月三五夜》邀约张生。张生既高兴激动又紧张害怕,自以为要得手了。但一见面,莺莺"端服严容",对张生猛一阵数落:你对我家有厚恩,所以我妈把我和弟弟托付给你,你怎么能让不懂事的丫头传送淫逸之词!你以仗义救人始,以乘人急难求爱乱我心而终,你这不是以乱易乱吗?!如果我对你的诗置之不理是不义,告诉我妈对不起你,让丫鬟传话怕讲不清,所以我写诗约你当面讲清。莺莺质问张生:"非礼之动,能不愧心?"最后警告他:"特愿以礼自持,毋及于乱!"一通话如霹雳闪电,打得张生晕头转向,失魂落魄。因为莺莺挥舞的是张生最熟悉最服膺的礼教大棒,招招敲到麻骨上,所以他羞愧难当,恨无地缝可钻——你不是最讲"礼"吗?而你做的事最无礼,你还有什么话说?!莺莺伶牙俐齿上纲上线揭了张生的老底,张生目瞪口呆,"于是绝望"。

"山重水复疑无路,柳暗花明又一村",正当张生心情陷入谷底之时,莺莺主动前来自荐枕席,这让张生大喜过望,"犹疑梦寐","张生飘飘然,且疑神仙之徒,不谓从人间至矣"!直到莺莺离去后,他还在疑惑:"岂其梦邪?"

和莺莺有鱼水之欢是张生梦寐以求之事,莺莺的到来,不费吹灰之力就实现了他的理想,满足了欲望,这对张生应该说是天降之喜,他对莺莺应该感激不尽才是。但是,天下事,常常有"反常"但却"合道"的地方。越是得不到的东西越珍贵,越诱人,越让人感到"心痒无挠处";反之,越是轻易就能得到的东西越不值钱,越让人瞧不起。

莺莺"自献"既让张生感到惊喜,同时又让他看轻了莺莺的品德。换句话说,莺莺轻易满足了张生的原欲,但却违反了张生一向秉持的礼教。这里充满了生活的、心理的悖论:你越站在礼教高台上指责他,他越尊重你甚至敬畏你,你在他眼里越有庄严神圣感;反之,你轻易自荐枕席他却鄙视你,你在他眼里越没地位。所以,莺莺的"自献"是二人关系的高潮点,也是转折点。自此,莺莺的身价在张生心里隐隐然已经贬值了。

接下来,彼此的原欲之火烧得很旺,他们亲密来往了一段时间,张生也曾想问问老夫人的态度而促成婚姻,但终因没有真诚的、强烈的愿望而作罢。

张生作为儒生不能在此久住,他要到长安去了,离别前对莺莺"先以情喻之",莺莺什么话也没说,只是表现得愁怨难言。几个

朱梅邨绘《莺莺听琴》

月后,张生又回来与莺莺继续隐秘幽会了一些时候。考试日期渐近,张生又要走了,这次他什么也没说,只是在莺莺身边长吁短叹。莺莺隐隐感到最后分别的日子终于到了。换句话说,莺莺感到张生终于要抛弃她,与她永别了。

这对莺莺来说何其痛苦,但此时的她倒显得很冷静。她说,你对我始乱终弃,对你是合适的,我没话说。如果你在始乱之后坚持到底娶了我,那是你对我的恩惠,而你终身相爱的誓言也就有了交代,又何必为这次分别如此伤感呢?由莺莺的话我们可以听出,她从张生的伤感中意识到他有话不好意思直说,这正是准备诀别的表现。

女人的直觉总是准确的,聪明的莺莺怎么能看不出?!果然,张生这一走就再也没有回来。他虽然没考中,但决定在长安住下了。他给莺莺写过信,莺莺也回了信。回信回忆了他们相恋相爱的过程,并赠送了爱的信物,写得情真意切,颇为感人。但无论莺莺的信写得多么一往情深,也唤不回张生决定离去的心啦。

张生把莺莺的信拿给朋友们看(私下密信,他怎么能这样?),朋友圈里都知道了他们的风流韵事,连连称奇,然而张生已经决定彻底断绝这段关系了。元稹和张生非常友好,便问他为什么要断绝跟莺莺的关系。张生说:"大凡天之所命尤物也,不妖其身,必妖于人。使崔氏子遇合富贵,乘宠娇,不为云,不为雨,为蛟为螭,吾不知其所变化矣。昔殷之辛,周之幽,据百万之国,其势甚厚。然而一女子败之,溃其众,屠其身,至今为天下僇笑。予之德不足以胜妖孽,是用忍情。"

张生这段话冠冕堂皇,大意是说,莺莺就是一典型的尤物,尤物自古都是害死人甚至毁灭国家的,我的德行不足以战胜妖孽,因此只好克制感情。张生把莺莺从尤物再上升为妖孽,到这一步,他为抛弃莺莺找足了理由,于是他的行为不仅必要、必须、必然,而且是很高尚的了。

张生这段漂亮女人为"尤物"的议论,是当时读书人圈里,乃至于中唐之后整个社会舆论的流行话语。背景是,当时人们认为安史之乱的原因是杨贵妃这一尤物造的孽。这种舆论符合官僚及知识分子们的需要,这些人在成名前寒窗读书需要女人的陪伴,哪个没有风流韵事啊!但科举考试成功快要入仕当官的时候,需要攀缘更高的"枝"做倚靠,一般是娶名门大户,更好的是娶官僚家的女子为妻(名门大户、官僚阶层也乐得这样)。这时候,以前交往的小女子就碍手碍脚成为烦人的绊脚石了。怎么办呢?读书人有的是办法,他们掌握着话语权,他们可以发明创造任何自己需要的理论,于是"尤物论"就应时出现了。

尤物,从字面上解是"特别的物品"。尤的意思是异、特别、突出的意思。《现代汉语词典》中解释是优异的人或物品(多指美女)。但在接受者心理感觉(语感)中,特指漂亮、妖冶、性感的女人,语义似褒实贬,比狐狸精、美女蛇稍好听点儿(尤物论的发展就是后世的狐狸精和美女蛇)。在艺术作品中的张生及现实生活中的白居易、元稹等人这里,其暗含意义是,这些女人如此美丽性感,让我眼馋心乱,这本身就是你的错;我经不住诱惑,错不在我而在你——谁让你那么漂亮呢？漂亮有罪，漂亮就是尤物，就是妖孽，就该远离。

尤物论为某些薄情寡义的读书人解了套，为他们堂而皇之地甩掉旧情人找到了冠冕堂皇的理由。所以张生敢于在朋友圈里公然出卖自己的隐私，敢于不脸红甚至是炫耀似的宣布与莺莺的断交，而他的行为不但赢得了大家的理解，甚至于还获得了众口一词的点赞（"坐者皆为深叹"，称"张为善补过者"）。当大家都不以此为耻反以此为荣的时候，丑也为美，恶也成善了。读书人掌握话语权，他们巧舌如簧，哪怕是歪理也说得冠冕堂皇——读书人永远站在舆论的高地。

后来，张生另娶，莺莺另嫁，各自回归正常的生活轨道。当张生路过莺莺家的时候，想以表兄的名义再见一面，莺莺拒绝了。张生"怨念之诚，动于颜色"。莺莺知道后写诗劝他"还将旧时意，怜取眼前人"（别想我了，请善待你现在的那一位吧！言外之意，别再把她抛弃了）。自此，人海茫茫，彼此音信隔绝，再无往来。

人生启悟

回顾张生与莺莺从相识到断交的全过程发现，贯穿其中的是礼教与原欲、理与情的矛盾与冲突。见莺莺前，张生为模范的礼教君子；初见莺莺，礼、理退缩，欲、情逞凶；莺莺"自献"后，礼与欲、理与情相互纠结，此消彼长；张生进京后回归礼教，斩断情丝，一个"非礼不可入"的正人君子形象再次凸显；二人分别另娶另嫁之后，莺莺已不再是张生"进步"的负担，张生对莺莺也不必再有道德鄙视（毕竟她已是别人家的人），这时候他对旧情仍有怀念，藕断丝连。

纵观张生心理变化轨迹，可以看出支配张生行为的深层动机，是他的利益与需求,利益、需求是他行退进止的唯一根据。张生也并非无情之人,只不过他的"情"服从他的"礼",服从他的利益。换句话说,张生在"礼"的掩护下尽可能地把个人利益最大化。用现代语言表述,张生是古代精致的利己主义者。

　　礼教和原欲,理与情,二者相互对立、相互矛盾、相互冲突,理论上是不能融合在一起的,但人——人性的奥秘就在于,性质似冰炭、似水火的两个方面竟能水乳交融地融合在一个人身上。两个方面相互作用,相互博弈,有时这一面占上风(起主导作用),有时另一面占上风。用林黛玉小姐的话说就是:不是东风压倒西风,就是西风压倒东风。究竟谁压倒谁,因时因事而异。这就是人的性格的两重性,人性的两重性,所谓人的复杂,大概源于此。

崔莺莺：热恋中的人都是傻子吗？

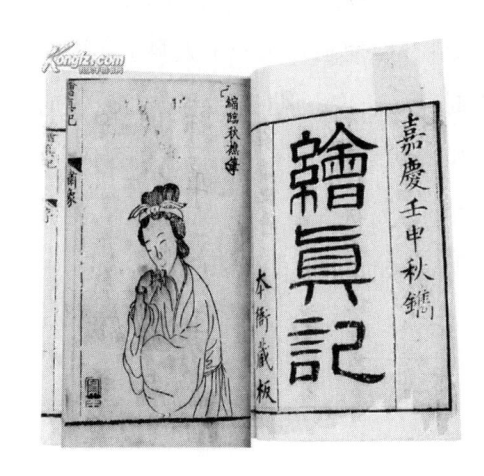

崔莺莺是唐传奇名篇《莺莺传》的女主角。《莺莺传》是唐代诗人元稹于诗文之外所作的传奇小说，叙述崔莺莺与张生的爱情故事，被公认为唐人传奇中之名篇，古代小说之经典。

《会真记》书影

人物故事

见上篇：《张生：游走于原欲与礼教之间的利己主义者》

人生启悟

《莺莺传》之所以为经典，就在于其具有超越时空的永久魅力，其中蕴含的人生教训对今人，尤其是年轻人仍有深刻的启发意义。

轻率"自献"铸大错

莺莺是名门大户富家女，父亲死后母亲带她和弟弟回京城长安，路过蒲州借住于普救寺。恰逢兵荒马乱，全家处境危险。巧的是同住该寺的书生张生，因军中朋友关系保护了崔家。论亲戚关系,张生与莺莺是表亲。崔母对张生感激不尽,命莺莺出来见面以表谢意。莺莺为避男女之嫌迟迟不愿出来,直到母亲发怒才素颜便服出来相见。张生见莺莺"颜色艳异,光辉动人",颇为震惊,立马上前施礼,想和她搭讪。但莺莺只是安静地坐在母亲身旁,对张生不理不睬。

莺莺的美貌和爱搭不理的态度,激起张生狂热追求的激情。他无法直接见莺莺,便放下架子和丫鬟红娘套近乎,要求红娘牵线搭桥。红娘说,你是她家恩人加亲戚,何不亲自求婚呢?如果你不好意思,那就写诗吧,小姐喜欢诗文,写诗或许能打动她。张生依计而行,果然奏效,莺莺以诗相还,约张生西厢下相见。

张生兴奋激动,如约而至,以为好事就要成了,结果莺莺冷着脸,用礼教大道理劈头盖脸数落了他一通,警告他必须"以礼自持,毋及于乱!"。

这一通数落,像冰雹打得张生透心凉,像匕首刀刀扎在心尖上。张生是儒生,尊奉的是礼教,莺莺揭露他的行为恰恰违反了礼教,这让张生羞愧万分,"自失者久之""于是绝望"。

从迟迟不愿出来见张生到这一通数落,可以看出莺莺的性格符合大家闺秀身份:知书达理,懂得礼教规矩,知道什么该做什么不该做。这说明她很理智,很理性,很矜持,知道怎样保护自己,也知道怎样拒绝对她有非分之想的人。

然而,接下来莺莺的行为却让人看不懂了。若干天后,深更半夜,莺莺偷偷摸来自荐枕席,主动和她曾痛斥的人同浴爱河,共度良宵。这让张生吓了一跳,半天回不过神来:难道这是真的吗("岂其梦邪")?再看看,莺莺走后,胭脂还在自己的胳膊上,香味还依稀在房中缭绕,这才始信美梦已成真。

从严词痛斥张生非礼,到主动"自献"(莺莺自评之语)玉体,这反差可不是一般的大,简直是天渊之别,让人大跌眼镜。莺莺为什么会有如此翻天覆地的变化呢?作者惜墨如金,一字不提,留下巨大空白让读者去猜。

那么我们来猜一下。其一,她感觉对张生的痛斥太过了,因而想安慰他一下。毕竟人家是自己家的恩人,而且是他喜欢自己——喜欢不是罪,哪个姑娘不享受别人喜欢呢!其二,可能是恋爱中少女的普遍心态:言行不一,心口不一,话冷心热,在和男朋友的交往中,不管三七二十一先在嘴上占个上风,图个心里痛快,赢了面子再说。至于会对关系造成什么影响,没想那么多!其三,最重要的,应该是她所受的教育即道德观在起作用。

至于莺莺究竟怎么想,我们到底不知道。但我们确切知道的是,她的"自荐枕席"确实是错了,而且是大错特错。她头脑简单、太欠考虑、太任性了。对初恋少女来说,这可不是个小事,而是个要命的大事。在如此重大的事情面前,她头脑发热,冲动之下犯了傻,由此铸下无法挽回的错误,成为心中永远的痛。

莺莺错在哪儿了呢?一是,错在对张生的性格并不了解。张是儒生,是"内秉坚孤,非礼不可入"之人。这样的人,对你的行为会怎么看?二是,错在对张生的感情性质稀里糊涂。他见你仅一面,对你还没有起码的了解,就因为你颜值高立马表现得那么猴急,这种感情是什么性质?他把你当什么人了?这种人值得爱吗?三是,对莺莺这样的女孩儿来说,婚姻当然是头等大事,但你敢肯定他会娶你吗?在不知道他怎样想的情况下冲动"自献",不是太冒险了吗?他变心了怎么办?四是,未婚先孕怎么处理?这可是个常识性问题,无论男女尤其女孩是必须考虑的问题。在上述问题都没把握的情况下,仅凭激情冲动就委身于人,太轻率啦!

抑郁愁怨终被弃

一对初恋男女,情欲之火烧得正旺,接下来他们卿卿我我,隐秘热烈地度蜜月。然后,张生要离开普救寺到长安求功名了,行前跟她打了招呼,她什么也没说,"然而愁怨之容动人矣"!古人惜墨,"愁怨"二字蕴含丰富,暗示着莺莺复杂的心情。

几个月后,张生又回来与莺莺在一起"累月"。这期间,二人的表现很微妙。莺莺工书法擅文章,张生再三索要,但始终没得到;张生用文章挑逗她,她不予理睬。总之,莺莺抑郁惆怅,落落寡合,明显的情绪低落,心事重重。为什么?这不明摆着的嘛!他们之间有了隔阂,有了距离,所以疏远。虽然张生还在讨她的好,但她已经提不起精神了。不久张生又要走了,走之前没再和莺莺诉说离别之情,只是在她身边唉声叹气。莺莺意识到诀别的时刻到了,弹琴为他送行。一曲未完,"哀音怨乱",泣涕涟涟,中途离去。张生此一走,再也没有回来。

张生定居京城后给莺莺写过信表示安慰,劝她想开点,还赠送了头花、唇膏之类的女性用品。莺莺回信写得情意缠绵,一往情深。听口气简直是在泣求张生,我对你生死不渝,我离不开你,你可千万别抛弃我啊!但无论多么情真意切,再也唤不回张生决绝离去之心。不但离去,他还在朋友圈里扬扬得意地公开了莺莺的信,公然称莺莺为"尤物"。意思是,这种漂亮勾魂的性感女人太

闵齐伋版《西厢记》

崔莺莺:热恋中的人都是傻子吗?

危险,我必须离开她。于是抢占了道德高地,把自己打扮成远离女色的道德英雄。

人生教训启后人

莺莺从居高临下的痛斥,到卑卑怯怯地哀求,情势反转如此之大,原因何在?转折点在哪儿?分析起来,就在莺莺的"自献"上。莺莺的"自献",毫无疑问是英勇无畏的壮举,但也是昏头昏脑的轻率盲动。盲动的恶果很快就显现出来。首先是张生小瞧了甚至从此鄙视了莺莺,其次莺莺也小瞧了自己,为此羞愧不已,后悔莫及。

"自献"之后,莺莺为什么一直情绪低沉,对张生若即若离,似乎再也热不起来,原因就在这里。关于这一点,莺莺在给张生的信里有自述。大意是,您曾像司马相如挑逗卓文君那样挑逗我,我无法拒绝。及至自荐枕席,你我情深意厚,我以为我的终身就算有托了,哪想到你却不能和我缔结良缘,这让我深感"自献之羞"……

"自献之羞"窝在心里,对那个时代的少女来说是个极为沉重的精神负担,从此她再也不敢热烈,再也不敢冲动。自感道德有亏,从此在张生面前抬不起头来,开始处于低位有求于他;从此不得不看张生的脸色,直至他离开后还试图用书信再打动他。结果得到的却是求人遭拒之羞。

"自献"让莺莺与张生的关系发生了颠覆性易位:莺莺由主动变被动,张生由被动变主动;"自献"前张生追莺莺,"自献"后莺莺追张生;道德上莺莺从居高临下的优越感变为自感有亏的自卑感,张生由自知"礼"亏的惶恐感转变为理直气壮的优越感。

这种转换背后的"无形的手"毫无疑问是社会规范。对于这种规范,过去众口一词斥之为腐朽的"封建礼教",但具体到莺莺、张生恋爱这件事上,不如视为必要的道德规范。因为,初恋少女轻易"自献"是至今的文明社会也不允许的,何况那时?把懵懂少女的越轨"自献"视为反封建礼教,有点夸大其词了。与其从意识形态角度搞大批判,不如回归常识,从人生视角总结一下经验教训为好。

莺莺可怜极了!她曾在"痛斥"的口舌之快中赢了面子,但却在"自献"之后输了里子,命运被改变,再无逆转的希望。

莺莺的遭遇是悲惨的,令人同情的,毕竟她才十七岁,一个养在深闺未经世事的少女,哪能知道这里的水(利害)有多深啊!

人们常说进入热恋的人都是傻子。这话听起来有点调侃,有点戏谑,有点夸张,这可以是热恋中人的自嘲,也可以是旁观者对热恋中人的嘲讽。这话用到别人身上有几分真实不好说,但用到崔莺莺身上,绝对是恰如其分的。

莺莺以自己的不幸证明了"热恋中的人都是傻子"是有一定道理的。不但生活中的事实是这样,而且也得到了现代科学的证明。

据资料介绍,英国科学家研究发现爱情真的令人盲目。脑部扫描可显示当情侣沉溺爱河时,会失去判断能力,出现"情人眼里出西施"的情况。这一结论是伦敦大学教授泽基发现的,他说,扫描显示爱情加速脑部"奖赏系统"特定区域的反应,并减缓否定判断系统的活动。而且,不但热恋中的人如此,亲子之间亦如此。核磁共振发现,当母亲在众多照片中发现自己孩子时,大脑中负责"批评"的区域思维活动明显减弱,但负责"表扬"的区域思维活动则明显增强,最终导致母亲的评判标准出现波动,评判结果具有明显的主观性。

的确,爱情是人类所有感情中最强烈的一种,它可以导致人的心理乃至生理发生剧烈变化,导致热恋中的人出现一定程度的

"盲目"。从一方面看,这是一桩非常美好的事,富有浪漫色彩,爱情的美好和诗意差不多都在这里了。试想,哪个人没有弱点和盲点呢？你如果明察秋毫、爱憎分明、掂斤播两,那你就永远难以进入热恋境界,无法体验热恋的美妙。所以热恋中的"盲目"其实是一个"美丽的错误",犯这种错误,上帝也会原谅你。

但从另一方面看,这错误虽然美丽,但毕竟是一种错误。"盲目"肯定会掩盖一些东西,会误导你的感受和判断,危险就可能发生在这里。当然不是说,每个进入热恋的人都肯定会有这种危险——这种判断太绝对——但却可以说,这种危险比较普遍,概率比较高。因此,热恋中的人要小心谨慎,不要太急于做出一些重大决定,否则会后悔莫及。热恋毕竟是短暂的,而人生则是漫长的,因此必须审慎。对一生有重大影响的决定最好等冷静时反复思考之后做出。换句话说,必须靠理性做出。由此看,爱情是非理性的,但又绝对离不开理性；风筝在空中飘是自由的,但要抓紧手中那根绳。这话是颠扑不破的绝对真理。

最后,特别需要说明的是,本文对莺莺爱情悲剧的分析并非刻意为张生开脱。张生自私伪善冷血,是那个时代"精致的利己主义者",他对莺莺的"始乱终弃"肯定是悲剧的主要原因,这已经是共识,自不待言。但莺莺的轻率无疑也是一个重要原因。本文目的在于提醒后来的莺莺们汲取前人教训,切莫再犯同样的错误,陷自己于被动,终至酿成悲剧。

唐明皇：江山与美人不可兼得

这里的唐明皇是唐传奇《长恨传》（作者陈鸿）和诗歌《长恨歌》（作者白居易）的主人公。

关于《长恨传》和《长恨歌》的关系，"传"的作者陈鸿在作品中有说明。唐元和元年冬，白居易出任盩厔县（今陕西周至县）尉，当时陈鸿和王质夫都在该县。大家都是文人，喜欢谈古论今，当谈起唐明皇和杨贵妃的故事时相与感叹，认为如此重大的历史传奇应当记述下来传之后世。陈鸿认为白居易有诗才，提议他写诗以歌之。《长恨歌》完成后，白居易提议陈鸿再写"传"，《长恨歌》就附于《长恨传》中。"歌"与"传"题材相同，故事相同，主题亦同，只是体裁不同。本文讨论以《长恨传》为本。

人物故事

唐明皇李隆基和杨玉环的悲剧故事，由于《长恨歌》的流传已经广为人知，无需赘述。关于其主题，众说纷纭，莫衷一是。有爱情说、讽喻说、婉讽合一说、感伤说、双重及多重主题说、无主题说、泛主题说等。本文从自己感受最深的一点入手谈一下唐明皇所面临的人生困境。

故事大致分为三个板块。首先是李隆基对杨玉环的极度宠爱，其次是李隆基无奈之中赐杨玉环缢死，再次是李隆基对杨玉环的深情思念。三个板块中最让人揪心的是第二部分。

由于李隆基对杨玉环极度宠爱,整天只顾昏天黑地地尽情享受,朝政怎么办?为讨好爱妃,把朝政交给杨玉环的哥哥杨国忠。这还不够,李隆基爱屋及乌,把爱妃的七大姊子八大姨都提拔封赏起来,结果弄得天怨人怒,安禄山反叛时便以声讨杨国忠为借口。叛军声势浩大,政府军节节败退,逃至马嵬坡,"六军徘徊,持戟不进",要求杀杨国忠以谢天下。形势危急,皇帝舍车保帅,忍痛下令杀了他。杨国忠被杀后军队还不满意,依然按兵不动,皇帝看不明白,问什么意思。"当时敢言者,请以贵妃塞天下之怨"。军队进一步要求杀杨贵妃,对皇帝来说,等于要割下他的心头肉了。

　　怎么办?一个巨大的考验摆在唐明皇面前。不同意,军队怨气冲天,明摆着要哗变。这怎么得了!这样下去自己的生命完了,江山社稷也完了,祖宗开创的基业就此葬送在自己手里了。这太可怕了!可是如果同意了,掌上明珠就没了,心头肉就被割下了,他无论如何也不能接受。一边是江山,一边是美人,唐明皇都割舍不下。但是,他必须二选一,这道人生大题他必须做,而且是当下就做,不许放弃,放弃就等于找死。到这时候,皇帝的威风、威严,甚至尊严,已荡然无存,让他选择是给他面子,否则就是杀了他又如何!皇帝不是傻子,性命攸关,他不得不艰难地做出选择——没办法,你们想杀就把她杀了吧!唐明皇不忍亲眼看着心爱的贵妃死去,以衣袖遮脸,吩咐人把她从自己身边拉走。杨贵妃惊慌失措,辗转不定,终于在众目睽睽之下,被三尺白绫勒死了。一代美人,就此香消玉殒!

人生启悟

　　江山,美人。一边是生命、生存、现实利益(江山社稷),一边是感情(爱情),二者孰轻孰重,唐明皇是清楚明白的,所以他的选择应该是必然的,不出意料的。

李杨的故事也许特殊了点(特殊的历史,特殊的人物),毕竟这种个案千百年来只有这一个。但是,静下心来想想,类似唐明皇所遇到的人生困境(现实利害与感情的矛盾冲突)却不是特殊的、个别的,而是一般的、普遍的。换句话说,是超越时代、超越社会、超越民族、超越阶级、超越贫富贵贱的。

还记得鲁迅的《伤逝》吗?那里涓生和子君的矛盾也是生存处境、现实利害与感情的矛盾,他们的悲剧也是爱情遭遇生存困境、现实利害的悲剧。

涓生和子君是五四时期两个觉醒了的青年,他们反叛传统,追求个性解放,因真诚相爱而勇敢地建立起一个小家庭。这一切在现在看来再平常不过,但在当时却为陈腐落后的社会氛围所不容。周围人羡慕嫉妒恨,恶意破坏,终于让涓生失了业。失业意味着失去生活来源,这对于他们的生存是一个巨大的威胁。在失业面前,曾经大无畏的子君变得怯弱了,虽然口头上说"那算什么",声音却是浮浮的没有力量;涓生虽然一再说这只是"极微末的小事情",可是"心却跳跃着",十分惶恐。

冷酷的生存处境导致他们的心情极为灰暗阴沉,感情也逐渐淡化、冷漠,隔膜也逐渐加深。尤其是涓生,虽也极力挣扎,但效果不大,于是产生摆脱子君的念头,想一个人单独逃生。终于他向子君宣布:"我已经不爱你了。""新的希望就只在我们分离。"子君走了,又回到黑暗中并为此牺牲了生命,一个因爱而筑起的小巢被生存的考验击毁了。

在这一悲剧中,自私和怯弱的涓生是有责任的,因而他才有无尽的自责和忏悔。但如果把所有责任都归于涓生也是不公平的。涓生和子君的悲剧原因，从社会方面说主要是经济问题，他们没有独立的经济地位，因而发生生存的危机；从人生角度看，它又一次让我们看到在感情与生存之间的两难选择。在两难中，后者的力量是冷峻的、坚硬的，它往往迫使人屈而服之；而前者看上去是美丽的，是人们所向往的，但却又是脆弱的，容易毁灭的。这既让人感到遗憾，又让人感到悲哀。

类似的故事在文艺作品中比比皆是。上海作家孙建成的中篇小说《隔膜》就讲了一个同一性质的故事。据作者讲，小说来自真实生活，情节几乎是纪实的，只是某些细节和人物稍加变动。故事梗概是：

上海知青郁琼华"文革"中到东北某县林区插队，在极端孤独贫困中糊里糊涂与当地青年结了婚，生有一女一子。知青大批返城时，她与丈夫离婚，两岁的女儿燕子留给丈夫，刚满月的儿子带回了上海。她走后，丈夫再婚需要钱，把女儿卖给一个无儿无女的林场工人。燕子长大后知道了自己的身世，下决心无论如何也要找到亲生母亲。多次努力终于在大上海找到了郁琼华。

此时的郁琼华生存境况困难。她回上海后在一家小文具厂当工人，与同是回城知青结了婚，住在一间小小的房子里。现在一家人仍在底层艰苦挣扎：丈夫遭车祸伤好后在市场当保安，郁琼华下岗靠做钟点工挣钱。知道女儿的消息，她十分激动，来不及思考便立马打电话请女儿到上海来团聚。

燕子第一次出远门不放心,带男朋友一路同行。母女相见当然高兴,然而家里的生存条件却让人尴尬。一下子五口人挤在一间小房子里,站都没地方站。丈夫善解人意,主动要求上夜班。母女挤在一张床上,上高中的弟弟睡在地下,燕子的男朋友只好住街道招待所。接下来的问题更困难。燕子想让亲妈陪自己在上海玩个遍,把好吃的东西都吃过,然后为他们找工作住下去。然而,这怎能是亲妈所能做到的?郁琼华呢,自从一见来了两人心里就不耐烦,就开始发愁以后怎么办。短暂的新鲜过去之后便是沉闷。燕子两人在街上玩了几天之后开始无所事事,亲妈上班也顾不上管他们。安排工作绝无可能,甚至打工也找不到地方。燕子带来的钱快用完了,向亲妈又要不来。亲妈想让他们赶快走,燕子也感到住不下去,于是决定回东北。一个见亲妈享受亲情的美梦破灭了,她很不情愿但又无可奈何地回到了她当初想离开的地方。离别前,燕子怨恨命运对自己不公平,冲动之下洗劫了亲妈家放钱的抽屉。

《隔膜》的故事因为真实,所以感人。不过,这里的"感人"不是轻松愉悦,而是沉重酸楚,其中有伤感、有苦涩、有怅然,总之是一声长长的叹息。一对被命运苛待的母女,失散二十年后重逢,本应是一出无比幸福的正剧,然而谁也没有想到,结果竟演变成令人伤感的悲剧。为什么竟会如此呢?平心而论,无论是女儿还是母亲,渴求亲情的心都是真诚热烈的。这是人世间最真纯最美好的感情,本应该互相给对方带来最美好的幸福和享受,结果却出人意料。原因无他,就因为即使最美好的花朵也必须开放在现实生活的土壤上,艰窘困苦的生存处境如干涸的土地无法滋养美丽的花朵，只能无可奈何地让她枯萎了。

正如作者在创作谈中所说，严酷的生存环境会改变亲情温馨的一面，让人们变得斤斤计较起来。故事中的母亲绝不是一个无情无义的冷血动物，而是一个深怀歉疚之情，一心想给女儿以母爱温情的人，所以当她知道女儿消息后没有犹豫就立刻唤女儿到自己身边。但一旦女儿来了，她又生出了厌烦之心，希望她赶快回去。她这么做自有她这么做的理由，我们无法对她进行指责，只能对她表示理解。在亲情与生存的两难选择中，她似乎只能选择后者，否则无穷尽的压力会让她承受不了。女儿对此也失望，她想早知道这样，你们当初就不该认我，不该让我来上海，现在兴冲冲地来了又灰不溜秋地回去，她有一种被人耍了的感觉，心里郁闷，想找个地方狠狠发泄一下（真实生活中女儿离开上海时说了一句充满怨怼的话：什么大上海，什么亲娘，呸，我不稀罕。小说作者不忍心，所以没用这句话）。而母亲呢，女儿没来时盼她来，来了又盼她走，走了又有一种茫然的失落感。

两颗本来相互求近之心接触之后反而疏远了。事情弄到这一步，女儿没想到，母亲也没想到。这不是母亲的冷酷而是生存的冷酷，在冷酷的现实利害面前，亲情是美丽的却又是脆弱的。

爱情、亲情、友情……这一切美好的东西难道就一定那么脆弱无力吗？在一切类似的人生悲剧中，是该责备环境的严酷，还是该责备人性的怯弱？或者都该责备？或者，都不该责备？这，常常很难说得清。

淳于棼：荣华富贵不过如此

淳于棼是唐传奇名篇《南柯太守传》（作者李公佐）的主人公。

人物故事

淳于棼,吴楚游侠之士,嗜酒使气,不拘小节,

昆曲《南柯梦》剧照

家有巨产,养有豪客,住宅前有一棵大古槐。生日那天和朋友一起饮酒作乐,喝得烂醉如泥,被两位朋友扶回家到廊下小睡。刚一睡着,恍恍惚惚看见两个紫衣使者跪拜向他传旨,槐安国王邀他前往。他下榻整衣,坐上马车朝大槐树下树洞奔去。进入洞中,但见晴天丽日,俨然一个富庶华丽的世界,前方朱门高悬金匾:大槐安国。

槐安国里仪仗森严,国王簪朱华冠,威风凛凛,对他尊重有加,当众宣布将次女瑶芳许配于他。淳于棼十分惶恐,迷迷糊糊中婚礼已成,成为槐安国的驸马,并被委任"南柯郡太守"。淳于棼到任后勤政爱民,在公主和朋友的辅佐下政绩煊赫,把南柯郡治理得井井有条。前后二十年,上获君王器重,下得百姓拥戴。家庭生活和谐美满,他与公主育有五子二女,"男以门荫授官,女亦聘于王族,荣耀显赫,一时之盛,代莫比之"。不料外国突然入侵,淳于棼

率兵拒敌,屡战屡败;公主又不幸病故。淳于棼连遭不幸,请求辞去太守职务,扶柩回京。

回京后,淳于棼生活依然高调,交往宾客,作威作福,引起国王忌惮。此时有人在国王面前乘机说他坏话,从此他失去国王宠信,心中抑郁不乐。国王看他郁闷,建议他回故乡探亲。还是先前的两名紫衣使者送行。车出洞穴,家乡山川依旧。淳于棼回到家中,看见自己身子睡在廊下,感到十分惊恐,不敢靠近。两位使者大声呼喊他的姓名,他这才惊醒过来,看见眼前仆人正在打扫院子,两位朋友正在一旁洗脚,落日余晖还留在墙上,而梦中经历好像已经整整过了一辈子。

淳于棼把梦境告诉众人,大家感到十分惊奇,一齐寻到大槐树下,果然掘出个很大的蚂蚁洞。洞里有泥土堆成的城郭、楼台、宫殿等,大小蚂蚁井然有序,他恍然大悟,梦中所见到的槐安国,应该就是这个蚂蚁洞。而槐树最高树枝指向的另一个小蚂蚁洞,应该就是他当太守的南柯郡。淳于棼想起梦里的一切,忽然明白梦中的"槐安国""南柯郡",真相原来竟是这样!顿觉人生虚无,世事无常,所谓的荣华富贵瞬间即逝,于是皈依道门,戒除酒色,三年后死去。

人生启悟

《南柯太守传》的故事婉转多姿,奇幻完整。整个故事相当于作者的心理实验,在实验中借助虚拟的情节传达了一种人生感悟,或者说劝世之言:人生如梦,世事无常,所谓荣华富贵、功名利禄不过是过眼烟云,不值得羡慕、留恋,更不值得追求。

这话是说给谁听的呢?首先是说给自己听的。李公佐创作《南柯太守传》是唐贞元十八年(802年),在此之前,他曾因事被削官贬职,心情郁闷。郁闷就要求解脱,于是做《南柯太守传》以自慰。意思是,当了高官又如何?即使像淳于棼那样当了驸马与郡守,功业煊赫又能怎样,有一天剥去身外之物,你不还是你吗?其次是说给高官听

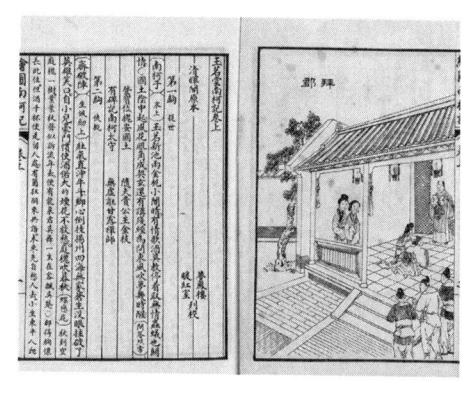

汤显祖《玉茗堂南柯记》书影

的。不要得意扬扬,不要沉迷于当下,荣华富贵当不得真,世事无常,有一天这一切都是要失去的。最后是说给一心追求荣华富贵但还没有追求到手的人听的。既然荣华富贵靠不住,你何必再孜孜矻矻去追求?!就如篇末"前华州参军李肇"所言:"贵极禄位,权倾国都,达人视此,蚁聚何殊?"

这样一想,心里就豁然开朗,归于平静。荣华富贵、功名利禄,确实不值得羡慕,不值得追求,心里得到安慰,逐渐趋于平衡。这就是文学艺术的心理治疗作用。正如美国艺术心理学家鲁·阿恩海姆所说:"将艺术作为一种治病救人的实用手段并不是出自艺术本身的要求,而是源于病人的需要,源于陷于困境之中的人的需要。"(鲁·阿恩海姆:《艺术心理学新论》,郭小平、翟灿译,商务印书馆1994年版,第345页。)

于是我们理解了中国古代文学中为什么有那么多类似的劝世之言、劝世之作(例如与《南柯太守传》齐名的《枕中记》以及后世根据这两篇作品改编的诸多作品)。因为,那时候读书人出路狭窄,只有当官才是出路,才是正途,才算光宗耀祖,才算不枉此生。但社会资源有限,俗话说僧多粥少,能当上官的毕竟只是极少数。

也就是说,仕途是个金字塔,越往上爬越艰难,爬上去的是极少数,被挤下来的毕竟是大多数。有幸爬上去了固然春风得意,但被挤下来的人心里难受、痛苦,吃不下饭,睡不着觉,郁郁寡欢!他们急需心理医生,需要心理辅导,遗憾的是那时还没有心理咨询这一行,于是作家自己安慰自己,自己给自己治疗。这就是类似《南柯太守传》这类作品不绝如缕的社会背景和心理原因。

时移世易,现代社会读书人的出路广阔多了,所以这类劝世之作也少多了。但僧多粥少的局面依然存在(也许永远会存在),想当官而当不上,或当上官嫌官小的人依然还有,所以《南柯太守传》这类劝世之作依然有魅力,依然没有失去意义。

回顾历史,反观现实,失意之人催生了劝世之作,劝世之作安慰了失意之人。劝世之作是为失意之人而写的,只有失意之人才愿意听你的劝世之言。但无论你怎么安慰,怎么劝世,"活着要进中南海,死了要进八宝山",野心勃勃的人还是大有人在。荣华富贵是人性追求的目标,为此目标不惜疯狂的人还是如过江之鲫。这里似乎有一个循环的怪圈:疯狂追求—失意—劝世—疯狂……追求与劝世如影随形,相伴相生,形成一个张力场,人就在这一张力场中游移徘徊。

从人性角度看,追求荣华富贵将是人们——至少是相当一部分人永远的心理冲动,由此可以肯定,失意人的存在也将是永远的社会现象。同理,劝世之作也将是文艺创作永远的主题之一。即使是劝世之作,仔细品味和倾听,作者貌似旷达解脱,其实深层或背后,隐伏着的又何尝不是追求不得的无奈呢!

虽然如此,劝世之作还是需要的。因为它毕竟体现了作者的反思,是一种难得的理智和冷静,毕竟对于化解或者说平衡失意的痛苦有一定作用。

霍小玉：感情专一诚可爱，但千万别在一棵树上吊死

霍小玉是唐代传奇小说《霍小玉传》（作者蒋防）的女主人公。

细读作品，给人的强烈感觉是，霍小玉作为妓女，在和男主人公李益交往过程中特别注重感情因素，是以感情为生命的人。

人物故事

霍小玉以感情为生命的性格特征，贯穿于她生命的全过程；从作品角度看，贯穿于整个故事情节中。

择偶标准

李益是陇西才子，二十岁中进士，少年得志，在京城长安求媒婆鲍十一娘为他介绍"佳偶"。鲍十一娘向李益推荐霍小玉时是这样介绍她的："有一仙人，谪在下界，不邀财货，但慕风流"，"高情逸态，事事过人；音乐诗书，无不通解。"——霍小玉容貌像仙女一样美丽，气质高雅，精通文艺。这样好的条件，其择偶标准不是"财货"，而是"风流"——看不上大款，而爱慕风度翩翩才情出众之人。换句话说，虽然身为妓女，但在两性交往中，她把感情放在第一位；感情不接受的，压根不往眼里放，你钱再多也没用。她求的是"格调相契者"，鲍十一娘向她推荐李益，她早听说过李十郎的名字，因而感到"非常欢惬"。

良宵流涕

霍小玉在和李益"低帏昵枕,极其欢爱"之时,忽然流涕。为什么?她解释说,我本是妓女,自知配不上你;现在我年轻姿色尚在,一旦年老色衰,担心你会抛弃我。李益立马发誓无论何时,"粉身碎骨,誓不相舍",并让人取来笔墨,郑重其事地立字据为证。

良宵之夜忽然想到有一天也许会被抛弃,原因不难理解——她太爱他,太珍惜这份感情了,越喜欢越珍贵的东西越害怕失去。她因为身份卑微,与风流才子相爱,心里缺乏安全感,所以内心深处希望李益能有个表态。李益的反应让她满意,李写下誓言后霍小玉立马"命藏于宝箧之内"。李益的立誓出乎霍小玉的意料,她的本意未必是要他立誓以约束他,但李益能这样表态,等于给霍小玉一颗定心丸,霍小玉当然高兴。此后二人日夜相从,整整两年。

八年短愿

李益授官,即将离开霍小玉了,霍小玉为之高兴之余为他们的感情担心。她这样跟李益说,你有才有名,爱慕你愿和你结婚的人比比皆是;再加上你家有老人却无正妻,你这次回去肯定会结成良缘,你对我的盟誓只能成为空话了;我有一小小愿望,不知你是否愿听?李益问什么愿望,霍小玉说,我今年十八,你二十二,到你三十而立还有八年。我一辈子的欢爱,希望在这段时期内享用完。然后你去挑选名门望族结婚也不算晚。我到那时抛弃人世,削发为尼。如果能这样,此生愿望足矣!李益听了很感动,再次表示愿和她白头偕老。

把一生欢爱集中在八年用完,这是一个奇特的想法,在别的地方还没有听说过,霍小玉对此想法有专属"发明权"。一个十八岁的小女子能有如此想法,原因无它,就因为她知道不可能永远独自占有他,而她又不愿与别人分享他,所以想出八年独占他。独特的想法来自深爱的感情,深爱的感情孕育出别出心裁的活法。

苦求音信

李益答应八月回来接小玉,结果一去不返。小玉"数访音信,虚词诡说,日日不同"。李益瞎话连篇哄骗她,无奈她只好求神问卜,四处打听。一年多后,霍小玉憔悴瘦损独卧空闺,忧郁成疾。虽然李益的音信完全断绝,但她思念盼望之心却始终不变。无奈中消息封闭的她一再送钱财给亲朋好友,托他们打探李益的消息。家里的钱渐渐用完了,没办法她经常让婢女偷偷去卖掉衣服和珍宝。

霍小玉变卖家产,不惜一切代价苦苦寻访李益的事情,感动了所有知道这件事的人。人们"每得生信,必诚告于玉",当她听说李益已经结婚并且现在就在长安时,恨叹道:"天下岂有是事乎?"包括李益的朋友——京兆韦夏卿也批评他对待小玉不该这样残忍,劝他三思而行。

临终反应

得知李益就在长安而不见她,小玉愁苦致病。"玉日夜涕泣,都忘寝食,期一相见,竟无因由,怨愤益深,委顿床枕。"病势日久,以至于不能起床,连翻身都要人帮助。就在这个时候,有一位愿帮忙的豪侠之士,连哄带骗把李益带到了霍家。小玉"忽闻生来,欻然自起,更衣而出,恍若有神"。——突然听说李益来了,飞快地自己起了床,换好了衣服走出去,好像有神助似的。长久期盼,忽然相见,如在梦中,兴奋激动之情可以想象。但小玉已经病入膏肓,极度衰弱,无力说太多的话,果然,小玉在激动而愤怒的情绪中"长恸号哭数声而绝",死在李益面前。

奄奄一息之人忽然迅捷起来见人,是什么力量支配着她?当然是一股气，一种超常的精神力量，这就是她对李益的感情——长期积聚、压抑着的思念之情，渴盼之情，愤怒之情，绝望之情，诸情汇聚，犹如火山爆发，喷涌而出，让人感到如有神助。这个神不是冥冥中的人格神，而是她自己的"神"——精神。

冤魂复仇

最后一次见李益，小玉压抑不住内心的悲愤，当众痛斥了李益的负心，害得自己年纪轻轻"饮恨而终"。她实在咽不下这口气，她警告李益："我死之后，必为厉鬼，使君妻妾，终日不安。"

霍小玉的临终诅咒，后来果然一一实现了——小玉变鬼屡次骚扰李家，致使李益怀疑妻子有外遇而"暴加捶楚，备诸毒虐，竟讼于庭而遣之"。之后"大凡生所见妇人，辄加猜忌，至于三娶，率皆如初焉"。——和李益相亲的女人，个个不得好死。

关于小玉的"复仇"，读者心理反应非常复杂。善良好心者不愿相信如此恶毒的事和小玉有联系，所以把这一切都归之于李益头上，说他内心有愧，加上小玉之死对他的刺激，导致他精神错乱，行为异常。那一切"报复"都是李益的心理幻象在作怪。这样解释当然也算一说。但总感觉和文本不甚吻合，好像主观倾向太偏爱小玉了。

对文学作品的解读，还是应该回归文本。从文本出发，笔者试作如下解释。

小玉的临终诅咒以及诅咒行为的落实，与小玉此前优雅柔弱的弱者形象相悖，但与她的感情逻辑相一致。李益违约负心，避之不见，害得小玉死去活来，这对于一个以感情为生命的人是何等的伤害！她不恨他才怪呢！而且，都知道恋爱中的人爱之愈深，恨之愈切，爱与恨相互纠结，相反相成。爱情心理学告诉我们，性爱是排他的，性爱要求独占。我得不到的别人也别想得到，甚至于，我得不到的,我就毁灭它。这种心态,以旁观者看来,够恶毒够自私的,太不理性了。是啊!有道是,旁观者清,当事者迷。当事者陷于感情漩涡中,激情冲动之下,哪还顾得上理性啊!这种完全失去理性的行为具有极大的破坏性,至于能导致什么后果,当事者完全不予考虑。霍小玉的诅咒以及落实,应该就属于这种心态。

小玉这种复仇心态,在文学作品中并不少见,众所周知的如希腊神话传说中的美狄亚和曹禺《雷雨》中的繁漪等。

诅咒和报复,有损于小玉善良柔弱的美好的生活形象,却成就一个真实可信的完美的艺术形象。世界上哪有那么多十全十美、完美无缺啊!有美有丑、有善有恶、有弱有强、有舍命付出有恶毒报复,才更接近真实接近生活。

人生启悟

小玉香消玉殒,飘然而逝上千年了,她的人生给我们留下哪些启示呢?

首先我们想到,爱情之于人,固然是重要的,但并不是生活的全部。生活是丰富的,人生是多面的,爱情只是其中一部分。因为爱情的美好,全身心投入是可以理解的——只有在全身心投入中才能充分体验它的美好,但无论多么美好多么重要,也不能是人生的唯一。以爱情为生命,得之生,失之死,从审美角度看,固然是纯粹的、凄美的;但从生活角度看,却是狭隘的、偏执的。一个人的精神空间本应该是阔达的,应该有腾挪辗转的充分空间,但如果被某种东西所占满,就没有了自由活动的余地,只有死路一条。换句话说,感情专一诚可爱,但千万别在一棵树上吊死。

其次还想到爱情中执着与放下的问题。真心地爱上一个人固然不容易,为此执着追求也应该。可问题是,天下事,不如意十之八九,你爱谁追求谁未必一定得到谁。两个人相爱不仅仅是两个人的事,还是家庭甚至社会的事。两个人不是孤立的存在,而是存在于盘根错节的社会关系网络中。复杂的人际关系暗含着诸多不可知的、也许是无法越过的障碍。如李益,当他和小玉单独相处时情义深笃,山盟海誓,谁能说他是假的?!但当他回到家里,面对严母的逼婚,他虽不情愿但无力拒绝,只好接受。他母亲的选择背后是威力无比的社会游戏规则,是门第观念(升官及婚姻依托名门贵族)和社会偏见(对妓女的歧视),这都不是李益个人所能抵抗得了的。还有,李益本人的性格又是软弱的。这一切因素导致李益选择了逃避。他的逃避,固然有道德因素在,但又有远比道德更多的原因。换句佛家的话说,他们的分离是姻缘不到,有缘无分。既然如此,就不必太执着。太执着既跟他人过不去,也跟自己过不去,结果谁都活不好。所以缘来了就抓住,缘去了就放手,这应该是明智的选择。

再次还让我们想到,爱作为一种特殊情感,固然是非理性的,但又绝对离不开理性。离开理性的指导、约束、掌控,让愤怒的感情肆无忌惮地喷涌,有时是很危险的,甚至是灾难性的。如小玉,惩罚李益尚可以理解,但伤及无辜就很不应该了。

这些道理,如果说给霍小玉,不知她愿不愿听,不知她接不接受。不过,不管她的态度如何,现代读者总是应该知道的吧!

李益：拒绝纠错终成感情"老赖"

李益是《霍小玉传》中的男主角。历史上李益实有其人，为中唐时期著名诗人。关于他和艺术作品中李益的关系，文学研究界历来多有争议。本文（包括本书）不涉历史考证，只从文本出发加以讨论。

李益

人物故事

李益和霍小玉的爱情故事，我们在前文《霍小玉：感情专一诚可爱，但千万别在一棵树上吊死》中已作过详细介绍，兹不赘述。故事的核心是：李益背叛了自己的爱情誓言，把霍小玉抛弃了。

本文接下来要问的是，他为什么负心？为什么背叛？为什么那么绝情、那么冷硬？

关于这些问题，作品中有明确交代——因为愧疚，无颜再见挚爱他的人。作品中两次写到这一点。

第一次，李益与小玉分别时约定八月来接她，可是他为筹措聘金一直忙到第二年夏，远远超过了约定之期——"生自以孤负盟约,大愆回期",怎么办？李益的决定是："寂不知闻,欲断其望,遥托亲故,不遗漏言。"既然违背盟约了,那就干脆沉默到底,从此销声匿迹,再通知亲友封锁消息,让她打听不到,从而死了等他的心。

第二次,久等不回,小玉频频打听他的消息,李益频频用假话蒙骗她。后来他潜入长安准备与卢氏女成亲,小玉终究还是知道了他的行踪,于是通过亲友,想方设法也要见到他。爱人千呼万唤苦盼致病,亲友诚恳相劝,与爱人咫尺之遥,多方情势所迫,你见还是不见？李益的反应是再次拒绝相见（"生自以愆期负约,又知玉疾候沉绵,惭耻忍割,终不肯往"）。再次不见的原因,除了"愆期负约",又加上一条——"知玉疾候沉绵"。知道小玉因苦盼他而致病,他应该感动之至去探望的啊,但他仍然冷冷地拒绝了她。

文本中明确写到的两次拒绝,原因一样,都是因为愧疚。愧疚是一种巨大的精神负担,面对愧疚,最基本的有两种选择。积极的办法是,知道自己错了就主动认错,以自己的诚意求得对方的谅解。如李益,明知道小玉在等他,误期之后主动向小玉说明情况,根据小玉的性格,虽然心里也会不高兴,但最终肯定会原谅他。因为当她提出八年短约的时候,就知道李家长辈会为他谋娶名门之女,这是她和他都挡不住的大趋势。谅解他是无奈的,但也是必须、必然的事儿。但遗憾的是,李益没有选择积极的态度,而是选择了消极逃避。他自作聪明地认为从此销声匿迹就会使她死心,殊不知这样做很幼稚、很天真、很猥琐、很小家子气,这样对她的伤害更深更大,致使原本可以化解的矛盾变得更尖锐难解,直至把小玉逼到深深恨他,并因此而致病的地步。他自己也越来越被动,路越走越窄。

大病中的小玉苦心孤诣,调动各种力量向李益发出呼唤,向他释放但求一见的信息。这是一个当面解释,从而挽回被动局面的好时机,但他又一次放弃了,他再一次冷冷地拒绝见小玉,"晨出暮归,欲以回避"。这次拒绝甚至激起了众怒——"自是长安中稍有知者,风流之士,共感玉之多情;豪侠之伦,皆怒生之薄行"。

李益为什么如此绝情呢?推测他的心理,似乎应该是这样的:既然已经负约已经还不起这个情了,那就把愧疚和绝情进行到底吧!正像生活中还不起钱或者有钱但不想还的人,既然不还了,那就一毛不拔,坚持到底,"老赖"就是这样炼成的。李益自感还不起、因而压根不打算还的是"情",所以虽然自感"惭"又"耻",还要把"惭耻"坚持到底,因此李益可算得上是不折不扣的感情上的"老赖"。

人常言,出来混总是要还的。事情正是这样,杀人偿命,欠债还钱,这是天经地义的道理,这不是谁想赖就能赖掉的事。李益赖账的结果是,彻底激怒了本来爱他如命的霍小玉,她不但生前不原谅他,而且发誓死后化为厉鬼也要惩罚他。因为非这样不能解心头之恨,无法让心理走向平衡。

在感情上被逼上绝路的不仅是当事人霍小玉,还有读者。读者对李益的行为也义愤填膺,感到李益不受惩罚天理不容。所以,虽然小玉的惩罚手段和结果有些过分,但这个"过分"是指伤及了无辜,而对于李益,读者觉得他活该。本来想赖账的李益,结果事与愿违,付出了意想不到的巨大代价。这就是生活的辩证法,本想进天堂,结果却进了地狱。

人生启悟

走到这一步的李益,让人气愤、让人鄙视、让人遗憾,也让人怜悯和同情。

李益本质上不是一个坏人、恶人,而是一个阅世尚浅,缺乏生活经验，感情冲动但性格软弱的年轻人。少年得志的他当初托鲍氏寻佳偶、求名妓的时候，当然免不了文人中流行的猎艳心理。但小玉美丽的容貌、超凡的气质一下子征服了他。他对能够找到小玉这样的爱侣非常满意，以至于定情之夜小玉哀哭担心有一天被抛弃时，他立马表态"平生之志，今日获从。粉身碎骨，誓不相舍"，并且主动立字据为证。后来，当他即将赴任离开小玉，小玉提出八年短愿的时候，他很感动（"生且愧且感，不觉涕流"），立马表态："皎日之誓，死生以之。与卿偕老，犹恐未惬素志，岂敢辄有二三？"

以上两次生死不舍的誓言，应当说都是真诚的，没有虚假骗人的意思。但当威严的母亲做主让他娶卢氏女为妻时，他虽然有所犹豫，但终因性格软弱而接受。接受就接受了吧，由于社会习俗的强大，还能让人理解，包括霍小玉也应该能够理解。这时候他如果能坦诚向小玉说明白，小玉可能虽然不高兴，但情理上应该会原谅他。但千不该万不该他不该销声匿迹封锁消息，这一自以为聪明的低级错误推倒了多米诺第一张骨牌，最后一步步酿成大祸，毁了别人也毁了自己。

本来前途无量、阳光灿烂的李益，终至跌落人生谷底，落了个始料不及的悲惨结局，其中的教训是值得后人汲取的。

人，年轻时血气方刚，名为成年而心智尚未成熟，此时最容易被世俗裹挟，在"多情怀春"荷尔蒙支配下作出轻浮孟浪的举动。但任何行为有始必有终，年轻人最容易看到的是初始的美好，而不会顾及如何善终。此时应当考虑，如果不能为未来的结果负责任，这段感情是不是该开始。顾头不顾尾的结果，往往不可控。当然，要求年轻人都清醒理智也许做不到，但提醒、要求自己清醒理智却是必需的。人的境界、品位的区别，就在这地方体现出来了。

人在激情投入时容易发出决绝的誓言,做出庄重的承诺。既然发出了就要践履,就要信守,否则就不要轻易发誓。如果因种种原因无法信守了,要采取积极主动的姿态承担责任,主动向对方做出解释,寻求对方的理解、谅解。千万不要像李益那样做错后又逃避,任凭错误像滚雪球一样越滚越大,直至酿成恶果。

　　在宇宙空间,星球与星球之间有着神秘的平衡;社会生活领域里,人与人之间也有着神秘的平衡;再往深处看,人的情感世界也有神秘的平衡。比如,你欠了别人的感情债,别人感到受伤,自己也会内疚,这就是情感失衡的结果。根据能量守恒定律,失衡后一定要想办法恢复平衡,这就是主动道歉,承认错误寻求谅解。如果不主动采取行动,失衡不会自动消失,对方痛苦会越积越大,自己的愧疚会越来越深,以至于无法解套。所以,恢复平衡宜早不宜迟,早恢复早主动,晚恢复晚主动,无作为即被动。李益的教训就是明证。

杜十娘：刻意考验人性追求纯粹感情是危险的

杜十娘，不用说读者就知道，是冯梦龙《警世通言》中名篇《杜十娘怒沉百宝箱》中的主人公。

《杜十娘怒沉百宝箱》主要讲述了杜十娘的爱情悲剧。关于悲剧的原因，历

话本小说《警世通言》插图

来说法甚多：封建礼教说，宗法制度说，门第观念说，金钱观念说，所托非人说，人身依附说，缺乏沟通说，等等。诸种说法都有文本根据，都有某种道理，本文不予置评。这里笔者从人生（人性）角度提出一种解释，目的在于从中提炼至今仍有启发意义的人生经验和人生教训。

让我们从文本出发加以讨论。

人物故事

小说讲了一个让人心痛不已的悲剧故事。妓女杜十娘与富家子弟李甲相识后，因其"忠厚志诚"，与他情投意合，意欲跟他从良。李甲的银钱用完后老鸨要十娘赶他出门，十娘不忍。老鸨看李甲已身无分文，许他以三百两银子为十娘赎身。李甲于亲友处

遍借无果,无奈之下,十娘出一百五十两,加上朋友慷慨相助,十娘终于脱籍获得自由。

十娘决定随李甲回他的故乡。临行之际,姐妹们以百宝箱相赠。乘船南下,李甲囊中羞涩,无力付船资,十娘拿出五十两相济。十娘打算于苏杭之地暂住,让李甲先回家见父母,等做通父母工作后再一同回去。

船至瓜洲渡口,二人开心,李甲请十娘唱曲,歌声优美打动了邻舟的富商孙富。孙富见十娘长得国色天香,不觉魂摇心荡,必欲占有之而后快。孙富巧舌如簧,专从李甲缺钱的软肋下手,力劝李甲甩掉十娘这一包袱,并答应以千金之资接手。为难之中的李甲竟然动心,虽感情义难却,但终于把孙富的主意说给十娘。

十娘顿感绝望,于极度悲愤中当众痛斥孙富卑鄙阴险,破人姻缘,断人恩爱;控诉李甲负心薄幸——"中道见弃,负妾一片真心"。之后于众目睽睽之下打开百宝箱,将价值万金的金银珠宝抛入江中。李甲又羞又愧,欲向十娘谢罪,十娘抱持宝匣跳入江中。

十娘以决绝的一跳,跳出了一出凄美的悲剧,给读者留下揪心的遗憾。读者差不多异口同声地呼喊:十娘!你为什么不早点把万金拿出来?!早点拿出来也许不至于如此悲催啊!事情弄到这一步,李甲"又羞又苦,且悔且泣",此后"终日愧悔,郁成狂疾,终身不痊",生不如死。这是我不得好死你也不得好活,我亡你毁,玉石俱焚的双输惨局啊!你这是何苦?!

人生启悟

对人性持续而苛刻的考验是危险的

是啊!十娘为什么不早点拿出来呢?她的动机是什么呢?动

机很简单很明确,她要考验李甲——看他对自己是不是真心,感情是不是纯粹。十娘身份卑微,在世俗眼里是卑贱的、被歧视的。她看过太多姐妹被"始乱终弃"的悲剧,所以对李甲是否真心爱自己心里没底儿,这才要考验他。十娘虽不幸流落娼家,但心性高傲,自尊心极强。她不但要考验李甲是否真心,还要看他的动机是否纯粹,是否因她有钱而爱她(他爱的是我的人呢,还是我的钱?),所以对他始终隐瞒自己的财富。

曲剧《杜十娘》剧照

十娘对李甲的考验不是一次性的,而是持续不断的。

十娘对李甲的第一次考验是她和鸨母讲好三百两银子为她赎身。三百两对于手中拥有"不下万金"的十娘来说,不啻九牛一毛,指头缝里漏一点就够了。但道理上讲这笔钱应该由李甲出,所以她殷切嘱咐李甲求亲告友去筹措。由于大家都知道李甲是风流浪子,不务正业,因迷恋烟花而钱财告罄,所以都予以拒绝,弄得他灰头土脸,抬不起头,以至于没脸见十娘,躲到朋友处借宿。

约定十天之限,转眼六天过去手中尚无分文,这对于一个讲尊严、要面子的大男人来说是何等的难堪!十娘问他原因,他回道:"不信上山擒虎易,果然开口告人难。一连奔走六天,并无铢两,一双空手,羞见芳卿,故此这几日不敢进院。今日承命呼唤,忍耻而来,非某不用心,实是世情如此。"十娘追问:"郎君果不能办一钱耶?妾终身之事,当如何也?"——筹不来钱就不能赎我,这事你看咋办吧!事情性质如此重大,李甲不是不知道,而实在是万般无奈,被逼得无路可走,"公子只是流涕,不能答一语"。什么叫

"一分钱逼死英雄汉",看看李甲的处境就知道了。

虽然如此困难,如此窘迫,但李甲没有退缩,没有撒手,十娘对李的表现基本满意。考验到这一步也差不多了,不敢再加码了,再加说不定李甲就崩溃了。直到此时,十娘才见好就收,拿出裹在卧絮褥内的一百五十两碎银子(目的是暗示自己没钱)交给李甲,余下的一半你自己再想办法去。——意图明摆着,将考验继续下去。

在朋友帮助下李甲凑够了三百两银子,十娘终于获得自由要脱离囚笼了。离开后的盘缠怎么办?十娘早有安排——"舟车之类,合当预备。妾昨日于姊妹中借得二十两,郎君可收下为行资也"。注意,这钱是我借的,这是说给李甲听的,这等于告诉他,我手里没钱。

"公子正愁路费无出,但不敢开口,得银甚喜。"爱人出行自己连几块打的钱都拿不出,你可知李甲窘迫到了何种程度!连这点小钱都需要女朋友掏腰包,你让李甲情何以堪!

"得银甚喜"(一副可怜相)的李甲赶紧到当铺赎回了几件衣服,否则出门连一件像样的行头都没有,那就太丢人了。幸亏十娘善解人意,及时雨一样给了李甲二十两,否则李甲卑怯到连口都不敢开。

区区二十两够什么用?这不,两人行至潞河,舍陆从舟,讲定船价时,"公子囊中并无分文余剩"。正当李甲再次愁闷无着、走投无路时,十娘再次出手相济,拿出五十两救急。这次十娘稍稍透露了一点信息——姊妹高情相赠,不但够路费,即使他日在吴越暂住也没问题。李甲的反应是:

公子且惊且喜道:"若不遇恩卿,我李甲流落他乡,死无葬身之地矣!此情此德,白头不敢忘也。"自此每谈及往事,公子必感激流涕。

看这情形,听这口气,李甲对十娘完全是一副感恩戴德、感激涕零的样子。在十娘面前,他已经低三下四小到好像没有他自己。

船离李甲家越来越近了,下一步怎么办?李甲怕他父亲训他在外胡闹,如果再把妓女带回家来,他父亲肯定不接受。这是李甲的最为难处。这一点十娘早料到了。她有她的计划,但一直没有向李甲明说,直到李甲将她出卖,她才当众说出:她想以多年积蓄的万金之资,"将润郎君之装,归见父母,或怜妾有心,收佐中馈,得终委托,生死无憾"。——十娘的意思是,知道你父亲难说话,我为你能体面回家准备了大礼,让你父亲看在我万金之资奉送家门的份上,可怜我是真心待你,也许会让我以小妾身份留在你家;如果这样我就终身有托,死而无憾了。

由这段话可以看出,十娘为追随李甲从良,思虑周密,准备充分,计划合人情、顺世理,奉献很大,要求很小。如此低调,应该说成功的可能性是很大的。但遗憾的是,这么周密可行的宏大计划为什么不早说,哪怕是早一天说给李甲听,当孙富花语巧言蛊惑李甲抛弃十娘的时候,李甲大概会嗤之以鼻——老子有的是钱,万金之资在手,你那千儿八百狗屁不是,滚一边做梦去吧你!但直到快到家了十娘还在考验李甲,看来她咬着牙誓将考验进行到底。

一场本可以避免的悲剧发生了,让后世读者每每为此扼腕叹息!

杜十娘为什么不早说呢?前面我们已经说过了,她要考验李甲。考验李甲的想法可以理解,完全应该,但千不该万不该,十娘的考验过头了,过于苛刻了。她一门心思只顾实施自己的考验,而对李甲设身处地的理解和感同身受的同情太少了。

阅人无数的十娘应该明白,人性是脆弱的,是经不住持续而苛刻的考验的;她还应该明白,爱情是美好的,但在严酷的社会压力、坚硬的生存现实尤其是突发诱惑面前,也是脆弱的,容易变化的。十娘追求真情真爱,没人说不对,但脱离了现实的语境,超过了人性的耐受度,所谓的真情真爱是靠不住的。平心而论,李甲倾心对十娘,不能说没真情;十娘一再暗示自己没钱李甲还愿意带她回家,不可谓没真爱。可惜的是没有物质基础为依托的真情真爱就像美丽的琉璃,遇硬物一碰就碎。正如白居易所说:"世间好物不坚牢,彩云易散琉璃脆!"

纯粹唯美的感情是不存在的,至少是不靠谱的

十娘留给我们的另一个人生启发(或者说教训)是,完全脱离利益关系的纯粹唯美的浪漫感情是不存在的,至少是不靠谱的。

十娘希望李甲看中的是她的人而不是她的钱,她追求的是没有铜臭气的纯粹唯美的感情。心愿非常美好,非常高雅,但俗世上哪有这样的"纯粹"啊!男欢女爱固然美好,但从深层次看,不管意识到与否,都是一种利益的平衡。十娘爱李甲,看的是他"忠厚志诚",性格温和,所以愿随他从良;李甲爱十娘,看上的是美貌和真情,所以愿带她回家。但当下即将面临严父的审判,自己身无分文带个妓女回家,很明显难过父亲这一关。十娘已是累赘和麻烦,怎么办?感情和现实利害失衡,后者压倒前者,所以李甲一经诱惑就变卦。这说明,一味追求纯粹的感情是注定走向失败进而走向幻灭的。

追求纯粹的爱情属于唯美主义,或者说是理想主义、浪漫主义的爱情观。理想主义是崇高的,但同时也是危险的。为什么是危险的?史铁生在给笔者的信中,借助于对其长篇小说(《我的丁一之旅》)主人公爱情理想失败的讨论,作过哲学层面的解释。他说:"人类并不乏种种美好的理想,但是千百年中,却常见其南辕北辙。也许,更要重视的,并不在理想是怎样的美好与必要,而在其常常是怎样败于现实的。"

理想为什么会败于现实？因为理想的性质决定其不可能在现实中实现。为什么？史铁生的解释是这样的：理想的不可实现性在于：(1)实现了，就不再是理想，但永远都会有无穷的召唤在前头。(2)尽善尽美之于人，永远都在寻求中，所以上帝说他是道路。(3)这道路，一不可由人智规定，二不可由人力推行，否则无论怎样美好的理想，瞬间即可颠倒，恶却随之强大起来。(4)但这理想，或道路，又不是可望而不可即的，它永远都是人心中的现实。

理想永远是人心中的现实，永远是人们追求的对象，永远在前头召唤人寻求，但不可落实为现实。不是不想，而是不能。杜十娘一定要在现实中落实"纯粹"的理想，所以失败了。不失败于今日也失败于他日。这是理想主义、完美主义的宿命。今人不可不鉴。

艺术中可以唯美，生活中却不能。杜十娘以生命为代价成就了一出悲剧，同时也以沉痛的教训告诉我们，刻意地考验人性是一种冒险之举，追求理想的纯粹爱情并要求实现是不可取的。热衷于考验人性、执着于追求纯粹爱情的先生和姑娘们最好悠着点！

最后说明一点，本文没有为李甲开脱的意思。李甲自私怯懦，见钱眼开，见利忘情（义），没有男子汉的担当，已经众所周知。他的结局是自作自受，罪有应得，这里无须再加鞭挞。本文想说的只是，李甲是懦弱可怜可气可恨的，十娘也是有责任的，把一切责任都推到李甲身上是不公平的。如今追责问罪都无意义，有意义的是从中汲取教训为己所用。

白娘子：男人对女人又爱又怕的象征意象

白娘子是《白娘子永镇雷峰塔》中的主人公。

人物故事

《白娘子永镇雷峰塔》是冯梦龙名著《警世通言》中的名篇。故事讲一蟒蛇修炼八百年成仙，爱上了长相俊秀、性格温和老实的杭州后生许宣。白娘子对许宣一往情深，二人爱得如胶似漆。白娘子爱许宣，为他偷来官府的银子，偷来豪门之家的衣物装饰，一心为他好，但同时也招来意想不到的麻烦。许宣两次被捕，遂对白娘子身份产生怀疑。时间长了白娘子蛇精的身份终于暴露，许宣配合法海禅师用法术迫使白娘子现出原形，后白娘子被镇压在雷峰塔下。

人生启悟

白娘子的故事曾被改编为不同剧种的戏曲和电影、电视得以广泛传播，几乎是家喻户晓。白娘子的形象不断变化，变得越来越让人喜欢。关于白娘子故事的意蕴，也有众说纷纭的阐释，这里恕不一一叙述。本文一如既往遵循既定原则，紧扣作品文本，紧盯自己内心，写出自己的人生感悟。

文本中的白娘子给读者的突出印象是，她既可爱又可怕；与之相应，读者对她的感受是既喜欢又害怕，既爱她又有点恐惧。读者的感受与作品中男主角许宣的感受相同相通。

　　读者的感受来自作品的描写。文本中的白娘子首先甚为可爱。作为女性，她有出众的美貌，让老实巴交的许宣一见钟情，夜里翻来覆去睡不着，白天情迷意乱失魂魄。白娘子提议两人百年好合做夫妻，许宣立马答应积极准备，借住他人家成婚。"白娘子放出迷人声态，颠鸾倒凤，百媚千娇，喜得许宣如遇神仙，只恨相见之晚。自此日为始，夫妻二人如鱼似水，终日在王主人家快乐昏迷缠定。"再者，白娘子温柔体贴，对许宣照顾得无微不至，尽心尽意。许宣缺银子了，她为他偷来银子；许宣要出门了，她偷来衣服把他打扮得漂漂亮亮出门。虽然也为许宣招来些小灾祸，但她的初衷却让人感动。总之她一心都在他身上，她一时一刻都不想让他离开，出门时必交代快快回来。

　　白娘子的可怕之处表现在她的武力威胁。她的蛇精身份暴露后，许宣害怕，总想躲开她，甚至下跪求她饶了性命。白娘子先是好声好气地解释，我与你结为夫妇，共枕同衾，许多恩爱，我一心只是为你好，不曾亏负于你，希望你不要听信别人闲言，教我夫妻不睦。接下来就是威胁："我如今实对你说，若听我言语，喜喜欢欢，万事皆休。若生外心，教你满城皆为血水，人人手攀洪浪，脚踏浑波，皆死于非命。"结果把许宣吓得战战兢兢，半响无言可答，不敢走近前去。当许宣求捉蛇先生来捉她后，再一次激怒了她，她再次向许宣发出威胁："你好大胆，又叫什么捉蛇的来！你若和我好意，佛眼相看，若不好时，带累一城百姓受苦，都死于非命！"许宣听了，心寒胆战，不敢作声。白娘子的威胁虽然一次也没有付诸实施，只是口头上说说罢了，但因为她确实有这个能力，所以也挺吓人的。设身处地想想，威胁下的感情还叫爱吗？如此恐怖，还能爱吗？被人胁迫，还有尊严吗？

既可爱又可怕,这种相互矛盾的形象和给人的感受,根源在于白娘子形象自身的矛盾,或者说她形象的双重性:美女蛇。美女这一面可爱,蛇这一面可怕。

作者为什么不塑造一个单纯美好可爱或单纯恐怖可怕的形象,而偏偏塑造出一个如此纠结如此扎心的形象呢?这里的深层心理是什么,其中蕴含着什么样的文化信息呢?对此,复旦大学教授邵毅平先生曾做过深入分析:

> 蛇是不会变成女人的(当然也不会变成男人),永远不会,然而小说家们却让它变成了女人,与男人相爱,这是出于什么样的心理呢?我们觉得,正如把妲己的超凡魅力解释成"九尾金毛狐狸"附体一样,让蛇变成女人,也是出于男人对于女人的焦虑感与紧张感的一种超自然的表现方式。男人对于女人的态度,原本就是如凌濛初所说的:"好像个小儿放纸炮,真个又爱又怕。"而由蛇变成的女人,正好兼具蛇的可怕性与美女的可爱性这双重特性,颇可象征男人对于女人的矛盾观感。这样看来,与其说是小说家们将蛇变成了女人,毋宁说是他们将女人看成了蛇更为恰当。

这一解释可以说相当深刻了,一直深入人的深层心理,深入男人的集体无意识之中。男人对于女人(其实女人对于男人也一样,只不过男权社会中男人是主角,所以一般都从男性角度说话),从本能、原欲、自然性角度看,两性相吸,自然是喜欢的,甚至是想入非非也不奇怪,尤其是对美女。但人生在世,不是孤立的个别的存在,而是社会的存在,因此就要遵守社会游戏规则,遵守伦理道德规范。社会伦理道德规范不允许男女乱爱,不允许随心所欲,看谁漂亮就占有谁,这样一来人与人之间就争斗无穷,你死我活,就乱套了。所以文明社会要求人必须遵守规矩,违反规矩就受惩罚,为了不受惩罚就必须压抑自己的原欲。

杭州雷峰塔

这种文化背景下,男人对于女人就呈现出复杂的态度:既喜欢又害怕。这里的"怕"不是怕女人本身,而是怕社会舆论指责,怕规矩的惩罚。又爱又怕的矛盾心理如果用一个艺术符号(意象、形象)去表现、去象征,选什么合适呢?小猫小狗小鹿小白兔可以不可以?不可以!因为这些意象只有柔弱、温顺、可爱这一面,而没有另一面。那么用狼、虎、狮、豹可以吗?不可以,因为这些动物距女性形象相差太远了,无法建立起联系。想来想去人们找到了美女蛇,美女蛇这一意象兼具了可爱与可怕的双重性。这样看来,对于表现男人对女人的态度来说,美女蛇再恰当贴切不过了。

意象的实质是什么?文艺理论告诉我们,意象是作家、艺术家情思意念的客观对应物。你想表现阳刚之美吗?你就选骏马秋风塞北;你想表现阴柔之美吗?你就选杏花春雨江南;你想表现男人对于女人的矛盾态度吗?你就选美女蛇、狐狸精等。

对女人的魅力又爱又怕,在中国自古有之,典型而广为流传的是白居易、元稹的"尤物"说。尤物、狐狸精、美女蛇之类道出了男人对女人魅力诱惑的不自信,自己经不住诱惑反过来骂女人坏。

典型的男权文化中心主义的话语。

对女人的魅力又爱又怕的心理,不仅中国有之,而且也是世界范围内的普遍现象。如西方文化中《蕾米亚》的故事,也是讲一条蛇,因为爱上了希腊青年李西亚斯,变成了一个美丽的女人,令李西亚斯堕入了情网,与她同居并举行了婚礼,结果被一个叫阿波罗尼亚斯的人识破了真面目,于是这条"变成美女的蛇"只能落荒而逃。类似的故事出现在东亚、阿拉伯和欧洲等许多地方,引起了东西方学者的浓厚兴趣。

"或许在男人们看来,所有女人或多或少都有点像白娘子,而自己也或多或少都有点像许宣。如果真是这样,那么白娘子故事所揭示的主题,便即使在现代也仍未失去其意义。这是男人心目中的女性,男人心目中的自己,以及这二者之间关系的一个永恒的象征与写照。小说能够写到这一步,小说家也可以说是才智超群了吧?"诚哉斯言,评论家分析到这一步,也可以说是才智超群了吧!

莘瑶琴：择偶以人品为本

连环画《卖油郎与花魁女》

莘瑶琴是《醒世恒言》中名篇《卖油郎独占花魁》中的花魁娘子，人们在提到这一故事时常常以花魁娘子称之。花魁娘子是对青楼女子的美誉，但褒扬中暗含轻贱、亵玩的意味，故本文标题仍以其本名相称。

人物故事

莘瑶琴出生于北宋首都汴梁城郊，父亲开一个小商铺，以经营粮油杂货为生。瑶琴是父母独生女，自小聪明灵秀，七岁入村学读书，十岁能吟诗作赋，十二岁时琴棋书画、女红刺绣无所不通。时局陡变，金兵入侵，汴梁城破，瑶琴在逃难时与家人失散，被邻居卜大郎带到临安（现杭州），卖给王姓鸨母家里做了妓女，改名王美，唤作美娘。美娘初时坚决拒绝卖身，后无奈被迫接客。美娘才艺超群，容貌出众，名满京城，被誉为"花魁娘子"，一晚白银十两，慕名上门者络绎不绝。王美娘每天周旋于达官贵人、公子王孙之间，歌舞酒肉，纸醉金迷，烦不胜烦。她每每想从良嫁人，但是"易求无价宝,难得有情郎",一直没有遇到值得托付终身的合适人选。

临安城外卖油店老板朱十老过继了一个小厮,原姓秦名重,也是从汴梁逃难过来。秦重母亲早亡,十三岁那年父亲将他卖到油店。秦重过继给朱老板后改名朱重,因心诚老实,被朱家恶仆诬告,只得离开朱家,仍以卖油谋生。

某一天,朱重为寺院送油之后,偶然碰见住在附近的王美娘,被她的美貌所吸引,心想"若得这等美人搂抱了睡一夜,死也甘心"。从此早出晚归,更加勤劳,日积月累,积下十几两银子,要买美娘一晚春宵。老鸨嫌弃他是卖油的,再三推托,后来见他心诚,就教他等上几天,扮成个斯文人再来。终于等到这一天,美娘醉中从外面回来,嫌弃朱重身份低下,不愿接他。朱重不以为意,整晚服侍醉酒的美娘。次日,美娘酒醒后回忆昨晚情形,知道朱重殷勤伺候她一夜,深感歉意,深受感动,觉得难得这好人,忠厚老实,"可惜是市井之辈","若是衣冠子弟,情愿委身事之"。她回赠朱重双倍嫖资表示感谢。朱老板不久病亡,朱重接了店面。这时美娘生身父母来到临安寻访失散的女儿,到朱家油店讨了份事做。

有一次,美娘被福州太守的无赖公子公然羞辱,流落街头,欲投河自杀,巧遇路过的朱重。朱重无比心疼,连忙将美娘送回青楼。美娘感激不尽,留他过宿,并提出要嫁给他。美娘以多年积蓄为自己赎身后嫁给了朱重。承蒙作者好心,利用巧合,让美娘认出了在店里打工的亲生父母;朱重在寺院里也找到失散多年的父亲,改回原姓。两家人久别重逢,皆大欢喜。

人生启悟

卖油郎和莘瑶琴的故事,可以从多角度加以解读。如,从社会历史角度可以解读出歌颂婚恋自主,张扬男女平等;故事表明了明朝资产阶层地位的上升以及社会价值观的转变。传统的重农抑商的社会思想开始动摇,伦理标准和道德标准都在改变,真实反映出了这个时期社会思想的特性。小商人在角逐爱情的斗争中成了胜利者,击败了士族弟子,说明了对于爱情的渴望不再局限于知识分子,也存在于普通市民心中。

本文从自己感受最深的一点出发,想谈一谈择偶标准问题,即从莘瑶琴选择卖油郎秦重来看,她的择偶标准是从以门第身份为本转变为以人品为本。

莘瑶琴出生于普通市民之家,接受的是儒家正统教育,具有传统的人生观和价值观,因而当鸨母逼她接客时她坚决反抗,誓死不从。但严酷的生存现实,逼得她不得不服从命运的摆布。当她因美貌和文化素养高超而享誉京城,被达官贵人、世家子弟所包围和哄抬之时,她入乡随俗,耳濡目染,人生观和价值观发生变化,开始以上流社会的价值观为标准看人。所以当秦重好不容易等到机会,鸨母介绍来人是"秦小官人"时她不屑一顾。她的回应是:"临安郡中,并不闻说起有什么秦小官人!我不去接他。"转身便走,一点面子都不给。鸨母好言相劝,一再声称来人是"至诚好人",她才不得不进房门,然而当她看见是平日见过的卖油郎时,她急切叫道:"娘,这个人我认得他,不是有名称的子弟,接了他,被人笑话。"莘瑶琴(王美娘)的反应说明她已经被环境所同化,观念已经被上流社会所绑架。

莘瑶琴后来不仅心甘情愿,而且是主动要求嫁给秦重,她观念的改变源于两次契机。第一次,他们相会初夜秦重对她的百般呵护让她对他有了新的认识。为了和美娘一夜欢会,秦重耐心等待了一个多月。及至到了房内,美娘半醉半醒中对他不理不睬,还说了些轻蔑的话。秦重对此"佯为不闻",并不放在心上。美娘酒醉,回到房里倒头便睡。秦重知道醉酒之人怕冷,取了锦被轻轻盖在她身上。根据常识,秦重预料醉酒之人肯定需要喝水,预先准备了一壶热茶放在怀里暖着。果然美娘呕吐后要求喝水,秦重及时递上两碗浓茶解渴。美娘呕吐时秦重怕污了被窝,赶紧用自己袖子接着。就这样,整整折腾了一夜,秦重"眼也不敢闭一闭"地在一旁伺候,唯恐有半点闪失。第二天早上,美娘醒来回忆头天晚上之事,问自己是否吐了,秦重说不曾。美娘知道真相后为坏了他的衣服而表示歉意,秦重立马表示,为自己衣服能"得沾小娘子的余沥"而庆幸。

为这一夜,秦重花了银子,他本来有权利占有她,但他因心疼美娘放弃了自己的权利。不仅如此,他用一颗至诚厚道之心保护她,呵护她,把她照顾得无微不至。他不仅关心呵护她的身体,还关心呵护她的心灵,维护她的面子、她的尊严。总之,作为一个女人全方位的需要他都想到了,他尽其所能地满足她,使她感受到前所未有的关心和呵护。能做到这一点,对于一个年轻男人来说并不容易,如果没有至诚真爱之心是无论如何也做不到的。令人欣喜的是,这颗心所释放的所有信息,都被美娘接收到了,她认识了他的人品,知道了他的价值。这一切都是她在王公贵族纨绔子弟那里绝对得不到的,她心中想道:"难得这好人,又忠厚,又老实,又且知情识趣,隐恶扬善,千百中难遇此一人。"为此,美娘内心充满了感动,她开始喜欢他了。

喜欢归喜欢,此时美娘还没有下决心嫁给他。因为她还没有完全摆脱世俗观念的束缚,她可惜他是"市井之辈",不是"衣冠子弟"。促使她彻底抛弃旧观念下决心嫁给秦重的是第二次契机,即光天化日之下她无端遭受吴八公子的凌辱。欲哭无泪,欲死不能之时,她看透了公子王孙们的真面目。恰在此时巧遇秦重搭救了她。两相对比之下,使她真正认识到了人品的重要性和人品的价值,这才下决心嫁给他。

一边是身份门第,一边是至诚厚道之人;一边是锦衣玉食,但却被贱视、被亵玩、被凌辱,一边是粗茶淡饭,但却被仰视、被呵护、被尊重,该选哪个,不是明摆着的吗?!

择偶问题,最重要的是标准。标准体现观念,人生观、价值观不同,就会导致不同的选择,不同的选择导致不同的人生。身份、门第、权势、财富,在任何时代、任何社会都是世俗观念中闪闪发光的东西,都会吸引人的眼球。但这些东西对于婚姻来说,无论多么耀眼,归根结底都是身外之物。结婚是和人过,而不是和外在之物过。人生是漫长的,陪伴你的最重要的是人。和一个懂你、爱你、尊重你、呵护你,人品可靠的人在一起,喝凉水都是甜的。反之,对方只是把你当玩物,内心深处鄙视你,不尊重你,和这样的人在一起,即使门第身份高大上,权势熏天,锦衣玉食,又有什么幸福可言?!

《红楼梦》中贾元春嫁给了皇帝,荣耀至极了吧!但她自己的感受却是进了"不得见人的去处"。自古以来女性择婿一般向往的都是达官贵人、钟鸣鼎食之家。史铁生说过,一般来说这样的家庭也是一种残疾,一种牢笼,这样的家庭经常造就着蠢材,不蠢的概率很小,有所作为的比例很低,所以大凡有眼力的姑娘都不肯往这种家庭里嫁(见《好运设计》)。当然,话不能说绝,身份、门第、权势、财富中未必没有懂你、爱你、尊重你、人品可靠的人;如果有,那就再好不过。只是你要仔细想好,当二者不可兼得的时候,你到底选择哪一个?

这种人生选择题,不仅是南宋时代莘瑶琴需要面对的,而且是超越时代、超越社会、超越民族、超越阶级,差不多可以说是所有人要面对的。到底应该怎样选择,莘瑶琴的故事,也许会给我们留下有益的启发。

王三巧：既矛盾又不矛盾的本真女性

王三巧(三巧儿)是冯梦龙名著《喻世明言》第一卷《蒋兴哥重会珍珠衫》中的女主人公。《蒋兴哥重会珍珠衫》是"三言"开宗第一篇，同时又因其故事曲折及思想意蕴复杂，历来受到读者和评论家的重视。

人物故事

王三巧的丈夫蒋兴哥是个商人，外出做生意一年多未回，三巧儿深情地等待他。这期间，一位姓陈名商的外地商人看上了三巧儿，重金托薛婆为之牵线。在薛婆引诱下，三巧儿终于和陈商发展为婚外情，两人情义缠绵，恩爱异常。陈商回乡，三巧儿将蒋家传家宝珍珠衫赠给陈商。王、陈婚外情的秘密被兴哥发现，他既不舍又无奈地休了王三巧。随后，三巧儿改嫁吴知县为妾。阴差阳错，蒋娶了陈商之妻平氏，珍珠衫重回兴哥手中。三年后，兴哥在经商中陷入人命官司，三巧儿得知后苦求丈夫吴知县相救。吴得知二人前情，深为感动，将三巧儿归还兴哥，二人终于破镜重圆。

人生启悟

初读作品，读者对三巧儿形象感到困惑不解。不解在哪儿？在她对丈夫和情人的感情态度上。

三巧儿和兴哥是七八岁上定下的娃娃媒，兴哥父亲亡故后，三巧儿十七岁和兴哥结婚。婚后两人"男欢女爱，比别个夫妻更胜十分"，整天"成双捉对，朝暮取乐，真个行坐不离，梦魂作伴"。两人这样坐吃山空也不是办法，结婚三年后，兴哥提出要出去做生意，三巧儿"初时也答应道'该去'，后来说到许多路程，恩爱夫妻，何忍分离？不觉两泪交流。兴哥也自割舍不得，两下凄惨一场，又丢开了。如此已非一次"。光阴荏苒，不觉又过了两年，蒋兴哥觉得这样空耗下去实在不行了，这才瞒着三巧儿偷偷准备，直到定了出行的日期才告诉三巧儿。三巧儿看实在拦不住了，只得问走后几时可回，然后指着楼前椿树说："'明年此树发芽，便盼着官人回也。'说罢，泪下如雨。兴哥把衣袖替她揩拭，不觉眼泪也挂下来。两下里怨离惜别，分外恩情，一言难尽。"到了要分别的那一天，"夫妇两个啼啼哭哭，说了一夜的说话，索性不睡了"。五更时分，兴哥细细交代一应事务，嘱咐三巧儿应注意的事项，然后"两下掩泪而别"。兴哥走后，三巧儿按照丈夫的盼咐，数月之内目不窥户，足不下楼，一心一意等待丈夫归来。

读着上述文字感觉怎样？是不是觉得三巧儿和丈夫情深似海，情重如山，小两口爱到这种程度，真可谓神仙伴侣了。

然而，正是这同一个王三巧，被陈商和薛婆设计成奸后，她对自己被骗失身不但不愤怒、不生气、不后悔，反而真诚地爱上了陈商。半年多的时间无夜不会，陈商夜来明去，全无阻隔，两个人"真个是你贪我爱，如胶似漆，胜如夫妇一般"。陈商耽误生意时间长了，要回乡走了，"夜来与妇人说知，两下里恩深义重，各不相舍。妇人到情愿收拾了些细软，跟随汉子逃走，去做长久夫妻"，但陈商思虑周远，害怕牵涉面太大而负不起责任，劝三巧儿暂且忍耐，承诺明年此时再来接她私奔。三巧儿担心明年他不来，陈商赌咒发誓一定回来。分别的时刻到了，"这一夜倍加眷恋，两下说一会,哭一会,又狂荡一会,整整的一夜不曾合眼"。天亮时分,三巧儿起来拿出一件珍珠衫赠送陈商,说:"这件衫儿,是蒋门祖传之物,暑天若穿了他,清凉透骨。此去天道渐热,正用得着。奴家把与你做个纪念,穿了此衫,就如奴家贴体一般。"然后"把衫儿亲手与汉子穿下,叫丫鬟开了门户,亲自送他出门,再三珍重而别"。

  读者看了三巧儿和陈商的感情,感觉怎样?是不是感觉和对丈夫一样情重如山,情深似海?是的!作家为了说明这一点,特意将二者恩爱的情形尤其是分别之夜对比着写,证明三巧儿对丈夫和情人一样的亲,一样的爱,一样的如胶似漆离不开。

  对丈夫和情人一样全身心投入,一样毫无保留地爱,这在传统观念中是不可理解,不可接受的。传统观念认为要么你真心爱丈夫,要么你真心爱情人,不可能同时真心爱两个人;同时真心爱两个人,不是精神错乱,就是人格分裂。也就是说,在传统观念中同时爱两个人就是矛盾——无法调和的矛盾。

  可是,这种看法是特定"观念"的看法,带有"观念"的有色眼镜,摘掉"观念"的眼镜,设身处地,换位思考,从人性角度以本真的眼光看三巧儿,是不是感觉也可以理解?是不是感觉这正是人性的真实显现呢?

  结婚了就要忠于丈夫,忠于丈夫就不能再接受别人,这是传统道德的要求,三巧儿接受的也是这种教育,因此对此没有异议,在遇到陈商之前她也正是这样想这样做的。但是,当真实的男人出现在她的床上,而且这个男人视她为掌上明珠,为她还账,为她买这买那,和她一起恩爱狂欢,不得不分别时"哭得出声不得,软做一堆",面对这样的男人三巧儿的"观念"之硬壳冰释了,幻化了,消融了,突然还原为自然的、原始的、感性的人了。这时候,你情我爱,以心换心,心心相印,爱得如痴如醉,其实是完全可以理解的。

从自然的、人性的、超道德的眼光看,三巧儿的表现其实并不矛盾。

从道德角度看,矛盾;从超道德(自然性、人性)角度看,不矛盾。由此我们可以看出,《蒋兴哥重会珍珠衫》的作者跳出了传统"观念"的藩篱,摘掉了传统"观念"的眼镜,回归原始的、自然的、本真的人性,写出了三巧儿这一鲜活的、真实的女性形象,为古代文学史增添了一个不可替代的典型人物。

这样肯定王三巧的形象,并不意味着承认她出轨"合理",无条件地为其婚外情辩护;而只是说,放到具体的情景下,从人性出发,王三巧的出轨"合情"——作品中在写三巧儿与丈夫和情人的关系时,没有把她当淫妇写,而是一直在突出她的"情"。不过,话说回来,从社会道德出发,出轨毕竟是错误(不但在当时是错误,即使在现代也仍然是错误),只是三巧儿的错误有可以理解可以原谅的地方,并非是笼而统之的"淫"与"罪"。小说中的三巧儿也认为自己错了。当蒋兴哥出于礼教将她休了时,她的态度是默默地接受丈夫的处理,不加辩解,她真心承认"是我做的不是,负了丈夫恩情"。

在情与理、罪与罚的问题上,作者的分寸把握得恰到好处。在封建社会意识形态笼罩下,作者能拿捏到这一步,实在是难能可贵啦!

古代小说,包括"三言"中其他类似题材的作品,在写到出轨女性时,一般是义正词严地斥之为"淫妇""淫荡",以显出道德上的优越感和坚定性。这种立场,对于面向大众的通俗文学来说不能说错,只是说这样的立场这样的声音,从方法论上看有点简单化了。简单化虽然可以理解,但如果能跳出观念的框框,从生活本身、人性本真角度写出王三巧这样的形象,从艺术上看,就是真正的创造、创新和超越了!

蒋兴哥：中国古代罕见的理解人性尊重女性的男性

蒋兴哥是《蒋兴哥重会珍珠衫》中的男主角，是女主角王三巧的丈夫。

人物故事

关于蒋兴哥夫妇悲欢离合、破镜重圆的故事，我们在前文《王三巧：既矛盾又不矛盾的本真女性》中已做过简单介绍，此处不赘。本文只从阅读感受最深的一点出发，谈谈对蒋兴哥人物形象的解读。

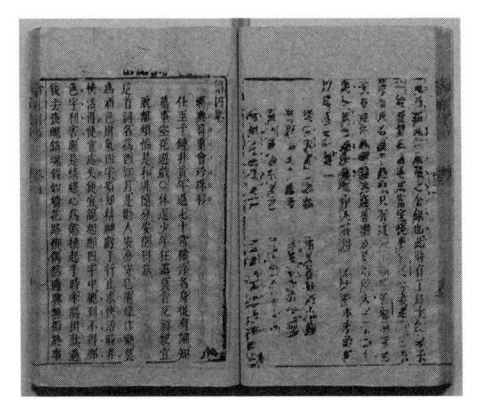

明末衍庆堂刊本《喻世明言》书影

人生启悟

整个故事中蒋兴哥给人印象最深的是，他对出轨的妻子王三巧的态度，与传统中类似角色完全不同。

蒋兴哥与王三巧是七八岁上定下的亲，完婚后异常恩爱，须臾不可离开。但让人想不到的是，当兴哥外出做生意期间，在薛婆的精心设计下，三巧儿与年轻的陈商发生了婚外情，而且与陈商打得火热，直至把丈夫家祖传宝贝珍珠衫送给陈商作为纪念。阴差阳错（作者设计的巧合），穿在陈商身上的珍珠衫被兴哥发现了，自己爱妻与陈商的私密关系彻底暴露在自己面前。对个人感情和家庭生活来说，这绝对是一个天大的事情，是晴空霹雳。此时此刻，此情此境，作为一个男人，一个旧时代的男人，该怎么想怎么做？

依常规，按惯例，处在这样情境中的男人，一定会火冒三丈，大发雷霆，对背叛自己的妻子又吵又闹，又打又骂，然后把她休掉，必出尽恶气才肯罢休。这种激烈的情感反应可以理解，人世间的感情，再没有比男女之间的感情更重大更牵动人心了。妻子出轨，丈夫的心灵、尊严、情感遭受极大伤害，而且社会规范支持他，伦理道德支持他，所以他有理由这么做。我们看到，无论现实或艺术中，处于此类情境中的男人类似的反应太多了。

但让人感到意外的是，蒋兴哥不是这种反应。当陈商一五一十把自己和三巧儿相好之事彻底袒露给他，并托他给三巧儿捎信捎物时，他气得面如土色，但没有发作，而是隐忍了下来。

急急地赶到家乡，望见了自家门首，不觉堕下泪来。想起："当初夫妻何等恩爱，只为我贪着蝇头微利，撇他少年守寡，弄出这场丑来，如今悔之何及！"在路上性急，巴不得赶回。及至到了，心中又苦又恨，行一步，懒一步。进得自家门里，少不得忍住了气，勉强相见。

请注意这段描写。蒋兴哥望见自己家门，不是急于找妻子出气，而是"堕下泪来"，先检讨自己——为贪小利撇妻子年少守寡，以至于弄到这一步。兴哥没有把一切责任都推到妻子身上，而是把责任先揽到自己身上——她犯错误我有责。这种态度，这种观念，在中国传统文化背景中实属罕见。这里体现了他对妻子的理解，这种理解其实也就是对人性的理解——让青春年少而且美丽活泼的妻子常年守寡而又能拒绝任何诱惑，实在是太难了，我不该把她推到如此艰难的境地。所以他对自己的行为后悔莫及。

蒋兴哥的这种态度,让笔者想起了《堂吉诃德》中的一个插曲。插曲中一个男青年为了考验自己刚结婚的妻子,假装有事外出不回,请自己的年轻朋友去诱惑她。朋友拒绝这样做,认为这样做既愚蠢又卑鄙,会把一切都毁了。但他执意这样做,无奈之下朋友只好按照他的要求做。结果呢,朋友面对女人的美貌和贤淑动了心,开始向她进攻。女人开始坚决拒绝,还把自己遇到的麻烦报告给丈夫听,请他赶紧回来。丈夫听了不但不生气反而很高兴。后来,女人抵挡不住男人的进攻,坚持不住,败下阵来,两人成了情人。事情败露,女人逃进修道院,朋友为逃避良心谴责死在战场上。一心考验妻子的男青年知道真相后精神崩溃,伤心而死。死前留下遗言对自己的行为表示忏悔,说自己不该这样考验妻子,他希望妻子知道他已经原谅她:"因为她没有义务创造奇迹,我也没有必要这样要求她。我的耻辱是咎由自取。"什么意思?意思是经受住考验算奇迹,经不住是常态。

塞万提斯在《堂吉诃德》中安排这样一个故事要说明什么呢?笔者的理解是,作者提醒人们不要轻易考验人性,因为人性是脆弱的。作者通过叙述人之口说了这样一段话:"要克服爱情,只有逃走一法,谁也不该和这样的强敌交手。因为人性使然,只有神力才能克服。"——"只有神力才能克服",言外之意是,只有神能经受住这种考验,而人则不能。作者的思想倾向,体现了文艺复兴时期以人为本的时代思潮,体现了对人性的理解和宽容。

令人惊奇的是,蒋兴哥没有受过文艺复兴思潮的熏陶,竟然有同样的观念和想法,同样的对人性的理解和尊重,实属难得。这是这篇作品思想观念方面的闪光之点。当然,作品写于我国明代,作者这样写也与当时开放的时代思潮有关。

接下来的情节说明,蒋兴哥将对人性的理解、对女性的尊重进行到底。

蒋兴哥到家,不吵不闹,不打不骂,什么也不说,以看望丈人为借口在外住宿,第二天早上以岳父母有病为由打发妻子回家去,同时让随行女仆带去一封休书。岳父骇异,追问原因,兴哥什么也不说,只说你问女儿珍珠衫何在即可。三巧儿见问,知道事已暴露,无法解释,只能号啕大哭。

兴哥为什么这么做?这是要保护妻子和岳父的尊严,俗称面子。他不想逼妻子当面坦白,也不想自己当面揭露,这样彼此难堪,彼此都没有尊严。他更不想让岳父母难堪。这样做,何等宽容,何等温柔,何等暖心。本该刀枪剑戟电闪雷鸣的场面,"百炼钢化为绕指柔"——在虽然难堪但却温情脉脉的场景中化解了。事情该怎么解决还怎么解决,对妻子休是休了,但休得有理有情。没有高度的做人涵养,没有骨子里的善良,是做不到这一点的。

把三巧儿休回家后,她的物品怎么处理?叙述人告诉我们:"楼上细软箱笼,大小共十六只,写三十二条封皮,打叉封了,更不开动。这是甚意儿?只因兴哥夫妇,本是十二分相爱的。虽则一时休了,心中好生痛切。见物思人,何忍开看?"人虽走,情还在。兴哥把妻子的物品当人看,见物即见人,可见他心中对妻子的无限深情。

既然如此不舍,干脆不休她不得了?这是现代人的想法,设身处地为兴哥想,不太现实。设身处地的"地"包括两方面,一是社会语境,二是个人原因。社会语境指的是封建时代的社会氛围,社会规范,社会习俗。那时的伦理道德把女性出轨("淫")视为非常严重的事情,列为休妻的重要理由("七出"之一)。妻子犯淫佚罪,丈夫置之不理是要被社会上的人耻笑的,有许多难听的话等着他,让他抬不起头来。所以兴哥休妻首先是社会之"礼"决定的。二是兴哥本人。自己外出妻子在家做出如此不堪之事,而且竟然把蒋家传家宝贝送给情人,这种公然的背叛,是对自己情感的亵渎,尊严的冒犯。虽然有可以理解的一面,但这仍然是一个男人所不能容忍的。要他不声不响咽下这口气,于"礼"于"理"都说不过去,要求太高了。

把理解人性、尊重女性表现得更为彻底的是为三巧儿送嫁妆。三巧儿被休之后,愧悔交加欲自杀,被母亲劝说回心。后来,南京进士吴杰到广东去做知县,路过枣阳县听说王公之女王三巧长得漂亮,全县闻名,托媒人欲娶其为妾,王公欣然同意。王公"只怕前婿有言,亲到蒋家,与兴哥说知,兴哥并不阻挡"。"临嫁之夜,兴哥顾了人夫,将楼上十六个箱笼,原封不动,连匙钥送到吴知县船上,交割与三巧儿,当个陪嫁。妇人心上到过意不去。旁人晓得这事,也有夸兴哥做人忠厚的,也有笑他痴呆的,还有骂他没志气的,正是人心不同。"

前妻改嫁,作为前夫也许心里五味杂陈,一言难尽,但他不阻挡,也许内心还为之祝贺,毕竟她有了依靠,开始新生活了。这正是他之所愿。他将所保存的三巧儿所有东西送给她做嫁妆。女人出嫁理当娘家送嫁妆,这里是前夫为出轨的前妻送嫁妆,这件事恐怕在当时更是件离奇的稀罕事,所以七嘴八舌说什么的都有。但兴哥全不予理睬,他不为别的,就只为对前妻满怀情义,他只为他自己的一颗心。

总之,蒋兴哥在处理妻子出轨这件事上,无论从道义还是情理上都做到了尽善尽美,令人感动。他的做法,充分体现出他对人性的理解,对女性的尊重。这种胸怀所体现的精神高度,不但在当时是罕见的,即使时至今日,也仍然是值得称赞和难能可贵的。蒋兴哥这一艺术形象所体现出的精神高度,代表了也提升了中国古代文学的精神高度,使《蒋兴哥重会珍珠衫》成为中国古代文学史上的不朽名作。

滕大尹：掌权官员隐秘的私心最难防

滕大尹是冯梦龙名著《喻世明言》中《滕大尹鬼断家私》中的主人公。作品讲了一个因兄弟不和导致外人乘隙占便宜的故事。

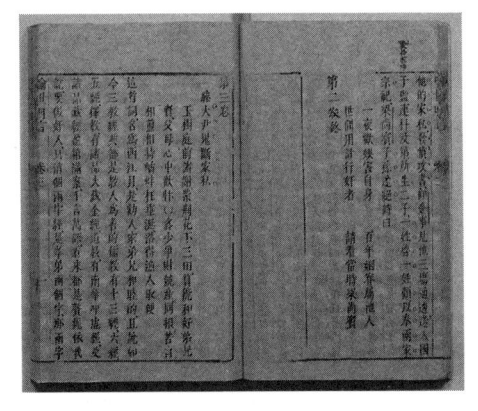

人物故事

明末衍庆堂刊本《喻世明言》书影

明朝永乐年间，顺天府香河县有个倪太守，家财富足，夫人陈氏在儿子善继婚娶之后病故。倪太守退休后精神健旺，凡收租放债之事，件件亲力亲为。七十九岁时儿子善继劝其放权享福，父亲表示要活到老干到老，让儿子省心。倪太守下乡收租期间娶了十七岁的梅氏为妾，儿子媳妇心中甚为不满，对此，倪太守心知肚明，彼此心照不宣。

一年后梅氏生子，名善述，这孩子五岁时太守撒手人寰。倪善继为人贪婪，心狠手辣，对梅氏母子恨之入骨，唯恐分走他一半家产。太守想，梅氏孤儿寡母，自己死后难免遭受善继欺负。为梅氏母子安全考虑，老人临死时写下遗嘱，将家产绝大部分给了善继，善述只留老宅破房一处，薄田六十亩。而后倪太守又交给梅氏一副自己的画像，秘嘱她妥善保存，等善述长大后拿此画像找一个清正廉明的官员,请他仔细研究,探得其中秘密,梅氏母子就不愁吃喝了。

倪善继看自己得了大便宜,对梅氏母子的忌恨也就小了许多,任凭他们母子不死不活将就度日。其间,善继多次劝梅氏另嫁,梅氏誓死不从,他只得作罢。

不知不觉善述长到了十四岁,已经懂事的他看到哥哥家日子红红火火,自己和母亲却活得凄凄惨惨,连一件绢衣都穿不上,他感到甚为不平,于是瞒着母亲去找哥哥讨说法。善述还没提分家产的事,只提出要一件衣服就惹得善继大怒,又骂又打,善述只好逃之夭夭。为断绝善述想分家产之念,善继当着家族众人之面拿出父亲遗嘱,把一处老宅和五十八亩薄田正式分给梅氏母子,从此一刀两断。

善述对于父亲的分配十分不解,但母亲却说这是真的。善述认为老爹不会如此偏心,其中必有什么缘故,他怂恿母亲到官府告状。到这时候梅氏才把老太守死时留给她的"行乐图"(画像)拿给儿子看,母子决定照太守嘱咐的办。

当时香河县令滕大尹("大尹"为府县级最高行政长官)官声甚好,老百姓称其贤明善治。梅氏母子认为这就是他们要找的官员了,把画像交给他,希望他能为他们做主。滕大尹看到画像上老人一手抱婴儿,一手指地下。老人就是倪太守,婴儿就是倪善述,这应该没有疑问,可是手指地下何意呢?他一时破译不了。他打发梅氏母子先回去,自己反复琢磨仍不得要领。画像偶然被茶水打湿,滕大尹拿到阳光下晒的时候忽然发现画像中的秘密。

滕大尹揭开画像看时找到一副字纸。里面写到自己年事已高,死了也没什么可惜,唯一不放心的是小儿子太小,大儿子为人不善,因怕老大欺负老小,这才把家产都给了老大,分给小儿子的只有老房和薄田。老房虽破,但室中左侧墙壁下有银子五千两,分装于五坛;右侧除五坛银子五千两之外,另有一坛金子一千两。这些都分给小儿子善述,价值与老大分的相平衡。此事请贤明官吏判决并作证,待处理完毕,令善述取三百金酬谢贤明。

倪太守不愧是世故老人,谋虑深远,提前将家产分割如此妥当清晰。老人留下这么多财产是滕大尹没想到的,面对这笔财产,滕大尹眼馋心动("未免垂涎之意")。他想,反正他们也不知道这里的底细,自己何不趁机捞一点呢?眉头一皱,计上心来,于是传令善继善述两家及族人某日于善继家集合。众人到齐后大尹率人马赶来,众人齐刷刷跪下,大尹下轿后望空连连打恭施礼,口中说着交谈应酬的话,好像有主人相迎一样。众人皆惊,大尹拉过一把空椅子,自己和这把空椅子并排坐下,口中不停地和空椅子一问一答地讨论财产如何分割,自己做出一副洗耳恭听的样子,连声说"领教,领教"。稍停,又拱揖:"晚生怎敢当此厚惠!"推让多时后说,既然您如此恳切,那我就收下了,我给您二公子打个收条。之后起身连作数揖做送人状。

众人看得目瞪口呆,滕大尹说是倪太守刚才回来告诉他分割家产的方案,还描述了倪太守的长相,众人相信倪太守真的回来了。接下来,滕大尹带领众人来到善述分的破房里,命众人在墙壁两边开挖,结果和他说的数目一模一样,两边十坛共一万两银子分给善述,一坛一千两的金子归了自己,命衙役抬至轿前带回衙内。善述满肚不快,也不好说什么,只得满口谢恩。

人生启悟

作品讲这个故事想要表达什么主题呢?或者说想告诉读者什么道理呢?简单说是劝人兄弟和睦的,如若不睦,他人会从中渔利。关于这一点,作品中有多处明确表述。开头引《西江月》作为引子:"……多少争财竞产,同根苦自相煎。相持鹬蚌枉垂涎,落得渔人取便。"开始进入故事时又说,"这节故事是劝人重义轻财,休忘了'孝弟'两字经"。当滕大尹当众拿走千金时,叙述人紧接着加以评论:"这正叫做鹬蚌相持,渔人得利。若是倪善继存心忠厚,兄弟和睦,肯将家私平等分割,这千两黄金,弟兄二人每人该五百两,怎到得滕大尹之手?"作品结尾又以诗的形式加以强调:"从来天道有何私,堪笑倪郎心太痴。忍以嫡兄欺庶母,却教死父算生儿。轴中藏字非无意,壁下埋金属有司。何似存些公道好,不生争竞不兴词。"

劝人兄弟和睦是故事的主题,但本文讨论的是人物,是主人公滕大尹。关于滕大尹,本文想说的是,对于人,尤其是掌握权力的人来说,隐秘的私心最难防。

作为官员,滕大尹应该算是一位聪明能干,忠于职守,主持正义的好官。滕大尹出场时,作者用老百姓游行许愿庆贺官司胜利的场面,称颂滕大尹是深受老百姓拥戴的好官,因为他审理平反了一桩冤案,为老百姓伸张了正义。但正是这样一位好官,在面对倪太守留下的大笔财产时,竟然动了贪占的邪念。

贪念在他心里,神不知鬼不觉,谁也看不见摸不着,只有他自己知道,他自己要有就有,要没就没,全靠他自己。换句话说,他如果不自我约束,谁也约束不了他。既然是这种情况,那么不贪白不贪,贪了也白贪,白贪谁不贪。于是他就堂而皇之地占有了倪家一千两黄金,比他应得的一下子多出了七百两。

一千两黄金是什么概念?据懂行的人按古代金银的综合购买力换算,倪太守埋在墙壁里的财产大约有人民币六百万左右,金银各占一半。也就是说,滕大尹这一动念,就拿走人家三百万。这心也够黑的,他竟然脸不变色心不跳,从容自若,大大方方。想一想,如果心黑不到、硬不到一定程度,是很难做到这一点的。由此可知,人性、人心深处是一个多么可怕的无底深渊。

滕大尹之所以敢这么做,最大原因是没有人知道。唯一知道底细的是倪太守,可他已经死去了。死人对于迷信的人来说也有一定的威慑力,但滕大尹是聪明人,他明白人死如灯灭,死了就死了,绝对不会有灵魂之类的来监督他、揭露他。既然没有现实的监督,也没有灵魂的拷问,那就真正是鬼神不怕,可以随心所欲,胡作非为了。

滕大尹这次贪占的是私人财产。一般来说,贪占私人财产从良心上看是多少会有心理障碍、有所忌惮的,但滕大尹没有,可以想象,当他有机会贪占公共财产时会更加胆大,更肆无忌惮。

滕大尹的行为起码让我们想到两点。一是如果没有法律、制度的硬性约束,仅靠所谓的"慎独""良心""自律"是靠不住的。注意,"慎独""良心"之类不是完全没有作用(事实上也有很多人就是靠"良心"等约束自己的),而只是说靠不住。

二是正应了19世纪英国著名学者阿克顿的名言:凡是权力集中在少数几个人手中的地方,那么掌控这些集中权力的人往往具有强盗心理和特性。历史已经证明这一论断。权力导致腐败,绝对权力导致绝对的腐败。李泽厚先生等学者认为后一句的准确译文应该是"绝对权力绝对导致腐败",笔者同意李泽厚的意见。

为什么绝对权力绝对导致腐败?因为私心具有本原性、顽固性、隐蔽性,具有敏锐的视觉和嗅觉,一旦发现机会,绝不会轻易放过。还因为没人管或管不着,私心敢于放心大胆地猎取猎物而不必顾忌。

权力下面蕴藏着巨大的灰色空间,灰色空间给掌权者以选择自由的同时也形成巨大的诱惑,给其看不见的私心留下使坏的机会。由此看来,如何限制权力,如何消灭灰色空间,如何消除人的贪念是一个永远值得研究的大课题。

刘东山：人世休夸手段高，霸王也有悲歌日

刘东山是《初刻拍案惊奇》（明朝末年凌濛初编著的拟话本小说集）中《刘东山夸技顺城门　十八兄奇踪村酒肆》的主人公。

明末清初坊刊本《拍案惊奇二集》书影

人物故事

明朝嘉靖年间河间府交河县一人叫刘东山，在北京巡捕房当缉捕军校头领，一身好本事，弓马娴熟，矢无空落，人称连珠箭。无论多么凶悍的案犯，遇着他便如瓮中捉鳖，手到擒来。但他三十多岁时厌倦了这一职业，辞职回乡做生意了。一次，在京城卖驴马得一百多两银子，至顺城门（今宣武门）雇骡归家。店里一熟人提醒他路上盗贼甚多，须多加提防。刘东山哈哈大笑道："二十年间，张弓追讨，矢无虚发，不曾撞个对手。今番收场买卖，定不到得折本。"店中满座人听见他高声大叫，无不惊诧地看他。

回去的路上，一位二十岁左右的美少年骑马赶来和他搭话。少年自称家住临淄，回乡婚娶，正好一路同行。少年问："久闻先辈最善捕贼，一生捕得多少？也曾撞着好汉否？"刘东山看他年少，得意地再次夸耀自己一生捕贼无数，并无一个对手，还说路上

如有盗贼,顺便捉拿让你看看我的手段。少年微微冷笑,借东山之弓一看。少年拿弓在手,连放连拽,像玩儿童玩具一样。东山大惊失色,也借少年弓来看。少年弓二十斤重,东山怎么也拉不动,自感惶恐无地,直夸少年神力。少年说不是我神力,是你弓太软。

次日又同行,少年一拍马不见了,东山有些心慌。不多时见少年正在百步外等着他。少年说,久闻足下手中无敌,今日请先听箭风。言未毕,飕的一声箭从东山耳边飞过,把东山惊出一身冷汗。然后少年又将一箭引满正对东山,大笑说,你也算明白人,赶快把银子放下,免得我动手。东山自知不是对手,赶紧跳下鞍来,跪着前行送上银子,哀求饶命。少年提了银包说,要你性命做甚,快走吧,老子还有事,不陪儿子了。霎时不见了踪影。

刘东山受了这番教训,灰溜溜的再也不敢夸口。回家后老老实实在村头开了间小酒馆,再也不玩弓弄箭了。

三年后冬日的一天,忽然来了十一位客人,个个骑高头骏马,腰带弓矢刀剑,十人在他店里,其中一位十五六岁少年坐在对面。东山赶紧酒肉伺候,十人吃肉六七十斤,喝酒六七坛,吃完店中东西又取出自带野味享用。吃喝间东山发现其中一位是三年前劫了他钱的少年,吓得魂不附体,暗暗叫苦,心想他一人我尚且不敌,何况如今一群英雄。众人向他劝酒,他哪敢喝!这时候少年和他打招呼,东山面如土色,不觉双膝跪下道:"望好汉恕罪!"少年离席也跪下去,说别这样,这样羞死人啦!当年我们兄弟在顺城门听你自夸天下无敌,众人不服,才让小弟在旅途和你开个玩笑。感念和你当年的友谊,现在还你十倍银钱。说罢取千金置于案上,请东山快快收起。东山不敢,少年笑他不像个男子汉,怎么如此胆气虚怯,难道我们弟兄真的要你银子不成?东山知不是虚言才收了去。这十个人个个厉害,他们的首领十八兄更厉害呢!不然这十人怎么个个对他毕恭毕敬?!

经过和这伙人打这番交道,刘东山一生再也不敢自夸武艺高强,从此弃弓折箭,只是守着本分营生度日。

人生启悟

故事生动有趣,作者借故事想讲的道理很明确:人啊!无论你有多大的本事也别自负,别夸口,因为山外有山,天外有天,人外有人。你以为你不得了了吗?那是因为你还没机会遇上更强的对手。正如作品结尾诗评刘东山:"生平得尽弓矢力,直到下场逢大敌。人世休夸手段高,霸王也有悲歌日。"

为了强化这一道理,在正式讲刘东山故事前,作为铺垫、过场,作者先讲了三个类似的故事。一是岭南多大蛇,长数十丈,专门害人。怎么对付它呢?人们养赤足蜈蚣蓄于枕中,若有蛇至,蜈蚣跳出死缠着大蛇七寸吸血,至死方休。数十丈长斗来大的蟒蛇,竟死在尺把长指头大小的蜈蚣手里,正所谓天地间有一物必有一制,夸不得高,恃不得强。

第二个故事,汉武帝时,西胡月支国献猛兽一头,形如五六十日新生的小狗,狸猫般大,但能制服百兽,群虎见之皆缩做一堆,双膝跪倒。叙述人评说:强中更有强中手,莫向人前夸大口。

第三个故事,一举人膂力过人,武艺出众,豪侠好义,路见不平拔刀相助。他进京会试,恃一身本事单骑独行。一天晚上住在农户家里,老太婆向他诉苦说儿媳妇厉害,他为之打抱不平,心想等这户儿媳妇回来好好教训她一顿。及至媳妇回来,他傻了眼。因为媳妇力大无比,伏虎降豹寻常事,在石头上轻轻一划就寸余深。举人被唬得一夜无眠,这才知道天下竟有这等大力之人,庆幸没与她交手。从此再不敢招惹闲事,生怕无意中吃了亏。

山外有山，人外有人，道理虽浅但未必人人都懂。例如，生活中我们亲眼看到，三教九流、芸芸众生，哪怕是中小学生，常有人夸口自己怎样怎样了不起，似乎打遍天下无敌手，俨然老天爷第一他是老二，狂妄得不可一世。芸芸众生、中小学生也就罢了，甚至某些身份、地位很高的读书人，也常常口出狂言，这个狗屁不是，那个不是狗屁。那种洋洋自得、忘乎所以之态，颇为可笑，但他们自己陶醉其中却浑然不觉，想来也甚为"可爱"。

　　由此可知，自负、骄傲，乃至于狂妄，是普遍的人性弱点。原因是，世界之大、天地之阔、宇宙之深邃，作为个人——哪怕是聪明绝顶的人，哪个能阅尽无限春色，窥得其中奥妙呢？哪个人不是局限于一己之小圈子里呢？问题是，智者知道这种处境，无论到哪一步都知道自己的有限，因而不敢自负，不敢狂妄——"我只知道我不知道"（苏格拉底语）。唯眼光短浅狭窄（所谓"鼠目寸光"）者敢于张扬，因为在他那个小圈子里，他看到的就周围那几个人，在这几个人中他可能有高于他人之处，因而就自以为了不起了。正所谓山中无老虎，猴子称大王；世无英雄，遂使竖子成名。所以要克服自负狂妄之病，必须开阔眼界，提升境界，当站得高看得远时，自然会把自己放到一个合适的位置上。

　　无数人的生活经验告诉我们，真有学问真有水平的高人，从来都是谦恭、低调的，他们从来不夸口，不炫耀，不显摆。有道是"大智若愚""大方无隅""水深流静""真人不露相，露相非真人""高僧只说平常话""万人如海一身藏"。他们这样并不是有意在"装"，在"作秀"，而是浑然不觉，自然而然，出于本然无意识——难道不是本来应该如此的吗？！与之相反，我们几乎可以断定，凡是夸口、炫耀、显摆的，肯定是浅薄之人，他们一瓶不响，半瓶晃荡，一股小水喷溅得漫天水雾，一阵风吹来化为空无。

自负、骄傲、狂妄,作为人性的弱点非常顽固,永远不会从人间消失。只要有人的地方,它就会附着在某些人身上表现出来。所以提醒自己警惕这些毛病的侵蚀,是每个人永远的修身课题。

　　"三言""二拍"属于面向大众的通俗读物,向读者普及上述做人的道理,无论对谁都是很有益的事。只要这样的弱点在,这样的提醒就永远有价值。

严蕊：把人的高贵和正直演绎到极致

严蕊，南宋中期女词人，原姓周，字幼芳，出身低微，自小习乐礼诗书，后沦为台州营妓，改严蕊为艺名。词作多佚，仅存《如梦令》《鹊桥仙》《卜算子》三首。据此改编的戏剧《莫问奴归处》，久演不衰。

以上介绍是历史上真实的严蕊，但本文分析的是小说中的严蕊，即《二刻拍案惊奇》卷十二《硬勘案大儒争闲气　甘受刑侠女著芳名》中的"侠女"严蕊。两个严蕊之间的关系，不在本书讨论范围，本文只从文本出发，讨论艺术作品中的严蕊。

人物故事

严蕊在小说中出场时是台州官妓之"上厅行首"，即班行之首、领班、翘楚、老大。严蕊之所以有此地位，是因为她相貌出众，才艺超群："一应琴棋书画、歌舞管弦之类，无所不通；善能作诗词，多自家新造句子，词人推服；又博晓古今故事，行事最有义气，待人常是真心。所以人见了的，没一个不失魂荡魄在他身上。四方闻其大名，有少年子弟慕他的，不远千里，直到台州来求一识面。"

这样的严蕊自然是人见人爱，台州知府唐仲友当然也不例外；而且因为唐才高于人，文采风流，比他人更能欣赏严蕊的才华，所以对严蕊另眼相看，政府凡有公务接待，或良辰佳节，无不请严蕊出席相陪。不过,二人来往虽多,却都是光明正大,并无男女私情。因为"宋时法度,官府有酒,皆召歌妓承应,只站着歌唱送酒,不许私侍寝席"。简单一句话,官妓是艺人,卖艺不卖身。唐仲友虽风流倜傥,但毕竟有法制约束,所以自律甚严,不越雷池半步。

但严蕊的清白有人却不肯相信,例如朱熹。朱熹当时已经是朝中大臣,以讲理学名闻天下。唐仲友恃才傲物,看不起只会高谈阔论而无救国之策的人。唐是性情中人,与朋友聚会时兴之所至,口无遮拦,有一次竟说朱熹"字也不识的"。这明显是书生意气之辞,当不得真。但朱熹听到后却怫然而怒,觉得太伤自尊了,决心一定要报复他。他脑子一热,先判唐仲友"刑政有枉",随即突然袭击,前往巡视。唐仲友一时迎接不及,朱熹更加恼怒,一见面就宣布撤唐仲友的职,隔离审查。二人的意气之争发展为行政司法案件了。

书生加官员,你们争就争、斗就斗吧,千不该万不该,朱熹将严蕊也牵扯进来。由于朱熹在"刑政"方面抓不住唐仲友"枉"在何处,只好拿他和严蕊的关系说事儿。他的想法是,"仲友风流,必然有染"——还是惯性思维,不是真凭实据,而是推理,是想当然。朱熹原来以为一弱女子,不管有没有问题,肯定是一打就招,招了就把唐仲友的罪名坐实了。但令他没想到的是,"严蕊苗条般的身躯,却是铁石般的性子。随你朝打暮骂,千锤百拷,只说:'循分供唱,吟诗侑酒是有的,曾无一毫他事。'受尽了苦楚,监禁了月余,到底只是这样话"。结果朱熹也无可奈何,只得胡乱加她个不该诱惑领导这样不伦不类的罪名,"狠毒将他痛杖了一顿,发去绍兴,另加勘问"。

为什么发往绍兴?因为绍兴太守是朱熹的下属,也和朱熹一样是个道学家。道学家见不得女人漂亮,一旦看见至少表面上如临大敌。绍兴太守见严蕊模样标致,和朱熹一样立马"想当然":"从来有色者,必然无德。"注意,他用的是全称判断"必然"。道学家往往一个德性,偏执加冷硬,于是,不由分说开始严刑拷打,用拶子拶她十指。太守见严蕊手指细嫩,如此漂亮,大叫"可恶",刑加一等,以夹棍夹她。直至把严蕊折磨得死去活来,严依然不招。太守气得要死,只得再次将其投进监狱。

狱官看严蕊可怜,便好言相劝:"上司加你刑罚,不过要你招认,你何不早招认了?这恶是有分限的。女人家犯淫,极重不过是杖罪,况且已经杖断过了,罪无重科。何苦舍着身子,熬这等苦楚?"狱官好心,话说得合情合理,颇为诱人。是啊!事并不大,承认了就不受折磨了,何苦硬撑着受罪呢?面对如此诱惑,你听严蕊怎么说:

身为贱伎,纵是与太守有奸,料不到得死罪,招认了,有何大害?但天下事,真则是真,假则是假,岂可自惜微躯,信口妄言,以污士大夫!今日宁可置我死地,要我诬人,断然不成的!

如此"词色凛然",令狱官十分起敬。他如实向太守作了汇报,太守"可恶这妮子倔强",为讨好朱熹,又把她拉出来"再加痛杖"。后来听说朱熹调走了,太守不必讨好他了,这才释放了严蕊。由此可以看出古代官员施政是如何的任性、随意,如何的草菅人命。这样在两个地方前前后后两个月的折腾,让"严蕊吃了无限的折磨,放得出来,气息奄奄,几番欲死"。

人生启悟

严蕊宁死也不诬陷人的事迹,不但让狱官肃然起敬,也让当时听闻此事的官僚、书生、士大夫肃然起敬,让千千万万后世读者肃然起敬。一弱女子面对毫不讲理的酷刑,轻轻一句话承认了就免刑了；况且她本来身份微贱，承认了对她名声也没什么损害。但严蕊坚贞不屈，毫不退让。

严蕊之所以如此，因为她有做人的原则，这就是，坚持以事实为根据，绝不信口雌黄，拿原则做交易换取利益。事关良心大事，出卖良心，生不如死；为良心安宁，死不足惜。这就是严蕊。良心是她为人处世的底线，良心是她至高无上的精神信仰。

伟哉，严蕊！你无愧于叙述人对你的评价："苗条般的身躯，却是铁石般的性子。"换句话说，你身为弱女子，心是伟丈夫。你把一个人的心灵高贵和人格正直演绎到了极致，你以光辉的人格形象进入文学殿堂，融汇于中华优秀传统文化的洪流中。

纵观历史，横看现实，为一点蝇头小利放弃原则、抛却底线、供奉肉体、出卖灵魂的人，并非个别。其中有男也有女，从雄踞高位的权臣、腰缠万贯的大亨到芸芸众生。把严蕊放到这一背景下来衡量，其精神文化价值就愈加凸显。

孙悟空：大众精神狂欢的理想载体

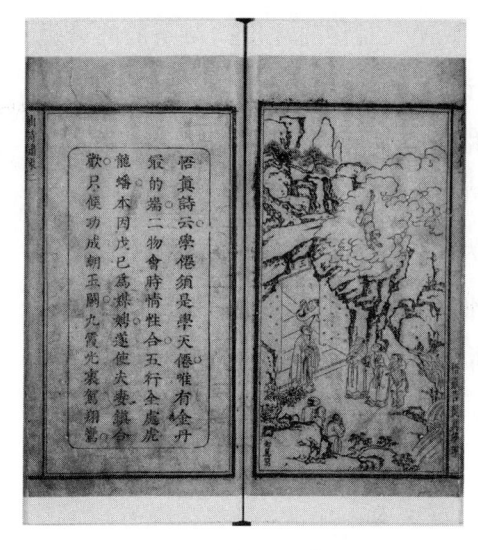

镌像古本《西游记》书影

孙悟空是《西游记》中性格最活跃生动、最受读者欢迎的人物形象。关于孙悟空的研究，自《西游记》问世以来的几百年间，论文书籍不计其数。哪怕是浏览一些，也会读得头昏脑胀，如入五里雾中。本文无意做专业的学术研究，而只想从读者接受角度，亦即从阅读感受（艺术作品、人物形象的意义和价值，就通过读者的阅读感受得以实现）出发，谈一点对孙悟空形象的理解。

人物故事

孙悟空是作者着意塑造的第一人物，开篇前七回专门写孙悟空出世、拜师学艺、下海得金箍棒、大闹天宫、被压五行山等故事。在其他形象尚未出场时，一个熠熠生辉、光彩照人的人物形象已经先声夺人，矗立在读者心目中。在之后直至大结局的每一回，孙悟空都是最活跃最吸引人的角色，给读者留下美好的印象，让读者爱他,喜欢他。只要看过《西游记》原著,或其动画片、电影、电视剧等,孙悟空形象就立马在读者、观众心里扎下了根。

孙悟空为什么能在读者心里生根?因为他让人兴奋、激动、快活,满心充满愉悦感。愉悦中似乎内心深处一直压抑着的东西,借助于他全都释放出来了。文学欣赏,就其实质而言是读者借助艺术作品进行的心理实验。在这个实验中,读者附着在孙悟空身上和他一起大闹天宫、降妖捉怪,一起经受九九八十一难,完整地经历了他生命的全过程,从而经历了大磨难和大征战,也体验了大自由和大解放。换句话说,读者借助于孙悟空的形象实现了精神的大狂欢,孙悟空是大众精神狂欢的理想载体。

人生启悟

那么,读者从哪方面获得自由解放,体验了精神大狂欢呢?

孙悟空帮我们在虚拟中实现了超人梦

"上帝"造人,既给人一定能力,又给人诸多局限——想上天没有翅膀,想入地不会遁形,论飞不如鸟,论游不如鱼,想分身却无术,想长寿却必死……为此人类十分苦恼,总想超越局限,成为无所不能的超人,成为神通广大的英雄;于是英雄崇拜、超人崇拜就成为人类的集体无意识,成为人类与生俱来的梦想。然而,梦想终究是梦想,现实永远是现实,现实中没有一个人能成为神通广大的超人,这是人类永远的缺憾,心中永远的"痛"。

随着人类心智的成长,开始明白,现实中不能圆的梦不可以在艺术中圆吗?身不能飞心还不能飞吗?于是就有了神话,有了传说,有了小说、戏剧和电影等文学艺术的各个门类,于是人们向往的神通广大的超人、英雄出现了,这其中,孙悟空是其中最耀眼的明星,是最有代表性的典型。

在《西游记》中，孙悟空神通广大，武艺高强，最拿手的是七十二变，一个筋斗十万八千里，拔一撮毫毛吹口仙气就是千军万马。一根金箍棒，小成绣花针藏进耳朵，拿出来晃一晃，碗口般粗细，舞起来山摇地动，神鬼心惊。他有一双火眼金睛，任何妖怪都逃不过他的眼睛。他以个人力量单打独斗，对抗了十万天兵天将，把个固若金汤威严森然的天宫闹了个沸反盈天。西天取经路上，他呼风唤雨，降妖捉怪，让师父每每逢凶化吉遇难呈祥，最后终于如愿以偿，到达西天取得真经。

在《西游记》中，如果说如来、菩萨是法力无边的神，那么孙悟空就是神话世界里的人。作为神法力无边理所当然，但作为人能到孙悟空这一步就难能可贵了。人们把能想到的本事都加到他身上，人们在生活中做不到的通过他都做到了。还有，他在阎罗殿生死簿上勾掉了自己和同伙的名字，他可以永远不死了。总之，人们的梦想通过他在虚拟世界里都得到了实现，人们跟着他在艺术世界里当了一回超人，心里能不兴奋、激动吗?!

孙悟空让我们在想象中体验无法无天破坏规范的大快乐

《西游记》最精彩的篇章是大闹天宫——人们一提起《西游记》、提起孙悟空最先想到的就是这个，孙悟空本人最骄傲、最得意的也是这个。大闹天宫的精神实质是造反，是蔑视权威，破坏规范。他偷蟠桃，盗御酒，闯御宴，吃仙丹，以一人之力和十万天兵天将对着干。在他那里，所谓森严的天宫秩序、神界的礼制规范、玉皇大帝的神圣权威，全不放在眼里。他天马行空，胆大妄为，让自己的性情、心气得到了最大程度的舒展和释放。

故事中孙悟空的性情、心气得到了最大程度的释放，作者和读者的性情、心气也跟着得到了最大程度的释放。我们猜想作者在写大闹天宫时一定是激情澎湃，快不可言，而读者读到这里时也同样兴奋激动,心花怒放,忍不住大叫:狂哉孙悟空,痛快痛快!

　　人物、作者、读者,情感在这里共鸣共振,其心理秘密是内心深处渴望自由、破坏规范的隐秘冲动得到了释放。生活中的人谁也不敢把这种冲动表现出来,现在突然天上掉下个孙悟空,读者压

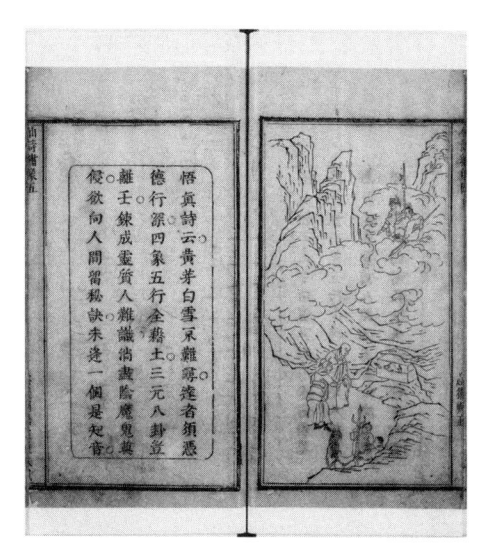

镌像古本《西游记》书影

抑着的心一下子找到了突破口,酣畅淋漓地释放出来。能不激动快乐吗?!

　　借助于文学艺术作品发泄一些犯规的冲动,其实并不是坏事。因为"压抑"得到了某种程度的释放,减轻了精神压力,这种心理机制,弗洛伊德谓之"升华",谓之"心理转移",这种方式对社会无害对个人心理健康有利,何乐而不为?!

　　孙悟空敢于调侃权威,让人们体会到人格平等的快乐

　　漫长的封建社会和封建文化造成了国民普遍的奴性心理和奴隶性格,权威、权力把人压得头不敢抬、腰不敢直、气不敢出,一个个唯唯诺诺、低眉顺眼,战战兢兢臣不敢言,战战兢兢汗不敢出。人们活得不像人,活得没有任何尊严可言。对于权威的压抑,人们面服心不服。人性渴望平等,渴望尊严,现实中得不到就转移到艺术中去,这就是挑战权威,追求平等的艺术形象能够出现并受到欢迎的原因。

　　孙悟空就是这样一个典型形象,在他眼里没有所谓的权威。

第一次玉皇大帝垂帘问他："哪个是妖仙？"悟空应声："老孙便是。"众仙卿大惊失色道："这个野猴！怎么不拜伏参见，辄敢这等答应道'老孙便是！'却该死了！该死了！"当玉帝给他封官众仙齐声要他"谢恩"时，悟空也只是朝上唱个大喏。在天宫，蟠桃、御酒、仙丹，都是神圣权威人物才得以享受的圣物，但悟空压根不理这一套。他想吃就吃，想喝就喝，他的想法是，玉皇大帝吃得我也吃得。蟠桃会没有人请他，他认为这是对自己的蔑视，无论如何不能忍受，于是假传圣旨愚弄了赤脚大仙，也愚弄了玉皇大帝。不但如此，他还想夺取玉皇大帝的宝座，他认为应该"皇帝轮流做，明年到我家"。

在菩萨的安排下孙悟空皈依了佛教，按理说他应该对神界权威顶礼膜拜了吧，但事实并非如此。我们看到在取经路上他依然桀骜不驯，依然对天界权威佛家神灵一概不放在眼里。无论日值功曹、四海龙王、山神土地、天兵天将，均被他呼来喝去。有一次他为了降妖要求玉皇大帝把天借给他半个时辰，并威胁"若道半个不肯，即上灵霄殿动起刀兵！"，观音菩萨是他的"救命恩人"，而且法力无边，孙悟空常常要请她帮忙，但他竟敢嘲笑她"悭懒"，取笑她活该一世无夫。如来佛是西天最高领袖，还曾把孙悟空一巴掌压在五行山下，但孙悟空依然敢骂他是"妖精的外甥"。

在孙悟空心里，他与玉皇大帝和菩萨、如来佛的人格是平等的，所以他敢于调侃、嘲笑他们。说实在话，在封建时代，在中国传统文化的桎梏下，能出现一个孙悟空，实在是石破天惊，空谷足音！他把中国人憋闷几千年的屈辱一下子发泄出来了。如此的扬眉吐气，岂不快哉！

孙悟空主持正义，敢于斗争满足了读者渴望正义的精神需求

孙悟空的正义感和斗争性表现得非常突出。对危害人类的所有邪恶势力,孙悟空从不放过,除恶务尽;对遭到妖魔侵害的人们,无论是庄农是和尚还是国王,他都热情相助,救人于危难之中。为了为受凌辱的弱者出气,他敢于当面斥责权势者。如当他得知为非作歹的妖怪是太上老君的青牛时,他当面训斥太上老君道:"你这老官,纵放怪物,抢夺伤人,该当何罪?"当他得知如来和菩萨家里的猫啊狗啊出来危害人时,他连如来和观音菩萨也敢斥责。他这种主持正义,敢于斗争的性格满足了人们渴望社会正义的心理需求。只要有不公正、不公平的现象在,孙悟空的形象就会给人带来希望和快乐。

孙悟空任性、暴力凶顽等弱点也与人们内心深处相通

孙悟空有诸多优秀品质,但也不是完人,也有一般人的人性弱点,如任性妄为、好斗成性、暴力凶顽、自恃神勇等。如学艺归来的孙悟空,依恃一身本事剿了混世魔王,夺了大刀,又到龙王那里劫取无数兵器,将定海针、金冠、金甲、云冠等宝物一并拿走。一根如意棒把花果山上和附近的"虎豹狼虫、满山群怪,七十二洞妖王,都唬得磕头礼拜"。在这里他任性随意,谁不服就收拾谁。

皈依唐僧后悟空任性随意、暴力凶顽的弱点有所收敛,但忍不住还时时暴露出来。就在悟空被唐僧解救后的第二天,路遇六个截路的强盗,悟空干脆利落地全部将其打死。唐僧批评他不分青红皂白,一概打死,全无一点慈悲好善之心,如此当不了和尚。悟空受不了指责,一气之下回了花果山。在龙王的劝说下又回到唐僧身边,但他杀心未泯,有时竟指向唐僧和菩萨。

书中写道:"他嘴里虽然答应,心上还怀不善,把那针儿晃一晃,碗口般粗细,望唐僧就欲下手,慌得长老口中又念了两三遍,这猴子跌倒在地。"好险!唐僧若不是咒语念得快就命丧黄泉了。悟空问是谁教的这一手,唐僧老实回答说是"一个老母传授我的",悟空知道是观音菩萨,发狠说"等我上南海打她去!"。悟空不但敢打唐僧,还敢打菩萨,在他眼里,没有谁不敢打了。

　　类似的冲突在取经路上还有多次。那么作者吴承恩对悟空的任性和暴力凶顽持什么态度呢?我们从字里行间读出来的是他很矛盾,我们感觉他心里赞同而表面上批判。对于孙悟空的精神弱点读者什么反应呢?读者(包括笔者)一般不大觉察出来,对于孙悟空的打打斗斗甚至是打打杀杀,并不认为有什么不对,而大多是感到快意。为什么?因为一般读者并不认为孙悟空的任性、暴力凶顽是弱点,他们觉得如果自己是孙悟空,也会那样做——如果我遇上强盗、坏蛋,我就想一枪崩了他。也就是说,孙悟空的性格弱点是普遍的人性弱点,悟空和读者在人性弱点上是相通的,这也是读者认可、喜欢孙悟空的一个重要原因。

　　孙悟空外表是神猴,内在实质是人,他的性格,包括优点和缺点,都与读者大众相通。读者借助于他,在虚拟中实现了自己的梦想,宣泄了被压抑的潜意识,寄托了理想和愿望。总之,读者读他就是读自己,所以忍不住兴奋、激动、愉悦、狂欢。因此我们有理由说孙悟空是大众精神狂欢的理想载体。

猪八戒：人见人爱的大众情人

在《西游记》中，和孙悟空一样，猪八戒也是受到读者和观众热烈欢迎的人物，从某种角度看，他似乎比孙悟空更受欢迎。自作品发表几百年来，古代人喜欢，现代人也喜欢；中国人喜欢，外国人也喜欢；男人喜欢，女人也喜欢；老年人喜欢，小孩儿也喜欢。正所谓古今中外，男女老幼，人见人爱，是名副其实的"大众情人"。

古本《西游真诠》书影

网上多处流传同一个帖子，叫"选个八戒做情人"。

近日，某报在98位读者中做了一次民意调查，调查内容：如让你在唐僧师徒四人中选择一位做你的恋人，那你将选择谁？结果令人大吃一惊：选唐僧0人；选孙悟空10人；选沙僧14人；选猪八戒74人，占总人数的72.7%！

为何猪八戒以74票之绝对优势压倒同门诸人？有人分析：

首先，所有女子不喜欢唐僧，因为唐僧不喜女色，再美丽的姑娘都不能打动他，那么，喜欢唐僧可以，择为恋人则万万不可。

其次，女子认为，孙悟空是可以做好朋友、做"哥们儿"的那种人。和这种人交朋友,若有七灾八难,只要打声招呼,他上天入地都会替自己讨回公道,不过作为恋人,猴哥却未免少了那么点人味儿。近16%的女子认为沙僧诚恳、忠实、憨厚、稳重、有力量,最关键的是他是个不折不扣的"人"。但太老实了就未免缺少情趣。这样做恋人,怎么能满足女性呢?

相比之下,倒是八戒显得可爱了,他性情随和,为人宽容,感情丰富,在高老庄做女婿时对夫人一片痴情,而且他又会吃又会玩,懂得享受,又有金钱观念,知道理财。八戒若生在今世,肯定是翩翩佳公子,风流潇洒,能吃会玩那种,又知道讨女孩喜欢,又会一掷千金,温柔多情,怜香惜玉,不正是女孩子心目中最理想的恋人吗?

上述内容,听起来像是搞笑,调侃,闹着玩儿,不可当真。但正像艺术作品中故事不可当真,但其中有着艺术真实一样,这里的玩笑调侃中也透着现代人某种真实心理和倾向。

上述对猪八戒优点的分析颇有道理,但显然有些过誉和美化了,有点情人眼里出西施。不过其中"人味儿"这个评价却是抓准了。悟空高冷,缺人味儿;沙僧太实,缺人味儿;唯有八戒,有趣好玩儿,浑身都是人味儿。"人味儿"这东西说不清但最迷人,最有亲和力,这也许就是猪八戒让人喜欢的奥秘所在了。

人物故事

那么猪八戒的"人味儿"表现在什么地方呢?表现在他的整体,即整个人的方方面面上,既包括他的优点也包括他的缺点。关于八戒的优点,材料中已经罗列过了,我们还可以再加上一条,在高老庄干活踏实不惜力,取经路上也曾一路挑担一路辛苦。现在我们主要说说他的缺点——即使是他的缺点,也有"人味儿",也讨人喜欢。

那么猪八戒有哪些缺点或者说弱点呢？八戒的缺点很多，读者印象深刻的，主要有如下几点。

好色

猪八戒前身是玉皇大帝麾下的天蓬元帅，统领十万水军。在玉皇大帝主持的天宫御宴上，他按捺不住色欲，竟不顾一切闯入广寒宫，当众调戏嫦娥，用他自己的供述即"全无上下失尊卑，扯着嫦娥要陪歇"。为此受到严厉惩罚：赶出天界，贬到人间。

猪八戒为自己的错误付出了极为惨重的代价，按理应该吸取教训，下决心改正错误，脱胎换骨重新做人。但我们想错了。猪八戒到高老庄之后不但没有收敛，反而更为胆大。他娶了高太公的女儿，但因为长相丑陋，左邻右舍知他是个妖怪，高太公反悔想解除婚姻关系，猪八戒不干，强行把高翠兰锁在后院，把锁用铜汁子浇铸，谁也打不开，害得高氏父女半年不能见一面。幸亏唐僧、悟空及时赶到解救了高小姐。在菩萨点化下八戒皈依了唐僧。在取经路上八戒好色本性不改，继续犯此类错误。第二十三回"三藏不忘本，四圣试禅心"中，四位女菩萨化为母女四人考验唐僧师徒。唐僧、悟空、沙僧意志坚定，不为所动，只有八戒心痒难耐，自己找上门去要娶人家娘儿四个。结果是丑态百出，落得个被绳索捆绑在森林大树上的悲惨下场。

再往后，取经路上，妖精屡屡化成美女诱惑师徒四人。别人都不为所动，只有八戒经不住诱惑，一诱惑一个准，没有一次不成功。猪八戒看见女人连想都不想，立马投降："忍不住口嘴流涎，心头撞鹿，一时间骨软筋麻，好便似雪狮子向火，不觉的都化去也。"总之，在猪八戒身上，好色天性表现得淋漓尽致。

贪吃贪睡贪安逸

猪八戒是猪的化身，因而贪吃、好吃、能吃，吃是他的人生一大

镌像古本《西游记》书影

快乐。八戒肚子大,似乎永远处于饥饿状态,一顿能吃三五斗米饭,或者百十个烧饼。见了人参果囫囵吞下竟不知滋味,遇到有人招待斋饭,他能一扫而光。对猪八戒来说,最有吸引力的莫过于"斋""饭"这些字眼。为了贪吃,他出尽了洋相,受尽了奚落和捉弄。贪睡能睡也是他的特点。每当到一个地方,唐僧下马休息,沙僧陪着,孙悟空打探明天的路怎么走,让八戒去化缘。但八戒也累,出去看见草窝就躺下休息,头一沾地就打呼噜,师父、师兄饿得着急,他全然顾不得。甚至在打仗的紧急关头,他也能挤出时间去睡觉,也不论是草窝里、树杈上,还是石缝间,随处都能酣然大睡。

爱财爱占小便宜

按照佛教教义,教徒不但戒色,也戒财。第三十八回,乌鸡国皇宫的井龙王要他驮国王的尸体,他说:"果然没钱,不驮!"孙悟空为了煽动八戒半夜去井里打捞国王尸体,便骗他说有宝贝,八戒这才动了心。但他和悟空讨价还价,说:"我也先与你讲个明白,偷了宝贝,降了妖精,我却不耐烦什么小家罕气的分宝贝。我就要了。"悟空答应全给他,他才十分卖力地下了井龙王的水晶宫。第七十六回,悟空假冒勾司人要拿猪八戒的性命,猪八戒终于招供在耳朵里藏有四钱六分银子。猪八戒的耳朵是他的小金库。第九十四回,天竺国国王欲招唐僧为驸马,送悟空三人前去取经,猪八戒便道:"送行必定有千百两黄金白银,我们也好买些人事去。"国王送三人黄金十锭、白金二十锭,悟空、沙僧都没要,而只有猪八戒财色心重,前去接了。

无论什么事,派到猪八戒头上时他总是能推则推,不能推则敷衍了事。在遇到危险的时候他先考虑自己,想的是先保住自己生命。一次妖怪按图点名捉拿他们,他只为自己许愿:城隍,没我便也罢。至于念到唐僧和悟空的名字,他都不管。西行路上,但凡有便宜他总是抢在前面,打恶仗时却有意后退,快胜利时又冲上前,怕的是悟空一棒打胜,没了他的功劳。这些都是他自私自利爱占便宜之处,但在对敌战斗的关键时刻他也能顾全大局,挺身而出,他协助悟空斩妖除怪之功也是有目共睹的。在师徒兄弟大义上,八戒还说得过去。

意志不坚决,时刻想打退堂鼓

为了考验唐僧师徒的诚心,如来和菩萨设计了九九八十一难。每一难都不容易克服,妖怪要么是菩萨的坐骑,要么是如来佛家里的亲戚,总之都有背景,都很厉害。故事的模式是妖怪先把唐僧、沙僧掳走关进山洞,然后由悟空和八戒搭救。第一仗打不过,第二仗又打不过,第三仗八戒就不想打了,就开始动员悟空,说,大哥,咱们散伙吧,你回你的花果山,我回我的高老庄,高老庄还有我的老婆呢!师父呢,我们管不了,不是不救,是心有余而力不足啊!

人生启悟

以上我们列举了猪八戒几个主要弱点,这些弱点在阶级眼光下被视为小生产者、小私有者的弱点,其实从实际出发就可发现,这不仅仅是小生产者小私有者才有的弱点,而是普遍的人性弱点。

由此我们理解了读者为什么喜欢猪八戒。既然是普遍的人性弱点，那就与每个人相通，也就是说每个人内心深处都有一个猪八戒，所以虽然八戒身上有诸多弱点，但读者并不讨厌他，反而感到很亲切。人们心里嘿嘿笑：嘿，这家伙，有趣，好玩，有意思。读者从猪八戒这面镜子里隐隐约约照见了自己的影子。换句话说，从人性角度看，人人都是猪八戒，猪八戒就是每个人。关于这一点，基本已成共识，不信大家可以从网上搜一下，不止一篇文章谈到这一点，有的文章标题直接就是"我们都是猪八戒"。

回到本文开头那个材料上，那么多女士喜欢猪八戒，正应了一句俗话：男人不坏，女人不爱。注意，别把这句话想歪了，事实上这里包含了很严肃的人生道理，即揭示了人性的奥秘。"男人不坏"的"坏"不是大坏，如杀人、放火、强奸、抢劫；而是小坏，即人性的弱点之类。例如猪八戒，他的一些毛病就属于人性弱点的范畴，属于可以理解可以容忍的弱点，当然也是需要不断克服的弱点。

好像是歌德说过，有一些小缺点，反而是让人感到可爱的一个原因。通过以上分析，我们理解了为什么猪八戒是大众情人，理解了人性，从而对自己，对所有人都有了一个比较深刻的认识和把握。这就是经典作品之所以是经典的奥秘所在吧！

唐僧：使命在身　不忘初心

唐僧是《西游记》取经队伍的组织者和领导者，是孙悟空、猪八戒、沙僧的师父，是小团体的核心和灵魂。可是，与他的崇高地位形成巨大反差的是，读者对他最不满意，最不喜欢，在研究者这里也最不受重视。即使有研究，有的竟激愤地把他贬得几乎一无是处：

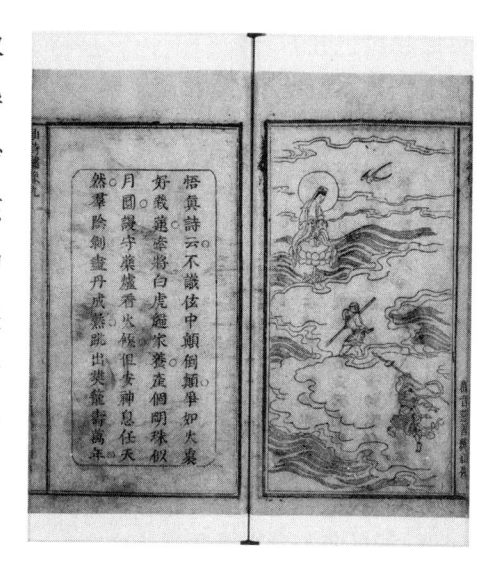

镌像古本《西游记》书影

"他（唐僧）懦弱无能，胆小如鼠，听信谗言，是非不分，自私可鄙，优柔寡断，昏庸糊涂，几乎是屡教（教训）不改，在取经集团中，他既不是精神力量，也不是实际的战斗者，竟是一个百分之一百的累赘，以至于他在取经事业中的作用，说得不客气些，应当是个负数，他的眼泪多于行动，没有白龙马就寸步难行，没有孙悟空将万劫不复。如果一定要说唐僧也有作用，那么，他的作用是一个傀儡、一尊偶像、一块招牌。"类似的贬抑不在少数，恕不一一列举。

平心而论，这些贬抑之论不能说完全没有道理，因为其论断也都有文本情节作根据；但总体来看，明显地失之偏颇。一是以偏概全、看小不看大；二，更重要的是遮蔽了唐僧形象最可贵最本质的精神内核。

对唐僧形象的评价之所以出现重大分歧，原因涉及如何解读《西游记》的方法论问题。

众所周知，和《三国演义》《水浒传》《红楼梦》不同，《西游记》是神魔小说，既是"神魔"就不是写实而是表意、寓意。表意小说的特点是："以表意为旨归，内容是超验的，非现实的，或是现实的变形变态，以奇思异想为意念、情感营造荒诞的形象结构，传达作家的生活感受和真知灼见。"（马振方：《小说艺术论》，北京大学出版社1999年版，第205页。）表意小说类似寓言，作家先有一个"情思意念"，然后编一个故事，把"情思意念"寓于其中。既然如此，读者在读作品的时候，就应该透过"荒诞"的故事情节把握其中的精神内核。把握了精神内核，就不必对其中的细枝末节过于纠缠了。这种方法论，用庄子的话说即"得意忘言""得鱼忘筌"；用佛家的话说，佛理佛法是月亮，公案故事是指月的手，你看见月亮了，指月的手就可以忘掉了。

人物故事

以此方法解读《西游记》，就应该高屋建瓴，从大处着眼，把握核心。核心是什么呢？当然是唐僧奉旨西天取经，师徒四人历经九九八十一难，终于完成使命，取回真经。

这是《西游记》的基本框架、基本事实，把唐僧放到这一框架下就立刻明白了他的地位。取经的使命是他主动领取的，取经过程是他组织领导的，没有他的坚持，取经早就半途而废了。正是在取经过程中显示出他的价值和意义，显示出他形象的高大和精神的崇高。

说他形象高大,不是凭空的溢美之词,而是他以自己的修为证明出来的。众所周知,取经艰难,难到哪种程度?九九八十一难——反反复复无尽无休的考验。这九九八十一难是谁经受的?是唐僧,从他的出生算起。这么多考验,如果没有坚定的信仰、坚强的决心、坚韧的毅力,是不可能经受住的,但唐僧经受住了,这还不够伟大吗?!

唐僧所经受的考验,有坚硬冷酷的,有温柔阴险的。性质不同,但都挺可怕。

坚硬冷酷的考验主要是两类,一是死亡,二是苦累。

九九八十一难中大多是生死的考验,妖怪要吃唐僧肉,而且妖怪大都道行深厚,武功高强,即使是神通广大的孙悟空也无可奈何,唐僧随时都有生命危险。不过,虽然唐僧常常被吓得滚下马来,被吓得浑身筛糠般甚至是涕泗交流,但却从来没有投降变节过。

再者是险恶的自然环境。险山恶水,狂风暴雨,严寒酷暑,师徒四人跋山涉水,风餐露宿,常常找不到吃饭和睡觉的地方。这种日子可不是一天两天,而是漫长的十四年。设身处地想想是何等艰难,但唐僧带领团队硬是不皱眉头地坚持了下去。这期间,没听过唐僧埋天怨地畏缩不前想打退堂鼓。在两类冷硬的考验面前,唐僧确实做到了一不怕苦二不怕死。难道这还不算英雄汉?如果这不算,那怎样才算?!

除了冷硬的考验,还有温柔的陷阱在等着呢!这就是各种各样的诱惑。

首先是色。有细心人做过统计,唐僧在取经路上有过七次艳遇,其中六次是妖精,一次是人间女人。六个妖精分别是蝎子精、蜘蛛精、老鼠精、玉兔精、杏仙、白骨精,人间女人是女儿国国王。

这么多女性喜欢他，有的是真心爱他，如女儿国国王；有的是想吃他的肉以图长生不老。但不管善意还是恶意，都是以如花似玉、柔情似水的形象出现，而且都是主动进攻，这该是多么大的诱惑呀！但唐僧一一经受住了考验。实在没办法了，即使违犯佛家教义也在所不惜。如佛家不打诳语，但女儿国国王执意不让他走，无奈他只好以假结婚骗了她，然后伺机一走了之。与打诳语之错比起来，完成使命更要紧。

其次是财产和安逸生活。第二十三回"三藏不忘本　四圣试禅心"中，三位菩萨和梨山老母合计在取经路上设下一处庄园。庄园里良田千顷，骡马成群，万贯家财，母女四人，没有男丁。唐僧一行四人借宿于庄园，晚上女主人亲自出面，提出想让他们留下，招他们四人为婿的要求。为打动他们，女主人说这里有吃不完的米谷，穿不完的绫罗，一生也花不完的钱，你们若同意招赘，自自在在，享用荣华，岂不比劳碌辛苦取经好？面对美色和财富，面对现成的温柔富贵之乡，八戒动心，但唐僧不为所动。他针锋相对地提出出家人的好处："出家立志本非常，推倒从前恩爱堂。外物不生闲口舌，身中自有好阴阳。功完行满朝金阙，见性明心返故乡。胜似在家贪血食，老来坠落臭皮囊。"意思是，你有你的好，我有我的好，你的好我不羡慕，咱们还是各活各的吧！宁肯惹主人大怒也不改主意，因为事关原则和价值观。

最后是权力加爱情。在女儿国，国王真心实意想招唐僧为丈夫："寡人以一国之富，愿招御弟为王，我愿为后，与他阴阳配合，生子生孙，永传帝业。"只要唐僧答应，权力、地位有了，爱情、家庭有了，人间所追求的最高幸福莫过于此了，诱惑力简直太大了。但这只是俗人的想法，人家唐僧压根不予理睬，施了个"假亲脱网"之计，毅然走了。

以上考验,无论冷硬还是温软,都不是凡夫俗子轻易就能战胜的。唐僧不是神也不是魔,而是人间一分子,他没有几个徒弟那样的本事,但他一一经受住了诱惑。让我们不得不佩服他的定力,不得不佩服他崇高的精神境界。

人生启悟

是什么支撑着唐僧战胜了一个又一个诱惑呢?综观全书发现主要是他的使命感。你看在取经路上,凡是遇到需要自我介绍的时候,唐僧必称自己是东土大唐来的和尚,奉皇帝之命西天取经。唐僧还始终不忘自己的"御弟"身份。这些话反反复复在作品中出现,其意是说,唐僧始终不忘使命,不忘初心,不忘自己从哪儿来,不忘自己是干什么的。这就是使命感。

当年唐僧在自己主持的寺院,当着唐王和众文武的面领下愿去西天取经的圣旨,并立下誓言:"我这一去,定要捐躯努力,直至西天。如不到西天,不得真经,即死也不敢回国,永堕沉沦地狱。"(第十二回)唐僧深知取经的意义重大,事关江山社稷永固,事关大众度亡脱苦,普度众生。意义如此重大,仪式如此隆重,誓言如此庄严,于是取经使命在唐僧心里就显得异常神圣。这是一种巨大的精神力量,正是这种力量支撑、保护着他渡过无数难关,直至胜利完成使命。

唐僧性格兼具儒家的弘毅与佛家的坚忍。这种为使命坚忍不拔、一往无前的精神,从审美角度看叫崇高。唐僧的形象因具有如此崇高的精神而高大。正是他这种崇高精神感染着、鼓舞着几个性格不同的徒弟,把他们团结在自己周围,同心协力地完成了取经大业。

就连总嫌唐僧脓包的孙悟空,看到他取经意志的坚定也常常忍不住赞叹师父是"志诚君子"："行者见师父全不动念，暗自里咂嘴夸称道：'好和尚，好和尚！身居锦绣心无爱，足步琼瑶意不迷。'"（第九十五回）"好和尚！他在这绮罗队里无他故，锦绣丛中作哑聋。若不是这铁打的心肠朝佛去，第二个酒色凡夫也取不得经。"（第八十二回）这样的赞叹，书中多次出现。

不知其他读者的阅读心理，反正笔者每读《西游记》或看电视，不由自主地心里总是浮出一个背景，那就是历史上真实的玄奘和尚西行取经的故事。玄奘于贞观元年一人西行，涉流沙，越万岭，远渡重洋，九死一生，行程五万里，历时十七年从印度佛教中心那烂陀寺取回六百五十七部佛经。试想，在那交通不便、行路艰难的年代，做到这一步需要何等的毅力和意志！每念及此，心中油然而生无比敬仰之情。

对唐僧形象有上述基本认识之后，就可以理解（或解释）他性格中的几个弱点了。

有人说唐僧胆小怯懦。唐僧确实胆小，见了妖精吓得流泪。这很好理解，因为师徒四个，就他是肉身凡人啊！求生怕死是人之本能，所以面临死亡他害怕不是很正常吗？但我们也要看到另一面，如此胆小怕死的人，竟然没投降没变节，而是坚持到底了，你想这需要多么大的理性力量来战胜自己的本能！这充分说明唐僧身上精神力量是何等强大。

这里笔者想起另一个类似的人。德国新教牧师朋霍费尔二战期间因反抗纳粹而惨遭极刑。作为牧师他热爱和平，有强烈的正义感，坚决反对希特勒政权的侵略扩张政策，因而被捕入狱。面临生死考验，他选择了死亡，终于在盟军解放柏林前夕被残忍地杀害了。朋霍费尔在敌人面前表现得镇定、坚毅、勇敢，以选择死亡证明自己是一位倔强不屈的英雄。然而谁能想到，他在《我是谁》这首诗中反省自己内心的时候,竟然真诚地承认面临死亡自己也焦虑、恐惧、紧张、不安,也有畏惧和胆怯的一面。怎么看?很简单,一个怕死的人竟主动选择了死,由此可见,他的选择是理性的,可见他的意志和信念是多么强大,因而赢得了人们的尊敬。对唐僧,亦可作如是观。

有人说他是非不分,昏庸糊涂,人妖不辨。这不更简单嘛,他是凡人啊!他没有火眼金睛,所以他看不出变化多端的妖怪。猪八戒、沙僧还都是神魔呢,他们不也看不出吗?!

他为什么老跟孙悟空过不去?一是性格不同加价值观不同。如孙悟空最初皈依唐僧时抬手打死了六个劫匪,悟空认为是强盗就该打死,唐僧认为即使是强盗也不该被打死,出家人应以慈悲为本。这就是矛盾。二是孙悟空火眼金睛,能一眼看出谁是妖精,而唐僧不能,所以有冲突。唐僧惩罚孙悟空是他忠于佛家原则,即使你本事大,贡献大,我离不开你,也要开除你。这显得很迂腐,很不近人情。但如此的坚持原则,不是也迂腐、执拗得可爱吗?!

读者(观众)为什么不喜欢唐僧?浅层看,大家喜欢孙悟空,你和他过不去,大家为悟空鸣不平,所以烦你。深层看是凡俗与崇高的阶位差别。大家都是凡俗之人,因而喜欢猪八戒之类凡俗人,你那么高大上,大事小事动不动上纲上线,阿弥陀佛不离口,好像这个世界上就你一贯正确,这谁受得了!所以对其敬而远之。这就是凡俗与崇高的相互不理解。

怎么看?凡俗没错,崇高更没错。对崇高,你情感上可以不亲近,但最好在理智、理性上保持一种尊敬、一种仰望的态度——虽不能至,心向往之。毕竟,社会文明是靠崇高支撑和提升的。

沙僧：团队精神的好榜样

现代管理学告诉我们，任何一个团队要想取得成果，其成员必须具有良好的团队精神，否则必然失败。《西游记》中，以唐僧为核心的取经队伍，也是一个团队。这个团队中的四个成员（没有把白龙马算在内），应该说都具有良好的团队精神，其中表现最为突出的是沙僧，可以说，沙僧是体现团队精神的好榜样。

人物故事

沙僧随同取经团队的行为事迹，读过《西游记》原著或看过电影、电视连续剧的，都有印象，具体情节此处不赘述。

人生启悟

本文主要讨论沙僧团队精神的具体表现及其对我们的启发。

目标明确，决心坚定

沙僧前身为伺候玉皇大帝出行的"卷帘大将"，只因不小心打碎了被玉帝视为宝贝的玻璃盏，断送了历经千般修炼才获得的天庭职位，被罚下凡间成为流沙河中一"水怪"，每日承受飞剑穿胸之苦。沙僧在流沙河受尽折磨，无奈以吃人为生。后听从观世音菩萨的劝导，皈依佛门，安排他做了唐僧的三弟子，保唐僧去西天取经。参加取经队伍对沙僧有什么好处呢？菩萨许他一是不再受飞剑穿胸之苦，二是功成免罪，官复原职。沙僧立马表示"愿皈正果"。从此洗心涤虑，专等取经人。

取经队伍中的三位师兄弟皈依佛门，情况各不一样。孙悟空是被压五行山下五百年，皈依能获得解放，有被迫无奈的成分；猪八戒对菩萨的皈依劝告，似懂非懂，不大上心；三人中只有沙僧遵命唯谨，"连声诺诺"，还唯恐取经人不来，反误了他的前程。可见，拜唐僧取真经、功成复职的"前程"正是他的理想和愿望，是他梦寐以求的人生目标。

沙僧皈依虽然是为了个人前程，但与取经团队的大目标是一致的，个人利益融合在了集体利益之中。换句话说，既是为集体利益奋斗同时也是为自己利益奋斗；大目标实现之日，也就是个人目标实现之时，所以沙僧跟随唐僧取经的心是最虔诚的，意志是最坚定的。于是我们看到，取经路上每遇重大困难无法克服的时候，孙悟空心急气躁，发牢骚要回花果山；猪八戒更想散伙回高老庄当女婿；即使是领袖唐僧，太苦太难时也时常萌发思乡之念；而既无散伙之心，也无乡关之思，一心一意，但求正果者唯沙僧而已。他总是诚恳地鼓励大家坚持下去继续前行。

例如第五十七回，沙僧到花果山讨行李，当看到假行者要另拉队伍取经时，他怒不可遏，劈头打倒假沙僧，直奔南海告状。莲花座前见到真行者又"劈头便打"，从来温和忍耐的沙和尚此时表现出异乎寻常的勇敢。在沙僧那里，不管谁是谁，只要有不利于取经的言行，他都坚决阻止，可见他对取经事业是多么忠诚，决心是多么坚定。

恪尽职守，任劳任怨

任何团队从事一项事业，其成员都要有分工有合作，每个成员都恪尽职守，尽可能完美地完成自己的任务，这个事业就会成功。在取经团队中，唐僧是组织者和领导者，孙悟空是冲锋陷阵与敌作战的英雄,猪八戒是与悟空协同作战的帮手,沙僧呢,留守后方保护师父,看守白龙马和行李家当。沙僧忠于职守,从来都是小心谨慎、兢兢业业地做好自己的事情,让两位师兄放心在前线战斗,让师父身心安全、安定。

《西游记》的读者和研究者,在谈到沙僧时无不赞其忠厚老实、埋头苦干、任劳任怨、不抢功、不争名、服从安排、默默奉献。众所周知,这种人在任何一个团队里都是很可贵、可敬的。就连如来佛也欣赏沙僧这种态度,在取经成功时,如来称赞沙僧"诚敬迦持,保护圣僧,登山牵马有功",因而"加升大职正果,为金身罗汉"。

遗憾的是,有些研究者从某种虽然时髦但未必合适的观念出发,把沙僧的忠厚老实、服从安排、任劳任怨贬之为"奴性""丧失自我",实在是张冠李戴,混淆是非。

谦和低调,摆正位置

与孙悟空能征善战、战功赫赫,猪八戒协助参战、战果突出相比,沙僧似乎是无能之辈,只会后方守卫。但事实不是这样。在第二十二回"八戒大战流沙河　木叉奉法收悟净"中,八戒与沙僧多次交战,二人各逞英雄,不分胜败,八戒不得不承认"难!难!难!战不胜他,就把吃奶的气力也使尽了,只绷得个手平"。即使孙悟空参战也奈何不了他,没办法只好请观音菩萨出场,才把沙僧收服。说明沙僧的本领不在八戒之下。作品每当写沙僧出战,也都是英勇无比,让妖怪头痛。

虽有如此武功,但观音菩萨给他的排位是徒弟中的第三,师父分配给他的任务是保卫加后勤,他就接受菩萨和师父的安排,忠实地守卫在自己的位置上,不与两位师兄争锋。在取经路上,他寡言少语,对师父和师兄极为尊重,一般情况下唯师父师兄的命令是从。在无关大局的问题上,一般不发表反对意见,但在涉及重大原则问题,如当有人取经态度发生动摇时,他才出面阻止相劝。

协调矛盾,维护团结

取经团队四人身份不同,性格不同,因而少不了时时发生大大小小的矛盾,引发各种各样的冲突。当矛盾冲突发生时怎么办?如果各逞其能,各恃其强,互不相让,势必让矛盾冲突愈演愈烈,导致团队解散拉倒。生活中这样的教训实在不少。怎么办?这时候迫切需要有人站在公正立场上进行协调。在取经队伍里,沙僧就承担了这样的角色。

这样的例子很多。如第八十一回"镇海寺心猿知怪",孙悟空中了地涌夫人诡计去追她时,把师父交于两位师弟,但他俩一时疏忽让唐僧被抓走。悟空回来不见了唐僧,怒不可遏,不管三七二十一,捞起棍来一阵乱打。猪八戒慌得无路可走。这时候沙和尚理智冷静,走上前来跪下道:"兄长,我知道了。想你要打杀我两个,也不去救师父,径自回家去哩。"行者道:"我打杀你两个,我自去救他!"沙僧笑道:"兄长说哪里话!无我两个,真是单丝不线,孤掌难鸣。兄啊,这行囊马匹,谁来看顾?宁学管鲍分金,休仿孙庞斗智。自古道,打虎还得亲兄弟,上阵须教父子兵。望兄长且饶打,待天明和你同心勠力,寻师去也。"话说得有理有节,强调了团队合作的重要性,一席话说得孙悟空平息怒气,阻止了矛盾的激化,挽回了可能散伙的窘境。

再如悟空好强性急,喜欢开玩笑,常常捉弄八戒;而八戒虽愚笨呆直,但自尊心强,反过来常给唐僧打小报告,怂恿唐僧念紧箍咒,所以二人闹得不愉快。面对这种局面,沙僧既不偏袒悟空,也不指责八戒,而是尽量调和二人的矛盾。他软款温存地劝解猪八戒:"二哥,你和我一般,拙口钝腮,不要惹大哥热擦。且自换肩磨担,终须有日成功也。"这样的说话语,孙悟空喜欢听,八戒听了也容易接受,从而化解了他们之间的矛盾。

胸怀开阔,大度容人

沙僧对于两位师兄,包括师父的缺点和弱点,总是持理解和宽容的态度,从不斤斤计较,抓住不放。如二十三回"四圣试禅心"中,八戒因为经不住美色的诱惑,受惩罚被绑吊树上"痛苦难忍",又被孙悟空嘲讽挖苦,自感羞愧难当无地自容时,"沙僧见了,老大不忍,上前解了绳索救下",伸出援助之手,让八戒在需要抚慰时感受到来自同胞的温暖。沙僧还体谅八戒一路挑担的辛苦,常说"路远没轻担",主动接过担子替八戒挑一程。这不仅表现他任劳任怨不怕吃苦的奉献精神,更主要是表现他善解人意,善于为他人着想的阔达胸怀和为增强团队凝聚力所做的努力。

总之,沙僧身上的优点,体现了中华民族的传统美德,也符合现代意义上的团队精神,他是体现团队精神的好榜样。

鲁智深：以赤子之心毫不利己专门利人的纯净人

读《水浒传》，第一个进入心田招人喜欢让人爱的就是鲁智深。读完作品，反过来回顾，许多人许多事依稀淡忘，但鲁智深仗义行侠的几个故事还依然清晰地刻在脑海里。

人物故事

第一件，拳打镇关西，为金氏父女报仇。金氏父女原

陈洪绶绘鲁智深和武松

为京城人，因家贫到渭州投靠亲眷，亲眷失散，只得依靠女儿翠莲在酒家卖唱维持生计。镇关西是当地有财有势、称霸一方的恶霸，他看翠莲长得漂亮，便以"强媒硬保"的方式强娶为妾。镇关西老婆不满丈夫纳妾在家，将翠莲赶出家门。之后，镇关西又拿着金翠莲的典身文书强要根本没给金家（"虚钱实契"）的三千贯典身钱。金氏父女无力抗争，只能含冤靠女儿卖唱还钱。鲁智深听得此事后勃然大怒，当即要找镇关西论理，朋友苦劝暂且作罢。但他实在咽不下这口恶气，第二天一早就去找镇关西算账，寻衅羞辱后三拳

打死了他,终于为孤苦无依的金氏父女申冤报仇。

第二件,大闹桃花村,痛打小霸王周通。周通是盘踞桃花山的强人,号称小霸王,手下有六七百小喽啰,整天打家劫舍,闹得连官军也拿他没办法。当地刘太公是地方上体面人物,周通恃强硬要娶他的独生女做压寨夫人,刘敢怒不敢言,只得顺从。鲁智深最看不得倚强凌弱、欺男霸女的行径,于是设计把周通揪住痛打一顿,然后又劝其放弃了强娶刘太公女儿的念头,并让他发誓从此不再骚扰。

第三件,大闹野猪林,拯救林冲性命。高俅是朝廷权臣,其子高衙内淫心痴盛,看上了林冲夫人,当众调戏。林冲虽是八十万禁军教头,可慑于顶头上司高太尉的权势,隐忍不发,放过了高衙内。鲁智深作为刚刚和林冲结交的朋友听说后怒不可遏,大骂高俅。为得到林冲夫人,高俅陷害林冲,致使其被刺配沧州。鲁智深担心林冲安全,一路暗中保护,在公差要害死林冲的紧急关头,他从天而降救了林冲性命。为防止林冲再次被害,亲自护送他去沧州。

第四件,营救史进,行刺华州贺太守。贺太守为官贪婪成性,残害治下百姓。他强行霸占画匠王义的女儿玉娇枝,并且把王义刺配军州。当时在少华山占山为王的史进知道后打抱不平,只身前往华州去刺杀贺太守,结果事败被俘。鲁智深听说后决计只身救史进,不幸的是此次营救没有成功,自己也身陷囹圄。

综观鲁智深上述几件壮举,可以看出他性格中的几个特点。

侠义

鲁智深耿直、正义,见不得黑暗邪恶,见不得不公平,一旦发现,定然出手帮助弱者,惩罚恶人。这是典型的侠义性格——打抱不平,除暴安良。什么是"侠"?武侠小说大师金庸先生说:"我认为侠的定义可以说是'奋不顾身,拔刀相助'这八个字,侠者主持正义,打抱不平。"以这个标准衡量,鲁智深的行为就是侠义精神的完美体现,鲁智深就是典型的侠义英雄。

无私

鲁智深行侠"仗"的完全是"义"——公德、公理、公平、道义,没有一点私心。金家父女与他毫不相干,只是酒店邂逅,得知其受欺冤屈,立马出面相助。刘太公事亦然。鲁智深离开五台山赶往东京路上,听刘太公说被强人所逼嫁女,他不由分说就下手痛打了绿林强人。对林冲和史进,朋友有难及时出手相助。所有这一切,他都是为别人而不是为自己。

鲁智深的无私,与其他侠客比起来看得更明白。例如著名的荆轲,他之所以舍生忘死刺秦王,是因为得到了燕太子丹的赏识,接受过他的厚恩重赏。太子丹以太子身份为他驾车,把最尊贵的位置让给他;他作投蛙游戏,太子丹令人奉盘金以侍;他随意说一句"闻千里马肝美",太子即令杀马取肝供他享用。如此这般地被抬举,作为普通一武士,怎么承受得了?他凭什么这般对你好?明摆着是他需要拿你的生命做赌注,这一点只有傻子才看不出来。所以荆轲的壮举,既是自愿的,也是被迫的——他需要以生命为代价去还这个情。类似的情况太多了。相当多的侠客都是受人豢养,被人抬举,为人利用,才不得不为"知己者"去死的。究其本心,可以说他们是自愿的,受胁迫的,没有自我选择余地的。

但鲁智深的行侠之举完全是自觉自愿的,没有任何外在力量的压迫,是受自己良心的支配所做的主动选择;因而是真正的无私,完全的自由,彻底的坦荡。

鲁智深无私的另一个表现是,他助人从来没有想过回报,没有想过这么做对自己有什么好处。也就是说,他的助人动机是纯粹的,干净的,不掺杂一丝一毫功利的。他是不折不扣、完全彻底、真正的"毫不利己,专门利人"。

能达到这一境界是相当不容易的。许多侠义之士在行侠时往往自觉不自觉地怀有寻求回报的念头。如唐传奇小说《柳毅传》中的柳毅,在答应为落魄的洞庭龙女传书时,似有意似无意、半开玩笑半认真地说了句:"吾为使者,他日归洞庭,幸勿相避。"女曰:"宁止不避,当如亲戚耳。"得到这样的回答,柳毅才动身告别。这段对话说明,柳毅在行动之初潜意识中就隐藏着希望龙女回报的心理。果然,后来事实证明,柳毅获得了他意想不到的超额回报。有求回报的心思,说不上多么丑恶,但显然,其人格境界已大大降低。

不计利害

抑强扶弱,除暴安良,拔刀相助,这些听起来很美的行为,是要付出代价甚至是巨大代价的。这是基本常识,无论谁都懂的。生活中对黑恶势力看不惯、恨之入骨、必欲灭之而后快的,大有人在。但真正付诸行动的则少之又少,为什么?还不是因为害怕行为可能招致的"利害"吗?!相比野蛮的黑恶势力,善良的力量总是弱小的,硬碰的结果往往是失败,所以才有"敢怒而不敢言"之说。这种现象可以理解,毕竟大家都是常人,毕竟人性是软弱的。

对于行侠需付出代价,鲁智深当然是知道的,但他却根本不去想,他只为自己一颗仗义的心。他为救金氏父女失手打死镇关西,为此成了杀人犯,丢了官职,打破饭碗,被迫潜逃,从此流落江湖,命运被彻底改变。以世俗眼光看,从体制内官员到被追捕的逃犯,社会地位从天堂跌入地狱,正常生活被彻底颠覆,损失简直太大了!但你看到鲁智深有一丝悔意吗?没有!通观全书没听他说过一句后悔的话,甚至连忧愁烦恼也没有。他敢做敢当,做了就不后悔,只管乐观前行。相反,如果他"见义"没有"勇为",他可能会后悔,会不断地谴责自己。

豪爽率性

关于鲁智深的豪爽率性,多位名家作过评述。如,《水浒传》评点名家金圣叹在第四回("花和尚大闹桃花村")回评中,说鲁智深为金家父女导致自己上山当了和尚完全出于率性,"夫女子不女子鲁达不知也,弄出不弄出鲁达不知也,和尚不和尚鲁达不知也,上山与下山鲁达悉不知也。亦曰遇酒便吃,遇事便做,遇弱便扶,遇硬便打,如是而已矣,又乌知我是和尚,他是女儿,昔日弄出故上山,今日下山又弄出哉?"周作人说鲁智深是一个纯乎赤子之心的人,一生好打抱不平,都是事不干己的,对女人毫无兴趣,却为他们一再闹出事来。社科院资深研究员聂绀弩说,鲁智深是完全忘我,完全无畏,完全只问是非曲直,不计个人利害,路见不平,连一秒也不踌躇,立即插身于两者中间,面对着强暴者,叫弱小者让开,从此天大的事情都与别人无关,只要他鲁智深一人承担就行了。——这些评论,准确到位,说出了读者的共同感受。

以上只是《水浒传》开篇若干回中的鲁智深,随着情节的发展,鲁智深性格中超越世俗的闪光之处越来越多地表现出来。如,宋江要率众弟兄接受朝廷招安,武松、李逵等只是情绪性的反对,而鲁智深的反对却建立在对朝廷及官场腐败深刻的理性认识上——他不是没有头脑的一介武夫,而是一个有思想的人。

再如,征讨方腊战役中鲁智深立了头功,按理必会得到朝廷重赏,这是宋江梦寐以求的人生理想,但鲁智深毫不犹豫地坚决拒绝了。宋江劝他如果不想做官做个佛寺方丈享享清福也行,但鲁智深又一口回绝了。他宁愿默默在佛寺做普通僧人安度余年。

鲁智深心高于人,与功名利禄的俗世追求彻底绝缘。他虽不在佛寺坐禅,但真正达到了高僧境界。最后,鲁智深在听到钱塘江潮声后安然圆寂,走完了传奇般干净高贵的一生。

人生启悟

综观全书可以看出,鲁智深是作者最为偏爱的人物(没有之一),在他身上寄托着作者的人格理想,寄托着作者对人生意义形而上的哲学思考(这方面本文略而不述,读者可自行研读深思)。鲁智深的人格形象,体现了中华民族的传统美德,体现着人民大众的理想和愿望,所以赢得了历代读者的喜爱。在读者的喜爱中,鲁智深的人格品质春风化雨、潜移默化地渗入读者心灵,培育着读者的人格成长。

文学是干什么的?文学是关乎灵魂的学问——科学创造物,文学塑造人。文学塑造人的功能是借助鲁智深这样的形象完成的。你只要喜欢他欣赏他,你心中就有了一个做人的标杆,有了一个学习的榜样,就会不自觉地向他靠拢,他自然会告诉你人该怎么做,路该怎么走。当然,不用多说的是,我们要向鲁智深学的主要是心灵的纯洁,精神的高贵,人格的完美,而不是依样画葫芦地直接模仿。

林冲：英雄的隐忍与爆发

和鲁智深一样，林冲也是《水浒传》中最著名的英雄人物。由于林冲的故事比鲁智深的故事更接近普通大众，更富有人情味儿，更让人同情，所以自《水浒传》发表以来，林冲的故事被改编为评书、戏剧、话本；随着科技的发展，又被改编为电影、电视、动漫、画册广为传播；如今"节选"又进了中学语文教材，原著被教育部门定为课外必读书目，所以林冲的故事在中国几乎是家喻户晓、人人皆知了。

林冲和徐宁

人物故事

林冲的人生轨迹贯穿于水浒故事的全过程，直至最后中风瘫痪，半年后在杭州六和寺病逝。但上梁山后的林冲只是混在集体中冲锋陷阵、打打杀杀，虽然尽显英雄本色，可是留给读者的印象不深。而读者印象最深，一说起林冲就想起来的，还是他没有被逼上梁山之前一忍再忍的悲情故事（第七回至第十二回）。本文以此段故事为蓝本,谈谈对林冲形象的理解。

林冲作为京城八十万禁军教头,属于政府体制中的一员,有稳定的职位和收入,有美丽贤惠的妻子,过着和平幸福的中产生活。可是,无事家中坐,祸从天上来。林冲陪妻子到岳庙烧香,美貌的妻子遭到淫滥成性的官二代高衙内的调戏。光天化日之下妻子遭调戏,这在封建时代绝对是奇耻大辱,武功盖世的林冲岂能容忍!但当他抬手即将痛打流氓时,一看是顶头上司高太尉的养子,抬起的手又软软地放了下来。他忍了。

没有得逞的高衙内抑郁不乐,帮闲小人富安出歪主意,由陆谦诱骗林冲出去吃酒,这边把林娘子骗到陆谦家让高衙内行奸。事情败露后林冲怒不可遏,发疯一样寻陆谦算账,但却不敢找真正的主犯高衙内。找了几天找不到,"自此每日与智深上街吃酒,把这件事都放慢了"。他又忍了。

高俅设计骗他带刀进白虎节堂,并暗通审判机构"仰定罪",幸亏有人明白案情,没有定成死罪,定了个刺配沧州城。明明这是大冤案,但林冲知道高太尉一心要害他,反抗也无用。他认栽,又忍了。从此在被押送的路上对公差以"小人"自称。

在被押送的路上,公差受陆谦收买不断折磨林冲,直至到野猪林公差明说受人指使要杀了他。幸有鲁智深突然出现保护了林冲。鲁智深要杀行凶的公差时,林冲出来求情保护了公差。他不想为此和官府,具体说是和高太尉撕破脸。他再忍了。

到沧州被判送牢城营内。管事的小人物差拨看林冲不送钱,把林冲劈头盖脸骂了个狗血喷头。林冲没有理他,等他骂过才赔着笑脸送上银子:"差拨哥哥,些小薄礼,休言轻微。"林冲自觉现在是"罪犯",连小小差拨的凌辱也忍了。

人生启悟

读者对林冲的一忍再忍,一个劲儿地忍、忍、忍感到着急,嫌他窝囊,堂堂八十万禁军教头怎么这么懦弱没脾气呢?黑格尔说,存在的都是合理的。意思是,凡是合乎理性的东西都是现实的;凡是现实的东西都是合乎理性的。以此观之,一个具有英雄潜质的人竟然如此地"忍",肯定是有其原因的。那么怎样理解林冲的"忍"和他最后的爆发呢?

首先,我们看到权力的淫威无处不在,小人物无力抗争,隐忍似乎已经成为人们的惯性思维与处世哲学。正所谓"人在屋檐下,不得不低头";"忍一忍春暖花开,让一让柳暗花明";"忍一时风平浪静,退一步海阔天空"……(中国劝"忍"的格言警句多不胜数)。

在封建时代,上下级关系不是平等的工作关系,而是等差分明的人身依附关系。你的职位是上司恩赐给你的,你让他高兴了,你就有你的职位;你让他不高兴了,他就会剥夺你的职位。一旦被剥夺,附着在职位上的社会地位、经济收入、个人前途、家庭幸福就全没了。所以那时候社会体制中的人,几乎没有人敢跟上司对抗。林冲是禁军武术教官,而高俅是禁军的最高领导,虽然级别相差很多,但因都在京城,而且林冲武功盖世,颇有名声,两人互相认识,平时也有来往。正如高俅马仔富安所说:林冲"现在帐下听使唤,大请大受,怎敢恶了太尉?轻则便刺配了他,重则害了他性命。"富安的话道出了高俅与林冲的关系——你的一切都捏在我手里,听话则罢,不听话我捏死你。在这种情况下,林冲怎么敢跟高俅对抗?他放过高衙内,表面是看高俅的面子,实质是不敢拿自己身家性命做赌注,不敢和高俅手中的权力较劲。不忍怎么办?

林冲是君子,是正派人,他的"忍"是慑于权力的淫威;而那些无赖小人,如陆谦、富安之流对高俅的人身依附,哪个不是巴结他的权力?有权则人前马后当孙子,一旦没权,第一个踩死你的可能就是身边这些小人。比陆谦地位更低的董超、薛霸、管营、差拨之流,他们在上级面前永远是一副奴才相,骨子里无不是对权力的谄媚。

读《水浒传》以及其他描写封建社会官场生活的作品,你处处可以感受到权力的气场,感受到权力所辐射出来的威力。由此你就可以理解那时候的人们为什么官瘾那么大——正如元代某高官诗中道出的心里话:"宁可少活十年,不可一日无权。"也由此可知,无论是对权力的妥协、隐忍,抑或是巴结、谄媚、依附,皆因慑于权力的淫威。

其次,黑恶势力盘根错节,相互勾结,相互利用,气焰嚣张,个人力量难以抗衡。

林冲所面对的黑恶势力,上至禁军最高首领高俅,次一级的是围绕在他身边、为他鞍前马后卖命的马仔陆谦、富安,最下层的是差役、奴仆,如董超、薛霸之流。这些人从上到下结成一个层层叠叠、密密麻麻、纵横交错的关系网,高俅一挥手撒下来,谁也跑不了,想罩谁罩谁。面对这样一张大网,武术教官林冲怎么能够冲破?林冲身在其中,深知其黑洞之深、网络之密,自我估量,以一己之力抗争无异于以卵击石,自取灭亡。在黑恶势力面前,个人力量永远是弱小的,善良永远是被欺的,正所谓君子斗不过小人,于是他选择了隐忍,选择了妥协。

再次,人心黑暗,对卑鄙小人抱幻想是天真幼稚的。

读林冲的故事,我们常常惊异于人心之黑暗。高俅官至太尉,你怎么能为满足养子邪恶的淫欲而设计坑害你正派而有能力的部下呢?而且他平时和你关系还不错!更让人不可思议的是,为把林冲夫人弄到手,他竟然两次安排人要杀死林冲。还有陆谦,你和林冲是朋友,平时人家两口对你不错,把你视为知心朋友,心里有苦找你倾诉,你怎么能狠心设计害林冲,而且步步加码,最后竟亲自带人要杀死他?这心可不是一般的黑啊!还有,公差董超、薛霸,你们怎么能因为那五两银子就忍心下手杀了林冲?如此的伤天害理,你们的人性到哪儿去了?良心让狗吃了吗?还有沧州监狱的管营和差拨,公然索贿和勒索,不给钱就把你往死里打,给了钱立马变脸笑呵呵,你的人格就值这几个钱吗?怎么就贱到这种程度啊!更让人惊心的是,收过林冲钱的差拨,当陆谦和富安找他合谋要害死林冲的时候,竟欣然入伙并充当了马前卒。可见在此类小人这里给钱就是娘,给钱多加上有权就是亲爹加亲娘!

  看到这些人的表现,让人心生厌恶,不寒而栗,惊讶于人心竟然如此之卑鄙、之下贱、之堕落、之龌龊、之黑暗!是施耐庵在艺术中夸张了吗?察之于历史,证之以现实,发现他并没有夸张,而是实事求是地写出了人间之真实。人们常说,人上一百,形形色色;林子大了啥鸟都有;史铁生说,人与人的区别大于人与猪的区别。世上有君子有小人,有好人有恶人,君子、好人常常无法理解小人、恶人。或者说虽然你知道其小与恶,但你没想到他们小与恶到匪夷所思的程度——只有你没想到的,没有他做不到的。

  林冲就是这样。他怎么也不会想到这些小人恶人是如此的阴狠与毒辣。他以君子之心度小人之腹,以为自己忍辱负重、含冤受屈,希望能得到高俅的理解、谅解,看他认怂或许能动些微同情怜悯之心放过他。真能放他一马,他为此所受的所有冤屈也就值了。男子汉大丈夫能屈能伸嘛!可是他想错了,他没想到恶人和他不一样。恶人没有良心,做人没有底线,在恶人身上寄托希望绝对是天真和幼稚,是一种幻想。在了解人心黑暗这一人生课题上,和大多数善良的人一样,林冲不及格。

由隐忍走向爆发,水到渠成,顺理成章。

事物的发展规律是物极必反,隐忍到极限就是爆发——忍无可忍时就毋须再忍。正如鲁迅所说,沉默呵,沉默呵!不在沉默中爆发,就在沉默中灭亡(《记念刘和珍君》)。当林冲发现自己所有的隐忍换来的竟是赶尽杀绝,这让他的希望彻底破灭,证明他所有的努力都没有意义。换句话说,命运把他逼上了绝路,于是他终于爆发,干净利落地割下了陆谦等三人的头。

不记得是哪位名人说过,在命运问题上,愿意的,跟着走;不愿意的,被拖着走。林冲更倒霉,他比被拖着走更惨,他是被逼着走。终于被逼到无路可走,这才折返身走另一条路。

杀了陆谦等人,就意味着和以高俅为代表的统治集团决裂,意味着前半生中产小康生活的终结,小心谨慎、受尽屈辱想保住体制内的铁饭碗已然成为幻想,于是被逼走上梁山。《水浒传》(前半部)的中心主题是乱自上作,官逼民反,逼上梁山。应该说,林冲是"逼上梁山"的典型代表,是体现主题的最佳形象。

也许有读者会说,早知今日(爆发),何必当初(隐忍)!话不能这样说。今日是今日,当初是当初。站在今日看当初,是因果链条环环相扣的一条路;而站在当初看今日,却是一片茫然,一团迷雾,有多种可能,有无数条路,林冲的惯性思维认为隐忍换和平也不是没可能。正如《红楼梦》中鸳鸯所说,天下事,料不定。人的命运有时候是自己能掌握的,很多时候是自己不能掌握的(如林冲,当初他无论如何都想不到会走到今日这一步)。人能够做的是,尽量把握每一个可能的契机,让命运朝着有利于自己的方向发展。

武松:江湖义气标本性人物

水泊梁山一百零八将从不同的山野湖泊一路走来,个个都是刺头,哪个也不是省油的灯,按理说聚在一起相处应该特别困难。但他们竟和谐地相处了,促使他们和谐相处的原因多多,其中最主要的一点就是他们的活动中心"聚义厅"(后来宋江改为"忠义堂")中的那个"义"——江湖义气。"义"是梁山每个人心头飘扬的旗帜,是把他们凝聚在一起的精神纽带,是他们共同遵守的道德准则和行为规范。

江湖义气体现在梁山每个人身上,而体现得最集中、最典型,实践得最彻底的当数武松。现在人们每当说起江湖好汉,就立马想起武松,武松简直成了江湖好汉的代表性符号,成了江湖义气标本性人物。江湖义气使武松在中国文学史上占有重要位置。自《水浒传》问世以来,武松及其江湖义气已经在民间生活里生根发芽,并时刻影响着民间的社会生活。

江湖义气,至今没有公认的统一解释。不过从语义及大众理解来看,江湖既是一个地理概念,同时也是一个政治意义上的概念,是相对于朝廷政治中心而言的,由"身在江湖,心存魏阙"可以证之。由此看来,游走于江湖之人都是远离权力中心的边缘性人物,梁山上的人正是典型的江湖之人。"义气"一词在《辞源》上有两种解释,一是指刚正之气,二是指忠孝之气。除此之外,在大众理解中还有快意恩仇,扶弱锄强,除暴安良,打抱不平,为朋友两肋插刀等意涵。这些因素,在武松身上均有所表现。

人物故事

武松的故事,主要集中在小说第二十三至三十二回中。在"武十回"中,叙述了武松所有著名的英雄事迹:景阳冈打虎,怒杀潘金莲,斗杀西门庆,醉打蒋门神,大闹飞云浦,血溅鸳鸯楼。在这些大众耳熟能详的故事中,武松的江湖义气表现得淋漓尽致。

毋庸置疑,打虎表现了武松的胆大、勇猛、孔武有力,体现了江湖英雄的勇气和豪气,符合大众对英雄人物的想象。多少猎户避之唯恐不及的猛虎,死在赤手空拳的武松手下,这是何等的英雄气概!有此一节,武松的英雄形象就巍然屹立,铭刻在读者心里。"武松打虎"至今仍是大众耳熟能详的口头语。

怒杀潘金莲,斗杀西门庆,体现了武松性格中争取公正、公道,不甘白受冤屈、有仇必报的刚正之气。

武松的哥哥武大郎老实厚道但懦弱无能,流氓西门庆通过王婆与潘金莲勾搭成奸,并毒死了武大。精明的武松出差回来发现哥哥死得不正常,断定是为人所害。为了给哥哥报仇,通过明察暗访了解了真相,于是带着曾和哥哥同去捉奸的郓哥与参与处理丧事的何九叔去县衙告状。武松想通过正常的法律途径解决问题。但他哪里知道知县已经接受了西门庆的贿赂,结果却遭到一顿训斥,说他不懂法律,告状缺乏证据。明明人证(郓哥)物证(何九叔藏有武大的骨殖)俱全,竟被知县判为诬告,这口恶气怎能忍受!武松回来再作准备。他请来街坊四邻,当众让潘金莲和王婆坦白害死武大的全过程,记录在案让她们按上手印。一切准备停当,武松当众把潘金莲开膛破肚,割下人头祭祀武大,然后找到西门庆并杀了他。手提两颗人头,带上罪犯王婆和街坊证人再到县衙去告状。武松的报仇之举惊动了阳谷县,知县听说后"先自骇然",被武松的凛然之气所震慑,不得不改写案情。最后,在东平府武松被判流放孟州劳动改造。

一般小人物被冤枉也就冤枉了,没办法只好忍了。但武松是江湖好汉,他绝不屈服于恶势力,他要让西门庆这些恶人得到应有的惩罚,让死去的弱者灵魂得到安息,所以毅然做出了让草菅人命的官僚感到"骇然"的惊人之举。武松杀人的时候知道这是犯法,但好汉做事好汉当,他不用官府追捕,自己掂着人头到官府讨说法,同时也是自首。这里我们感受到的是武松的刚正之气与英豪之气。

武松被流放到孟州牢城,依例要挨一顿杀威棒,但如果贿赂管营和差拨会予以减免。林冲就因为给了十五两银子才免受挨打。有人好心劝武松也送钱。武松说,他若好问我要,我便给他,若硬问我要时,一文没有。当差拨傲慢地骂他不懂规矩(没送钱)时,武松的回应是:"指望老爷送人情与你,半文也没!我精拳头有一双相送!碎银有些,留了自买酒吃,看你怎地奈何我!"武松恨那些恃权欺压百姓的官员,也恨这些依仗手中芝麻一样小权欺压人的爪牙们!所以语气中充满了高傲与蔑视。

小小差拨也弄权,这不得不让人感叹,权力这东西真有魔力,沾上一点就得意,就忘形,就想贪,就想变现。不贪不占就好像吃亏了一样,哪儿来的这道理?!然而这却是当时上上下下普遍存在的现象,武松遇到过,和武松一样身处下层的老百姓也经常遇到。但只有武松敢硬碰硬,所以大众看到武松的硬气感到特过瘾。

看到武松的硬碰硬,差拨发疯,告给管营来处理。管营带一帮军汉威胁武松。武松说:"都不要你众人闹动,要打便打,也不要兜拕。我若是躲闪一棒的,不是打虎好汉。从先打过的都不算,从新再打起。我若叫一声,便不是阳谷县打虎的好男子!"武松是英雄好汉,吃软不吃硬,你硬我更硬!这里把小人物的豪气、硬气、自尊、高贵表现得淋漓尽致,令人拍手叫绝。

管营正要发飙时忽然软下来了。原因是,他儿子施恩受了蒋门神的欺负想要报仇,武松是个可以利用的角色。所以不但不打他了,而且连牢狱都不用进了,另辟单间,好吃好喝好招待,把武松弄得心神不安。为什么对我这么好?这不正常!根据他的经验,这里面一定有蹊跷——他预感到有人要利用他。说吧!让我干什么?这时候施恩才露面说明了真实目的,而且求着和武松拜了结义兄弟。武松想,好吧!朋友的事儿就是我的事儿,兄弟的事儿就更是我的事儿。走!咱找他算账去!于是一路喝足了酒,仗着酒劲儿把蒋门神打了个七窍生烟,屁滚尿流。蒋门神夺走的所有东西全回到施恩手里,施恩又成了快活林的霸主。

蒋门神算什么东西!小赖皮一个。哪个地痞恶霸背后都有主子罩着。蒋门神的主子是张团练和张都监,于是他们密谋策划怎样加害武松。他们设的局是:先让张都监给武松灌迷魂汤——口口声声夸武松大丈夫,男子汉,英雄无敌,邀请武松做了亲随秘书,安排住进都监府。武松见都监如此抬举自己,也真心实意地为他效劳。中秋节时,都监邀请武松和自己家人一起团聚。席间多人轮番劝酒,并将才貌双全的玉兰许予武松为妻。武松酒后回前院休息时后院呼喊捉贼,武松赶去时被凳子绊倒,被当作贼捉住,并且以床下预先准备好的赃物为证。送交预先收买好的官府判武松流放恩州。

这还不够,害人要害死。流放路上张都监安排差人和蒋门神的两个徒弟,打算在飞云浦杀害武松。几个毛贼哪里是武松的对手,武松三拳两脚将他们全部消灭。武松连遭残害,这伙人太狠毒了,不杀了他们誓不为人。于是,武松潜入城内,上演了一出"血溅鸳鸯楼"的惨剧。极度愤怒之下,武松不但杀了张都监、张团练、蒋门神,还杀了马夫、夫人、丫鬟、仆妇等十六口(有人说是十八口)。

"大闹飞云浦"和"血溅鸳鸯楼"的行为充分表现出江湖好汉的"快意恩仇"。有情必还,有恩必酬,有仇必报;人不犯我,我不犯人,人若犯我,我必犯人;量小非君子,无毒不丈夫;你对我好,我实心实意跟你干,你若狠心害我,老子杀你个片甲不留。

人生启悟

所有这些江湖好汉的性格及行为,在传统价值观念里都是被肯定被赞扬被歌颂的,但在现代道德、法治观念中却暴露出其弊病。如武松的行为,起码在以下几点上是不合适的。

(一)江湖义气让他分不清是非。他因义气替施恩打败蒋门神,而施恩是什么人呢?官二代,依仗父亲的管营小官,霸占快活林酒店,收取周围商户的保护费,实质上是地方一恶霸。他和蒋门神的矛盾是黑吃黑,都不是好东西。但就因为接受了施恩的好处,拜了兄弟,这就不顾一切地为之报仇。施恩重新得势后生意"比往常加增三五分利息,各店里并各赌坊兑坊,加利倍送闲钱来与施恩"。这就是"义气"掩盖了是非。

(二)从人权角度看,武松杀张都监、张团练、蒋门神可以理解,但杀张都监全家包括仆人佣工这些底层劳动者就太过分了。这是视他人生命为无物,为儿戏,贱如蚁,所以杀起来手不软,不犹豫。杀一个是杀,杀一百个也是杀,反正我都是死罪,干脆赶尽杀绝,直"杀得血溅画楼,尸横灯影",然后自豪地蘸血在墙上大书:"杀人者打虎武松也。"杀足杀够,武松才说:"我方才心满意足,走了罢休!"这种场面,以及之前的对潘金莲开膛破肚,过于血腥和残忍。

(三)从法制角度看,武松的这些行为都是违法、犯法的。西门庆、潘金莲杀人,张都监等诬陷人,自应该交法律处治,个人无权代替法律惩治罪犯。如果人人都无视法律,动不动就"快意恩仇",社会岂不乱了套?!

(四)武松嗜酒如命,身上还有某些痞气、匪气、流气,这在十字坡对付孙二娘等地方可以看出来。

所有这一切,都是拿着现代观念尺子量出来的理性论断。但当时是当时,现在是现在,我们不能以现代观念去要求当时的武松,谁也无法超越自己的时代。况且,他"快意"杀人都是在什么情况下啊!那样一个粗鲁莽撞的汉子,处于极度愤怒的激情状态,他哪里还顾得上那么多!

关于武松杀人过多,古代评点者也注意到了,也做过批评,可老百姓不在乎,在老百姓这里,武松至今都有崇高的威望,这是为什么呢?对此,学者们做过深入分析。

学者们指出,民间社会与上流社会有着各自不同的思维逻辑和行为逻辑。民间社会重视和强调以德报德、以怨报怨、以牙还牙、以血还血的行为理念,同情弱者,崇拜见义勇为、拔刀相助的英雄,尊崇个人英雄主义行为发挥实际效用的实用理性,而不过分追究其社会行为的合法性和适当性等问题,对由此而产生的复仇和报复等行为,即便是行为本身存在着不当、失当和过当的情形,民间也大都能采取宽容和默认,有时甚至是称道的社会态度。而这一切则是无一遗漏地与武松的江湖义气行为实现了契合。

民间社会之所以尊崇武松式的个人英雄主义行为,有深刻的社会原因。中国传统社会的主流文化是儒家文化,统治阶级以儒家的伦理纲常为中心构筑起贵贱、尊卑、上下的社会结构,并以法律形式确定了这种等级差异,成为民众必须接受与服从的事实,而在它的背后则是统治阶级盘剥下层民众以及下层民众承受无尽苦难的社会事实。低下的社会地位决定了下层民众申冤无门与诉冤无果必然是中国传统社会的常态现象。武松卑微的社会身份使他只能置身于社会边缘,边缘化的社会地位决定了武松只能是上层社会歧视和压迫的对象。出身于弱势群体的特点决定了自我执法行为是武松唯一的选择。武松式江湖义气所直面的对象不是恶霸地主就是贪官污吏,他们都处于社会上层。武松和武松式江湖义气的出现对为非作歹的邪恶势力形成了强大的威慑力,虽然在行为方式上过于极端,充满了血腥的暴力色彩,但是在阶级矛盾十分尖锐和阶级对抗空前残酷的传统社会里却有效地捍卫和保障了下层民众的权益。

　　不过话说回来,虽然武松式江湖义气在当时历史背景(社会管理失序,官府不能保护弱势群体,弱势群体不得不自己保护自己)下有一定的合理性,但内含的某些弊病毕竟是弊病。当社会背景发生变化时,它就失去了存在的合理性。例如,当今社会法制建设日益完善,法律制度逐步健全,法律已经成为公民维护合法权益,伸张社会正义的有力武器,武松式江湖义气已经过时。换句话说,在依法治国、依法维权的法治时代,《水浒传》里的武松式江湖义气应该是文明和法治社会所反对和禁止的文化行为。

宋江：身在江湖，心存魏阙

水泊梁山一百零八将，一个庞杂的造反团体，核心人物是宋江。宋江是起义军的统领、组织者和领导者，但在读者心目中他的面目却比较模糊飘忽，把握不住，不像鲁智深、武松那样的清晰可爱。虽然是作者设置的一号人物，可是读者对他的态度是，想说爱你不容易。

人物故事

为什么会出现这种状况呢？原因在宋江形象本身，他太复杂，太多面，他身上融合了多种相互冲突的矛盾。

在梁山英雄排座次之前，即水浒故事的前半部分，在他身上体现的主要是"义"——江湖义气，正是"义"才把来自五湖四海的英雄好汉聚集到了一起，组建起声势浩大的造反队伍。

宋江的"义"在江湖上是出了名的，这从"及时雨""呼保义""孝义黑三郎"的美誉中就可以看出来。"义"有多种意涵，宋江针对不同人施以不同的"义"。如江湖游民经济贫困，经常缺钱花，他就毫不吝啬地资助以银子。这就是所谓的"仗义疏财"。第三十八回，当李逵借钱未果时宋江立马取出十两银子送与他；戴宗说李逵贪酒好赌，借给他的银子大都有去无回，宋江笑道："些须银子，何足挂齿，由他去赌输了吧。"当李逵再度赌输了钱，自觉无钱回请宋江时，宋江大笑道："贤弟但要银子使用，只顾来问我讨。"

再如宋江在柴进庄上避祸时偶遇身患疟疾的武松,因武松秉性刚烈,且好醉酒打人,所以柴进对他态度冷淡。宋江见武松处境尴尬,赶紧掏钱给他买衣服,处处照顾他,直至他病情痊愈。临别之时,宋江为他送行并送盘缠给他。中国民间有句话叫"一分钱难倒英雄汉",宋江这样做,花钱不多,却让贫困缺金的江湖好汉感激涕零。

宋江的"义"表现最突出的一件事是为晁盖通风报信,让他们赶快逃离官府追捕。他明知晁盖等人劫了梁中书送给岳父蔡太师的生辰纲是"灭九族的勾当",但他又深知生辰纲是不义之财,劫之乃理所应当,于是他不顾个人安危,"担着血海也似干系"放走了晁盖等人。为此,宋江成了梁山的恩人。

梁山上除了游民出身的英雄,还有大地主和官僚出身的豪杰,如卢俊义、徐宁、呼延灼、秦明等人。对这批人,宋江说服他们入伙的办法是,设计捉过来,以礼相待,给以最高规格的尊重,往往是亲自松绑之后纳头便拜。不仅如此,还反复向他们解释自己和兄弟们并不是他们想象的土匪强盗,而是因为贪官污吏逼迫,没有活路才暂借水泊避难,我们并不敢背负朝廷,我们只等朝廷招安,尽忠报国,替天行道,您如果不嫌弃的话,我们一起干,而且我情愿让位于您,请您做梁山头领。宋江这一套说辞,对高级俘虏相当有效。让他们想,人家对我这么尊重,给了我这么大的面子,我还有什么理由拒绝他!况且,人家也是维护朝廷要尽忠报国呢!正如呼延灼所说,"非是呼延灼不忠于国,实慕兄长义气过人,不容呼延灼不依,愿随鞭镫"。

做了梁山首领后,宋江与梁山义士以兄弟相称,不分贵贱,患难相助,同生共死,"义"温暖了江湖好汉的心。受招安后朝廷想把他们拆开,他发誓"生死相随,誓不相舍"。正是如此之"义",众人对他才情同手足,使各路好汉凝聚在一起,而且有了各股义军纷纷归顺的局面,有了三打祝家庄、两赢童贯、三败高俅、攻城夺县的辉煌战果。

与众好汉尤其是游民好汉不同的是,除了"义",宋江对皇帝、朝廷还特别的"忠"。

例如在清风寨闹事与江州题反诗之间,宋江在发配途中路过梁山,好汉们热情劝他留下,他毫不迟疑地拒绝了。宋江说,这个不是你们弟兄抬举宋江,明明是苦我,是要陷我于不忠不孝之地;如不肯放宋江下山,情愿只就众位手里乞死。说罢泪如雨下,拜倒在地。话说得如此决绝,谁还敢留他!梁山众英雄设宴款待,花荣叫两个公人给宋江开枷,宋江却道:"贤弟,是什么话!此是国家法度,如何敢擅动!"远离官府,又是酒宴场合,连一副刑枷都不愿暂时去掉,可见宋江对朝廷的"忠"已经深入骨髓,不可撼动。

后来宋江被逼无奈也上了梁山,坐上第一把交椅,做的第一件事便是将"聚义厅"改为"忠义堂"。之后寻求一切机会向朝廷官员表示要归顺,乞求招安。在他看来,接受招安是他为山寨兄弟谋求的唯一正确之路,只有这样才能顺天护国、封妻荫子、青史留名。几经努力,被赦招安的美梦终于实现。受招安后,他不惜以兄弟们生命为代价死心塌地为朝廷卖命。在征辽及平方腊战斗中为朝廷立下汗马功劳。战斗获胜了,梁山好汉该接受皇帝封赏了,宋江即将实现一生追求的美梦时,宋江本人受奸臣陷害被毒酒毒死了。死前宋江怕李逵造反坏了他一世的忠义清名,特地叫人把他请来同归于尽。他说:"我为人一世,只主张忠义二字,不肯半点欺心。今日朝廷赐死无辜,宁可朝廷负我,我忠心不负朝廷。"

总之,宋江一生无论是反贪官污吏走上梁山,还是接受朝廷招安、征辽、打方腊,一以贯之的思想是忠义。宋江成了忠义的化身,正如杨定见所说,《水浒》而忠义也,忠义而《水浒》也。

人生启悟

一边以江湖义气造反起家,一边又坚持忠于朝廷死而无悔,这种看似矛盾的现象,源于宋江本身的矛盾:身在江湖,心存魏阙。

"身在江湖,心存魏阙"语出《庄子·让王》:"身在江海之上,心居乎魏阙之下。""魏阙"指宫门上巍然高出的观楼,其下常悬挂法令,后用作朝廷的代称。"身在江湖,心存魏阙"的含义一般是指解除官职的人仍惦记着进朝廷的事,讽刺迷恋功名富贵的假隐士。但这句话用在宋江身上,是恰如其分的。

宋江和戴宗

宋江出身于农村小地主之家,"自幼曾攻经史",受的是忠君报国、光宗耀祖、封妻荫子的传统教育,自小种下了忠君的种子。长大后做了一名体制内的小吏。在科举取士的封建时代,官和吏的区别是非常严格的。也就是说,在正常情况下宋江一生上升的空间是没有的。如此按部就班地走下去,他忠君报国的大志无从施展,这使他充满了怀才不遇的郁闷("恰如猛虎卧荒丘,潜伏爪牙忍受")。浔阳楼上的反诗充分抒发了他胸中志向:"心在山东身在吴,飘蓬江海漫嗟吁。他时若遂凌云志,敢笑黄巢不丈夫!"

胸怀大志又无从实现怎么办？出于他"刀笔精通，吏道纯熟"的世故，他知道一时急不得，需要慢慢寻找出路，于是他仗义疏财，结交四方好汉。结交过程中，他从来不忘告诫他们人生的目的。例如，第三十二回宋江在逃亡过程中遇见走投无路的武松，分手前他劝武松，"兄弟，你只顾自己前程万里……如得朝廷招安，你便可撺掇鲁智深投降了，日后但是去边上，一枪一刀，博得个封妻荫子，久后青史上留得一个好名，也不枉了为人一世。我自百无一能，虽有忠心，不能得进步。兄弟，你如此英雄，决定得做大官"。

　　这话既是为武松谋划前途，亦是自己心志的剖白，和对自己"早有忠心"却无从尽忠的遗憾。在宋江看来，只有为朝廷建功立业，博得个封妻荫子、青史留名才是正路，所以才有了他掌权之后千方百计让朝廷招了安。总之，纵观宋江的一生，都是身在江湖，心存魏阙，支配他所有行为的内在动力就是忠君报国，报效朝廷和建功立业的正统观念。

　　宋江的所作所为，现代读者，尤其是年轻读者普遍比较反感，这完全可以理解。可是，静下心来想，不招安又能怎样呢？梁山的出路是什么呢？这问题有点大，忽略不赘。

　　宋江的人生志向和武松、鲁智深等梁山好汉的志向大不一样，梁山被招安后的行动和招安前的大不一样。作为读者，喜欢武松、鲁智深而不喜欢宋江，喜欢招安前的造反而不喜欢招安后的忠顺。读者心里很别扭，这种别扭来自作品本身思想倾向的别扭。那么作者为什么把《水浒传》写成了这样呢？

　　有研究者从《水浒传》成书的过程做了解释。研究者认为，《水浒传》是一部长期累积、最终由文人写定的长篇历史小说。宋江的传奇故事由北宋末年开始流传至元末明初定型，其间，经历数百年。其故事在文人雅谈和民间俗文学的流变中，不自觉地融进了各个不同历史时期的社会理想、人生价值与各个阶层的审美情感。

当故事在民间流传加工时人们融进去的价值观是"义"。其中推崇的是仗义疏财（贫民需要金钱和物质资助），急人之难（弱势群体遇到危难希望有人帮助），见义勇为，惩治豪强（弱势群体受到官府欺凌和地痞无赖的侮辱，期待捍卫正义的侠士）。这种道德价值观念是建立在实用哲学的基础之上，抛开了法律约束，甚至不顾传统的道德规范，依据平民的社会理想及生存需要而构建的，不妨将之称作流民文化或侠义文化。

但是当文人参与到《水浒传》的改编和创作时，文人们会自觉不自觉地运用市井文化寄予其社会理想，将世俗文化与儒家正统文化嫁接在一起。文人和宋江一样从小接受传统伦理道德教育，无非是忠君报国、报效朝廷、青史留名之类，于是就把这些加在了宋江身上，宋江成了文人道德观念的完美载体。换句话说，作者把市井英雄升华为封建士子的政治理想追求，最终达到庙堂烈士的最高境界。

《水浒传》中宋江是个相当重要也相当复杂的形象。透过这一形象我们可以更多地了解历史，了解那个时代各色人等的命运，了解他们的思想、情感和生活，了解文学作品与社会生活、与作者主观倾向的复杂关系，而不仅仅局限于对人物的爱恨情感上。

关羽：义薄云天，人格高尚撼人心

洛阳关林

关羽是《三国演义》着力塑造的英雄人物之一，也是最成功的人物形象之一。关羽形象伟岸高大，除武功高强外，最主要是因其品格操守超迈绝伦，被称为《三国演义》之一绝（诸葛亮智绝，关羽义绝，曹操奸绝），赢得后世一代代读者大众人心，直至被拥上"关帝""关圣""武圣"的神坛。

关羽的品格操守主要体现在"忠""义"二字上，"忠""义"是封建伦理道德的核心，关羽在这方面表现得最为突出、最为典型、最有代表性，简直成为忠和义的标本与符号，所以才有如此高位，因而也对后世产生了深远的影响。

人物故事

关羽的忠义在作品中有多方面的表现，全面评论分析关羽几千字是绝对不够的。这里笔者大题小做，单说说他身在曹营多年而拒不降曹的故事吧！

刘备当年兵败徐州,下邳失守,刘关张相互失散。刘备家眷落在关羽手中,形势危急。万般无奈之下,关羽听从张辽建议,与曹操约法三章后归降。曹操爱才心切,知关羽武艺高强,又有忠义之名,千方百计想拉拢他归心为自己所用。于是,自归顺之日起,曹操就开始对关羽实施心理"攻坚战"。

首先在物质上厚待关羽及刘备夫人:班师回许昌的路上就给予多方关照,回许昌后三日一小宴,五日一大宴;上马赠金,下马赠银,绫锦及金银器皿一应俱全;又送美女十人,使侍关羽,关羽照纳送于两位嫂嫂;曹操见关羽所穿战袍已旧,度其身做新袍赐之,关羽将新袍穿于内而旧袍穿于外,以示不忘刘备旧恩。对此,曹操看在眼里,敬在心里,虽有不悦,但愈加钦敬。

关羽知曹操用意,但感动之余,全然没有归心之意。怎么办?曹操的赠送(实际是贿赂)再加码,赠他千里赤兔马。这匹马来历非同小可。它原是吕布坐骑,有天下第一宝马之美誉。冷兵器时代,战场上拼杀,马的品质几乎与战将生命相关,甚至与战争胜败相关。曹操当然知道这一点,但是,"舍不得孩子打不得狼",为了收买关羽的心,曹操一咬牙,豁出去了,将其赠给了关羽。但关羽依然不动心。

物质方面该送的都送了,连最贵重的东西都拿出手了,仍然收买不了关羽的心,怎么办?想来想去,曹操把送礼或者说贿赂转向名望地位。在曹操看来,这是男人的死穴——男子汉大丈夫,没有不重视功名地位的。曹操利用自己的权势,奏请汉献帝封关羽为汉寿亭侯。

在封建时代,平民出身之人奋斗终生能被封侯,功名地位已达于巅峰。要知道,诸葛亮对蜀汉建立立下了那么大的功勋,可以说没有诸葛亮就没有蜀汉,但最终诸葛亮才被封为武乡侯。而关羽此时尚为刘备阵营一武将，对国家、对朝廷还没有什么功勋，竟能被封侯，很明显，全赖曹操所赐。这个人情实在是太大了，一般人完全不可想象、不可企及。曹操以为这应该能打动关羽了吧，但关羽仍然没有从心上归顺曹操的表示。

关羽对曹操的用意心知肚明，他也不是没心没肺、无情无义之人，他对曹操的情义也确实感动甚至感恩，但他为什么没有顺从曹操的心意归顺呢？很明显，有更大的原因、更大的理由在阻止他。那就是有忠、义二字悬于他的心上。这是更大更高的道德原则，更大更高的做人标准。这种原则和标准，用中国话说即良心；用西哲康德的话说即心中的道德律令。

那时代，忠臣不事二君，贞女不更二夫，就是最高的道德原则。关羽与刘备、张飞"桃园结义"，曾盟誓"同心协力，救困扶危；上报国家，下安黎庶；不求同年同月同日生，只愿同年同月同日死。皇天后土，实鉴此心。背义忘恩，天人共戮"。自明誓以来，兄弟三人一同出生入死，情义甚为坚固。关羽与刘备的关系，既是君臣，又是兄弟。从君臣礼仪说，他应该"忠"；从兄弟情义说，他应该"义"。忠义当头，无论曹操多么情深意厚，态度多么诚恳，关羽都不曾动心。在他心里，曹操所给予的所有厚礼，所有情义，都不能和他应该对刘备的忠义相比。也就是说，在关羽心里，忠义至高无上，道德原则至高无上，为人的节操至高无上。所以，他宁肯战场上拼杀（官渡之战中曹操与袁绍对决，关羽杀颜良诛文丑，为曹操立下汗马功劳），换句话说，宁愿以生命为代价还曹操的情，也不愿拿原则做交易。

人生启悟

从人生视角评价关羽的所作所为，即关羽做人，重的是道义、操守、原则，换句话说重的是精神和灵魂，而不是物质，也不是功名地位。符合道义、操守、原则，心则安，否则心不安。关羽是为精神、为灵魂而活的人，这样的人是值得人们敬佩的。关羽的坚守让曹操的殷切期望落空，他对关羽又恼又敬，敬大于恼。所以当关羽打听到刘备的消息，即刻离开许昌时，众多部将以关羽不义为由要拦截杀他，但曹操坚决阻止，放关羽而去，而且还亲自率文武百官送行，赠锦袍，送路资，再加过路通行证，为关羽考虑得非常周到。曹操说："云长封金挂印（即曹操所赠予的所有东西，离开时全部留下），财贿不以动其心，爵禄不以移其志，此等人吾深敬之。"曹操对关羽的评价代表了作者的评价，也代表了读者的评价，代表了中华民族自古以来所崇尚的一种价值观。

关于关羽的话基本说完了，但临了还是忍不住引发一些联想。古人那么看重人格操守，看重心安，视金钱美女功名利禄如浮云，活得那么高贵，那么纯粹；而今天人世间怎么那么多人一见诱惑就投降，一有贿赂就失魂，怎么就那么没有节操没有人格？也许，这些人心里压根儿就没有人格、尊严、节操这些概念，从来就活在物欲、肉欲、功名欲、利禄欲之中，即还活在"欲"（生物本能）的层面，还没有"灵"，尚不知"灵"为何物；还没有"心"，因而无所谓心安与不安吧！

看来，人的灵魂或者说心的问题，并不随科技的进步而进步，并不随时代的发展而发展。"仓廪实"也不一定"知礼节"，"衣食足"也不一定"知荣辱"。礼节、荣辱、人格、节操、尊严等问题属"灵"，属"心"，而"灵"和"心"的问题另有规律。

还有一点联想是人际交往。曹操和关羽，分属于不同阵营，在政治上是敌对关系。既然是敌对关系，我收买你，你从了我则罢，

诸葛亮:古代文人理想人格的完美投射

众所周知,诸葛亮是三国时期蜀汉丞相,文治武功卓著,廉洁奉公,为蜀汉事业鞠躬尽瘁死而后已,深受人民群众爱戴。对此,史书曾给予客观公正的评价。如陈寿在《三国志》中说诸葛亮具有杰出的治国理政才干,可以和管仲、萧何相

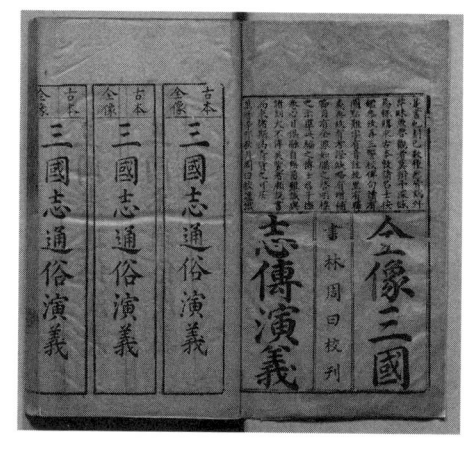

古本《三国志通俗演义》书影

提并论,但应付事变、出奇制胜却非所长("奇谋为短"),在军事上并无过人之处。但随着历史的变迁,诸葛亮形象发生了巨大变化。经宋人的褒贬互见到明清时期的绝对肯定,全面赞颂,以至于被塑造为无一点黑暗处的圣人,认为他应"从祀至圣庙庭,俎豆万世"永享祭祀。这样一来,诸葛亮就从一个杰出的人被圣化成了神。一方面距生活原型越来越远,另一方面也越来越深入人心,享受着上自皇帝下至庶民的衷心崇拜。

人物故事

诸葛亮早年随叔父到荆州,叔父死后隐居隆中。刘备势单力

薄时为争天下"三顾茅庐"请诸葛亮出山。诸葛亮感于诚意,答应出山辅佐刘备。刘备聘请诸葛亮为军师,采纳诸葛亮"隆中对"的战略部署,成功占领荆州、益州之地,与孙权、曹操形成三足鼎立之势。

公元221年刘备称帝,任命诸葛亮为丞相。刘备伐吴于夷陵之战失败后,刘备于永安托孤于诸葛亮。刘禅继位后,封诸葛亮为武乡侯,领益州牧。诸葛亮勤勉谨慎,大小政事必亲自处理,赏罚严明;与东吴联盟,改善和西南各族的关系;实行屯田政策,加强战备。前后五次北伐中原,但未能实现兴复汉室的目标。终因积劳成疾,于公元234年病逝于五丈原(今陕西省宝鸡市岐山境内),享年五十四岁。

小说《三国演义》以历史真实为依据精心塑造了诸葛亮的艺术形象,随着小说的广泛普及,诸葛亮形象深入人心,成为国民心中半人半神具有超级智慧的艺术符号。评论家称《三国演义》人物有"三绝":诸葛亮智绝,关羽义绝,曹操奸绝;由此可见国人对诸葛亮的喜爱与推崇。

人生启悟

诸葛亮被神化是一个逐渐累积的文化进程。这一进程不是哪个人的上层设计,也不是哪个朝代的经营规划,而完全是随机随缘、随时随地自发完成的,是社会心理在冥冥中自组织自调节逐渐演进的结果。以此来看,这里有一只看不见的手,这只手上蕴藏着集体潜意识的秘密,揭开这一秘密,可以窥见中华民族的某些心理结构,窥见中国文化的某些密码。

行文至此,笔者联想到西方和诸葛亮具有类似性质的一个文学典型——浮士德。浮士德是德国文豪歌德的巨著《浮士德》的主人公,是德国文化历史上一个著名人物。关于这一形象是怎么塑造出来的,瑞士心理学大师荣格说过一句精辟的话:"一切文化都沉淀为人格。不是歌德创造了浮士德,而是浮士德创造了歌德。"意思是说,在这部作品里蕴藏着存在于每个德国人灵魂中的东西,而歌德则是促使他产生的人,歌德借助浮士德表现出了人们灵魂共有的集体潜意识。诸葛亮亦可作如是观。

那么在诸葛亮形象中蕴含着哪些中国人的集体潜意识(文化无意识)呢?内容很多,主要的有以下几个方面。

智慧超人:大众偶像

毫无疑问,诸葛亮给人印象最深的是智慧超人。在中国文化史上具有杰出智慧的人比比皆是,如姜子牙、张良、李靖、徐懋功、刘基等和诸葛亮一样的军师们,但没有一个名声超过诸葛亮的。至今中国人一提起智慧超人必把诸葛亮列为第一位。民谚"三个臭皮匠,顶个诸葛亮"就说明了这一点。

大众印象与《三国演义》的艺术描写相一致,或者反过来说,大众印象正是来源于《三国演义》的艺术描写。《三国演义》把诸葛亮的智慧作为一个重点、亮点,做了最充分最生动的描述。

成都武侯祠

前面说过,史书认为诸葛亮的才干主要表现在治国理政、军队后勤供应上,但罗贯中为了突出诸葛亮的智谋,充分发挥想象,把他写成了政治、军事、外交全才。他年纪轻轻就高瞻远瞩,未出茅庐就确定了魏蜀吴三分天下的大战略。一出山就是军师,全权负责军事和外交，对每战的安排都是神机妙算，出神入化，百战百胜。这方面不用详述，只回想一下耳熟能详的著名情节就知道了：火烧博望，火烧新野，出使江东，舌战群儒，智激孙权，三气周瑜，草船借箭，巧借东风，智算华容，锦囊妙计等；蜀汉政权建立后智取汉中，七擒孟获，六出祁山，木牛流马，设计空城，增兵减灶等，都闪射着智慧的光芒。为了突出诸葛亮的谋略，作品运用对比、反衬手法，让心高气傲的周瑜多次感叹："孔明神机妙算，吾不如也！"临终还悲愤地怨尤："既生瑜，何生亮！"诸葛亮的谋略让善于用兵的曹操又佩服又愤恨，在与诸葛亮交战时老是疑神疑鬼，每每走不出诸葛亮的算计，一败再败。老谋深算的司马懿更是多次承认："吾不如孔明也！"甚至在诸葛亮死后，蜀军撤退时司马懿率兵追赶，还被诸葛亮的遗像吓得落荒而逃，落了个"死诸葛能走生仲达"的话柄。通过这些顶级人物与诸葛亮的对比，诸葛亮那"无穷如天地"的谋略被表现到了极致，诸葛亮成了"智慧"的化身，成了大众崇拜的偶像。

也许，从艺术创作角度看，把诸葛亮的智慧如此夸大有些离谱，违背艺术规律，失去可信性，所以鲁迅批评《三国演义》"状诸葛多智而近妖"。但普通大众不管这一套。在大众心里，也许正因为他"近妖"而过瘾，而满足，而把他当偶像。

作者为什么如此突出、大众为什么如此喜欢诸葛亮的"智"？从心理学的观点看，就是因为人们心中有一种崇拜智者的集体潜意识。这种意识源自远古。艰难的生存处境、蒙昧的智力水平，注定了原始人急切地渴盼智者，真诚地崇拜智者，把他们视为精神依托，愿意归附和依靠他们，希望他们带领自己走出困境。这种心理代代遗传，使当今的文明人仍保留着对智者的敬仰和崇拜。中国老百姓喜欢诸葛亮就受这种集体潜意识心理所支配。因为诸葛亮智慧超群,能呼风唤雨,神机妙算,出奇制胜,是一个典型的智者,用荣格的话说就是对应了"智者"原型。

儒道互补:士人梦圆

对于封建时代的士人(知识分子)来说,对诸葛亮的喜爱,除了智者崇拜因素,还有读书人的人生理想在起作用。中华民族传统文化结构的核心是儒道互补,体现在读书人的人生理想上便是"达则兼济天下,穷则独善其身"。所谓"兼济",即积极入世,最好能辅佐帝王(更好的是做帝王师),建奇功,立伟业,匡扶社稷,青史留名;所谓"独善",则是儒家的"孔颜乐处",加上道家的仙风道骨和隐逸情趣。而诸葛亮就正好是这样一个二者兼得的完美形象。出山前隐居卧龙,"躬耕于南阳",吟诗弹琴,好不潇洒!出山后辅佐刘备,建立蜀汉政权,以相父身份监国,达到了一个读书人所能达到的人生理想的顶峰。所以对诸葛亮的倾慕,寄托着知识分子的人生理想。

为了借助诸葛亮圆自己的人生梦,作者充分发挥艺术想象,大刀阔斧对原型做了大幅度的改造。如小说中"三顾茅庐",是全书最见艺术光彩的部分之一。在这里,作者极尽跌宕起伏、铺张渲染之能事,写出洋洋近万言的文章,古今传为美谈,"三顾茅庐"成为礼贤下士渴求人才的象征。而《三国志·诸葛亮传》中提到此事时只有五个字:"凡三往乃见。"由五个字发展为激情洋溢的故事情节,从中折射出的是作家的"梦"——我们可以感觉出作者在写作时的激动和迷醉。再如,历史上的诸葛亮出山之后做的第一件事是出使江东缔结孙刘联盟,但在赤壁之战中并未直接参与任何军事行动。赤壁之战后,他主要担任的是后勤部部长,负责统筹军费和物资,支援前方军队。但在小说中诸葛亮一出山就是军师,是赤壁之战决胜最关键、最核心的智囊人物。还有,"草船借箭"之人不是诸葛亮而是孙权;玩过"空城计"的人是魏将文聘和蜀将赵云而不是诸葛亮;诸葛亮北伐"失街亭"时魏军主帅不是司马懿而是曹真。诸如此类,都是为了塑造诸葛亮的完美形象,为了突出诸葛亮帝王师的地位,让他替自己实现在现实中永远无法实现的美梦。

人生态度:知其不可而为之

刘备三顾茅庐时,隆中隐居着一群读书人,他们处江湖之野却时刻关心着天下大势。他们认为当时正是由治入乱之时,天下未可猝定。那么个人该怎么办?有两种态度。诸葛亮、庞统、徐庶是待时入仕派,司马徽、崔州平等人为隐士派。隐士派认为"天数"不可违,"顺天者逸,逆天者劳","数之所在,理不得而夺之;命之所在,人不可得而强之",在天数面前所有努力都是徒劳,因而主张隐居山林,独善其身。而诸葛亮则是既承认"天数"的存在,但更强调"人谋"的作用,主张事在人为。在和刘备"隆中对"时诸葛亮说:"自董卓造逆以来,天下豪杰并起。曹操势不及袁绍,而竟能克绍者,非惟天时,抑亦人谋也。"

重"人谋",强调尽人事以听天命是诸葛亮的人生态度。这一态度支配他一生无论在多么艰难困苦的情况下,都采取积极进取的态度。在他的努力下,出山后帮助刘备取得了包括赤壁之战的一系列胜利,之后占荆州、取西川、定汉中,终使三分天下势成。

诸葛亮把人谋、人事发挥到极致是知其不可而为之。具体表现在北伐问题上。建国后的蜀汉在诸葛亮的治理下发展很快,形势大好。但关羽失荆州,刘备夷陵惨败之后,国力大伤,已是"益州疲敝,此诚危急存亡之秋也"。诸葛亮率众全力支撑,平定南蛮之后提出北伐。诸葛亮北伐,其实条件并不成熟。因为当时蜀、魏双方力量悬殊,主动向土地四倍于己、人口五倍于己的曹魏挑战,胜算不大。诸葛亮对此心知肚明,但是不北伐的结果是有一天会被敌人消灭。与其被动灭亡,不如主动进攻,以攻为守。况且,北伐曹魏统一天下是诸葛亮的政治宏图,是他作为政治家、军事家的崇高理想。为此而努力,即使失败也无怨无悔,否则,因循保守,无所作为,于心不安。此时朝中老臣谯周以星象所示"天数"反对伐魏,但诸葛亮说:"天道变易不常,岂可拘执?"深通天象的诸葛亮,依然坚持"人谋",甚至坚持知其不可而为之。

诸葛亮的北伐之举,体现了知其不可而为之,尽人事而后心安的人生哲学,和为事业鞠躬尽瘁、死而后已的崇高精神。试想,当他决定北伐时刘备已经去世,后主刘禅平庸无能,也没有逼他去征战,曹魏也没有主动入侵,诸葛亮没有任何外在压力,他完全可以在和平生活中苟且偷安。但他毅然决然主动提出北伐,主要是因为他内心的责任感和使命感。去做了,可能成功,更可能失败,即使失败了也绝不后悔,为国家尽了职责,可以问心无愧了。这种人生态度,这种使命感,以及完全无私的精神,感人至深。

道德楷模:传统美德的化身

清人朱磷曾说过:"予以为孔、孟之学,发明之者,宋先儒也;身体而力行之者,诸葛武侯也。"这一评价看起来似乎过誉,但究其实际,实至名归,实事求是。因为,证之诸葛亮一生修为,在他身上确实集中了儒家提倡的传统美德,他几乎可以说是中华传统美德的化身。

这些美德包括以上提到的心怀天下,积极入世,匡扶社稷,大济苍生;包括尽忠报国,知其不可而为之,等等。除此之外,在个人修身方面诸葛亮也表现得特别突出。如清正廉洁,克己奉公;鞠躬尽瘁,死而后已;公正执法,赏罚分明;举贤任能,任人唯贤;虚心纳谏,严于律己;严教子侄,清廉传家;淡泊以明志,宁静以致远……

艺术源于生活高于生活,源于历史高于历史。从以上粗略分析可以看出,《三国演义》中的诸葛亮已经不是《三国志》中的诸葛亮。从《三国志》到《三国演义》,诸葛亮从一个杰出的人,一步步上升为神,起码是半神半仙的超人。透过这一过程,我们看到的是大众心理,民族文化,尤其是中国古代文人理想人格的完美投射。

曹操：善恶美丑兼备的奸雄

众所周知，曹操是三国时期著名的政治家、军事家、文学家，在三国时期众多人物中，他的历史贡献最大；但历代对他的评价也争议最多、分歧最大。本文避开这一争论，专就小说《三国演义》中的曹操，选一个特定角度进行解读。

人物故事

曹操是《三国演义》核心人物之一，是作品塑造最成功的形象之一，其性格特征既复杂又简单。复杂是指内涵丰富、性格多面，简单是指一个称谓即可概括，那就是"奸雄"。

曹操年轻时便机警有权术，当时著名的人物评论家许劭眼光老辣，评其为"治世之能臣，乱世之奸雄"。曹操本人对此评价相当满意。作者罗贯中显然欣赏这一诛心之评，所以以此为纲设计情节，塑造出一个光耀千古的奸雄形象。"奸雄"是作者塑造人物之纲，也是读者理解人物之纲。纲举目张，抓住"奸雄"两个字，就抓住了曹操形象的精髓，就把握了整个曹操。

让我们先来看看曹操"雄"（英雄）的一面。

曹操出身豪门，祖父是东汉桓帝时的中常侍，父亲曾任太尉，都是朝廷大员。但是，曹操不像如今的某些官二代、官三代，他身上没有纨绔气、奢靡气、颓废气、流氓气，相，他具有一股阳刚之气，年轻有为，敢作敢当。曹操二十岁时被举为孝廉，任洛阳县北部尉，负责当地治安。曹操一上任就在县城四周设置五色棒，无论什么人，只要犯了罪，必遭惩罚。此时，朝中最有权势的中常侍蹇硕的叔叔犯禁，曹操没有因为他有一个权势炙手可热的侄子就网开一面，而是依法惩治。从此威名大振，没人敢再犯禁。一个小小官吏，初出茅庐，不看权势脸色，坚持以法治众，浑身充满正气，应该说是很了不起的。此后在担任济南相时，他罢免了八名依附权贵、贪赃枉法的县级官吏，又下令撤毁祠堂，禁绝祭祀，一时使济南的社会风气改变不少。

正因为祖上都曾从政，所以曹操从小就胸有大志，自视为英雄，关心国家关心朝政，觉得自己对国家命运有一份责任，一份担当，以治国平天下为己任。

当董卓独霸朝纲，擅行废立，公然害死何太后和汉少帝时，众大臣惶恐无计，只能悄悄聚在一起哭，而曹操却"抚掌大笑"："吾非笑别事，笑众位无一计杀董卓耳。操虽不才，愿即断董卓头，悬之都门，以谢天下。"这气魄和胆略无人能比。值得一提的是，当时董卓待曹操不薄，视为心腹，允许他自由出入相府。对此，曹操没有感恩戴德，没有政治投机、卖身投靠，而是利用董卓对他的信任伺机刺杀他。应该说，这是很冒险的事情，一旦不成，会被诛灭九族。但曹操甘冒这一风险，如果没有坚定的政治信念，没有强大的精神力量，是不可能如此冒险的。这充分说明曹操是一个英雄。结果是，刺杀不成，趁董卓还没有反应过来的时候，迅速逃离京城，返回家乡。

回到家乡的曹操，立即变卖家产，大举义兵讨伐董卓。当时董卓权重势大，曹操这位二十多岁的年轻人兵少将寡，敢有此举，实在气度非凡。当时，名义上是十八路诸侯共伐董卓，可实际上诸路军为保存实力，都不肯前进。曹操慷慨陈词但无人响应，无奈他独自领兵孤军深入向董卓发起进攻,此战中曹操身中流矢,坐骑受伤,大败奔逃,但却显示出英雄气概。

曹操作为政治军事统帅,不只运筹帷幄于帐下,而常常身先士卒,出现在战斗第一线。早期曹操大战吕布时,亲率将士攻击濮阳,部下劝谏不可先入城去。曹操大喝:"我不自往,谁肯向前?"接着一马当先,领兵直入。曹操一生指挥战斗无数,亲临战场,亲冒矢石,击鼓杀敌。冲锋陷阵的结果是多次面临生命危险。如有一次在与吕布的战斗中失利,于乱军之中手臂须发皆被烧伤,从马上摔了下来,险些丧命。不过,身先士卒的结果是赢得将士的拥戴,将士们士气高涨,无不奋勇向前,英勇杀敌。

曹操的英雄本色在"官渡之战"中有集中而突出的表现。此时曹弱袁强,在力量悬殊的决战中,他坚韧顽强,始终保持着必胜的信心,虽屡次大败而不介意。粮草不继时他咬紧牙关坚持。当胜负未决,也许随时可能失败时,他把焦虑和紧张埋在心里,时时表现出的是"大喜""欢笑"。危难之中见英雄,此之谓也!

作为胸有大志的政治家,曹操深知得民心者得天下,所以他的军纪甚严,处处注意维护,至少是不伤害老百姓的利益。曹操率军宛城征张绣时,正值麦熟季节。曹操传令但有践踏麦田者尽皆斩首。但不巧的是自己的战马因受惊踏入麦田。曹操叫主簿议己之罪,主簿不议,曹操拔剑自刎,被人救下后将自己头发割掷于地曰:"割发权代首。"曹操没有特权意识,他把自己看作普通一员,纪律面前人人平等,这种意识至今仍值得称道。征袁绍时,曹操再次下令:"如有下乡杀人家鸡犬者,如杀人之罪。"如此严格之军令,足以显示曹操对老百姓利益的尊重,足以证明一个政治家对民心民意的重视。

成大事者必善用人才,这是古今中外通理,曹操自不例外。曹操与其他人不同之处是,他使用人才不计贵贱,不"论资排辈",唯才是用。正因为用人不计贵贱,所以他麾下聚集了一大批出身卑微的文臣武将,这就是被人经常称道的"猛将如云,谋士如雨"。

曹操对于人才的尊重,还突出地体现在他敢于任用反对过他甚至是背叛过他的人。袁绍讨伐曹操时,陈琳为其写檄文,把曹操及其祖宗三代骂了个痛快淋漓,曹操看后惊出一身冷汗。但陈琳被抓获,曹操惜其才,赦免了他,并给他官做。张绣投降曹操后复又叛变,夜袭曹营杀了曹操长子曹昂、侄儿曹安民和爱将典韦,曹操痛恨不已,可当后来张绣再降时,曹操因用人之际而再次宽恕了他。

曹操胸怀阔大,勇于纳谏,宽容部下。"官渡之战"正困难时袁绍谋士许攸背袁来投,刚刚歇息的他"不及穿履,跣足出迎","先拜于地";许攸建议奇袭乌巢,他欣然采纳。当张郃、高览来降时,有人担心靠不住,他却说:"吾以恩遇之,虽有异心,亦可变矣。"这种大气宽容的态度,对广揽人才、瓦解敌军起到了重要作用。更令人称道的是,打败袁绍后在缴获的战利品中发现一束书信,都是自己部下私下暗通袁绍之书。有人主张公布名字,杀了他们,曹操却说:"当绍之强,孤亦不能自保,况他人乎?"于是"命尽焚之,更不再问"。如此宽宏大量,使一度动摇、预留后路的部属感激涕零,从此对曹操忠心耿耿。

作为驰骋疆场指挥千军万马的政治家、军事家,曹操除了"硬汉"一面,还有温暖柔情的一面。和曹操分道扬镳的陈宫宁死不降,曹操杀了陈宫后善待他的家人,把其老母接来供养到老,把陈的女儿许配人家。袁绍是曹操旧交与敌人,曹操打败袁绍后亲自到袁绍墓前祭奠,痛哭流涕,同时慰问袁的家属,归还了袁家的奴仆和珠宝。曹操对自己的家属也充满柔情。临终前安排自己妻妾日后的生活,把平常用剩下的香分给妻妾留作纪念。

让我们再来看看曹操"奸"(奸邪)的一面。

曹操之"奸"首先表现在残忍嗜杀上。曹操攫取朝廷大权后对于忠于汉室、反对自己的大臣,毫不留情地格杀勿论,杀了一批又一批,包括怀孕五个月的董贵妃和伏皇后全家。皇帝哀声求情,曹操毫不理睬。东汉兴平元年(194年),曹操命人接父曹嵩前往自己军营,途经徐州时,太守陶谦命部下张闿一路护送曹父。不料张闿图财害命,途中将曹嵩一家老小杀害。曹操怒不可遏,命大军洗劫徐州,不分男女老幼,见人就杀,致使城外血流成河,尸横遍野,十分残忍。为报一己私仇,置无辜百姓生命于不顾。建安二年(197年),曹操大战袁术,军中缺粮。曹操指示王垕以小斛发粮以节省。但当军队怨声载道将要哗变时,曹操以克扣军粮为名杀了王垕,从而嫁祸于王垕以自保,手段之阴险,令人发指。还有,曹操生性多疑,为防他人刺杀,他编出"梦中能杀人"的谎话,并不惜杀死贴身侍卫以证其实。在曹操眼里,他人的命不是命,他人皆如草芥,自己的生命才至高无上。

曹操广揽人才不假,但对于不听话,或看不顺眼的人才却毫不留情地予以诛杀。如曹操曾经很欣赏的谋士崔琰,仅仅因为说了被他认为对自己不敬的话,就让他大怒,令手下杖杀崔琰于狱中。对于斥责他兴"不仁"之师的孔融,曹操下令杀了孔融全家,包括小孩子。赤壁大战前夕曹操横槊赋诗,扬州刺史刘馥仅仅说了一句他认为是"败兴"的话,便被他一槊刺死,全不顾刘馥是一方大员,功绩显著。建安十七年(212年),董昭等人劝曹操进爵魏公,曹操征询第一谋士荀彧时,荀彧劝其拒绝,为此曹操怀恨在心,竟逼其服毒而死,全然不顾荀彧为其霸业立下的巨大功勋。军中主簿杨修,聪明过人,每每看破曹操心机,曹操忌恨,以惑乱军心为名杀了他。

人生启悟

作者笔下,曹操是一个极端个人主义者。这主要体现在他杀吕伯奢后的那句"名言"上。明明知道错杀了吕伯奢的全家,不但不知悔过反而更残忍地杀了吕伯奢。陈宫厉声指责他,此时的曹操说出一句传之久远的惊世名言:宁教我负天下人,不教天下人负我。这句话道出了一个极端利己主义者的丑恶灵魂。陈宫就因为这句话而毅然离开了他。

上述曹操性格中的奸邪面,与前面所述英雄面,相互冲突相互矛盾,似乎不可理解。但是,如果对人性有深入了解的话,则实属正常。西方人常说,人性中既有神性亦有兽性;一半是天使,一半是魔鬼;每个人内心深处都有一个黑暗的自我。现实主义作家尊重现实,正视人性,往往会发现,人的一生所表现出来的,常常不是一面,而是多面。正如文学理论家刘再复先生所说,人世间纯粹的完美与缺陷的性格不存在,真实的性格,美而有魅力的性格常常是在美丑、善恶矛盾统一的联系之中。对此,他称之为"人物性格的二重组合"。

具体到《三国演义》中的曹操,身处乱世,手握大权,连皇帝都是他手中的棋子,尽可以肆无忌惮,为所欲为,把内心的善恶美丑一股脑地暴露出来,让我们看到一个真实的具有多面性格的人,一个善恶、美丑的二重组合。正因为他复杂多面,所以才让人感到真实。在《三国演义》中,如果从审美角度看,曹操是一个最成功的人物形象。

总之,《三国演义》中的曹操,不仅是历史人物曹操基本特征的艺术演绎,而且集中涵盖了千百个封建统治者的复杂品性,因而具有更高层次、更大范围的历史真实性。在中国文学史上,很难找到像曹操这样典型的集真伪、善恶、美丑为一体的封建政治家形象,这样的"圆形人物"。曹操形象有足够的资格进入世界文学不朽的艺术典型画廊中,给读者带来永恒的审美享受。

刘备：作者理想中的明主圣君

读过《三国演义》的人，都忘不了"煮酒论英雄"中曹操称自己和刘备是英雄（"今天下英雄唯使君与操耳"）的话。什么英雄呢？当时人称曹操是"奸雄"，刘备是"枭雄"。称曹操为英雄（哪怕"奸"也罢）读者没有异议，因为作品中有足够的艺术表现作支撑；但称刘备为英雄，为什么读者印象不深，或感觉不到呢？什么叫枭雄？枭雄是指骁悍雄杰之人，多指强横而有野心之人。骁悍、雄杰、强横、野心，这些性格特征在刘备身上怎么看不到呢？

按道理说，刘备出身寒微，身处乱世，群雄四起，弱肉强食，如果不具有英雄气质，没有骁悍的英雄作为，是绝对不会有立足之地，更不要说割据一方，建立蜀汉政权，与魏、吴成鼎立之势。所以眼光老辣的曹操把刘备视为英雄，一定是有他的根据、有他的道理的。关于这一点，也有史书为证。如《三国志·吴志·周瑜传》："刘备以枭雄之姿，而有关羽、张飞熊虎之将，必非久屈为人用者。"《三国志·吴志·鲁肃传》："刘备天下枭雄，与操有隙，寄寓于表，表恶其能而不能用也。"

既然是枭雄就一定有枭雄的表现，这一点在史书《三国志》中有诸多表现（篇幅所限，本文不转述），但到了小说《三国演义》中却不见了，原因何在？概因为作者罗贯中对历史上真实的刘备进行了改造。罗贯中以历史原型为依据，按照自己的价值观，创造了一个封建时代士人（知识分子）理想中的明主仁君形象。为了这一形象,删除了某些不符合这一形象的事迹,消除了至少是淡化了刘备的枭雄这一面。

人物故事

在《三国演义》中,作者围绕刘备的明主仁君形象,充分调动各种艺术手段进行了多方面的表现。

通过家谱证明刘备具有皇家血统

所有正史和有影响的历史著作,对于刘备的身世大都语焉不详。根据史书有关记载分析,刘备虽属汉景帝子中山靖王刘胜的儿子刘贞的后代,但几百年流传下来,到刘备时早已沦为平民百姓了。刘备父亲早死,他和母亲相依为命,长大后以贩履织席为业。罗贯中出于塑造人物的需要,不惜虚构事实,千方百计地提高刘备的身价。先是编造宗族世谱,证明刘备出身于皇族"世爵之家",是正宗的皇家血统。为此,作者还安排情节让皇帝通过家谱认刘备为"皇叔"。"皇叔"的身份在作品中反复出现,给人印象深刻。作者这样做是想证明刘备出身帝胄当有天下,为自己"帝蜀寇魏""亲刘抑曹"的政治倾向找根据。

在作者笔下,刘备不仅出身高贵,而且生来就有贵人相:两耳垂肩,双手过膝,目能自顾其耳,面如冠玉,唇若涂脂。甚至他家门前桑树亭亭如盖,也暗示着他是天生贵人。由此告诉读者,刘备是当之无愧的"真命天子"。

具有"上报国家,下安黎庶",以天下为己任的宏图大志

三国时期英雄辈出,群雄四起,但作者不让其他人先出场,而让后起的、出身卑微、名不见经传的刘备作为第一位"英雄"先出场。洋洋七十万言的皇皇巨著,以"桃园三结义"开篇。刘关张结义的誓言中明确提到他们的人生目标是:"同心协力,救困扶危;

上报国家,下安黎庶。"当时正当乱世,多少野心家、阴谋家粉墨登场,哪个不是为争权夺位,割据一方?!但出身底层的刘备一心关注的却是国家的安危,人民的命运。这说明了刘备具有明确的历史使命感和社会责任感。这种宏图大志,指明了他的奋斗目标,表明了他高尚的政治动机和历史正义性,符合社会发展趋势。

仁义为本,深得人心

在小说中,刘备之所以能成为蜀汉之主,不是靠他的雄才大略,而是靠"仁义"。"仁义"是作者寄寓在刘备形象中的一种理想化的价值观。

作者写刘备"宽仁长厚""爱民如子",百姓因此而拥戴他。刘备每到一处便广施"仁政",与民"秋毫无犯"。如他第一次担任官职——安喜县尉,便"与民秋毫无犯,民皆感化"。督邮索贿不成,欲陷害他,百姓纷纷为之苦告(第二回)。此后他任平原相,已被誉为"仁义素著,能救人危急"(太史慈语,见第十一回)。陶谦临终,以徐州相让,刘备固辞,徐州百姓"拥挤府前哭拜曰:'刘使君若不领此州,我等皆不能安生矣!'"(第十二回)曹操擒杀吕布,离开徐州时,"百姓焚香遮道,请留刘使君为牧"(第二十回)。这表明他占据徐州的时间虽然不长,却已深得民心。在他又一次遭到严重挫折,不得不到荆州投奔刘表,受命屯驻新野时,他仍以安民为务,因此"军民皆喜,政治一新"(第三十四回)。新野百姓欣然讴歌道:"新野牧,刘皇叔;自到此,民丰足。"(第三十五回)

当曹操亲率大军南征荆州,刘备被迫向襄阳撤退时,新野、樊城"两县之民齐声大呼曰:我等虽死,亦愿随使君!即日号泣而行"。到了襄阳城外,刘琮闭门不纳,魏延拔刀相助开了城门大叫"刘皇叔快领兵入城",刘备见魏延与文聘在城边混战,便道:"本欲保民,反害民也。吾不愿入襄阳。"于是引着百姓继续逃难(第四十一回)。就这样,刘备带领十余万军民,扶老携幼,上演了"携民南行"的悲壮一幕。如此撤退对逃避曹军追击十分不利。众将劝刘备弃百姓先行,刘备明知此言有理却泣而拒之曰:"举大事者必以人为本。今人归我,奈何弃之?"行至当阳,被曹操精兵赶上,十余万军民顿时大乱。刘备在张飞保护下且战且走,身边仅剩百余骑,不禁大哭:"十数万生灵,皆因恋我,遭此大难;诸将及老小,皆不知存亡。虽土木之人,宁不悲乎!"这一仗,刘备在军事上一败涂地,而在道义上却赢得极大胜利。这种在生死存亡的危急关头仍不舍百姓的壮举,在《三国演义》写到的各个政治军事集团领袖中是绝无仅有的。从此,刘备的仁德爱民形象深入人心,因而刘备入川时,其军队所到之处百姓扶老携幼,满路瞻观,焚香礼拜。由此说明,和其他英雄豪杰相比,百姓的拥戴是刘备争夺天下最大的政治优势。

倾诚待人,敬贤爱士

刘备的宽仁长厚不仅施于百姓,而且施之部下。作品大量情节表明,刘备不仅对结义兄弟关羽、张飞情同骨肉,生死与共,就是对孔明、赵云、徐庶、庞统等人,也都表现了一种"倾诚知己"的情义,如他的"伐松望友""三顾茅庐""遗诏托孤"等举动都是如此。而关羽千里走单骑、长坂坡赵云救主、徐庶走马荐诸葛、孔明事蜀"鞠躬尽瘁,死而后已"等故事也正表明了他们对刘备的忠诚。

刘备的宽厚待人、尊贤礼士、知人善任还表现在入川后对荆州旧部和益州新附能够兼容并包,唯才是举,"处之显任,尽其器能"。荆州名士刘巴,先是归顺曹操,后又归顺益州刘璋,他和益州名士黄权都曾力阻刘璋迎刘备入蜀,直到刘璋投降后他们方才归顺刘备。而刘备却不计前嫌,任命刘巴为左将军,黄权为右将军,其他文武降臣皆得任用。

百姓和众谋臣将士都归服于刘备的"仁义",而刘备自己也处处"躬行仁义",甚至随时准备以身殉义。他三辞徐州牧,是恐陷于不义;他不肯乘危夺刘表的荆州,是不忍做负义之事;他不肯当皇帝,是不为不忠不孝之人。这样一个以"仁义"为最高宗旨,甚至不想要地盘,不想当皇帝的刘备,显然与那个真实的枭雄刘备是矛盾的。如领徐州牧时也曾谦让了一下,但一经谋士提醒就立马接受了。至于当皇帝,刘备对于敢于提反对意见的人毫不客气,直接贬官。

人生启悟

总之,作者为了把刘备塑造成理想中的明主仁君,大刀阔斧割舍了不利于该形象的原始材料,有意识地夸大了有利于该形象的原始材料,不足之处按照艺术的需要移花接木或直接虚拟。这是小说家的权利,在艺术上是允许的。但是,也许作者塑造刘备高大形象的心愿太强烈了,以至于出现表现过头的现象。如,当关羽、张飞劝刘备接受徐州牌印时,刘备气愤得要"拔剑自刎";在樊城撤退时见数万百姓因他而受大难,难过得"欲投江而死";还有在多种场合下动不动就大哭、恸哭……都让人觉得不自然、不可信,有违常情。正是在这个意义上,鲁迅批评作者"欲显刘备之长厚而似伪"。

不过,话说回来,关于刘备形象的塑造,虽然个别地方有夸张过头的缺点,但总体上看还是比较成功的(任何形象塑造都不可能做到十全十美)。作者要塑造一个明主仁君的目的应该说是达到了。刘备留给读者的印象,虽然比较平庸,但都承认他是一个好人,一个慈善的好领导,爱民的好皇帝。

塑造一个理想中的明主仁君有什么意义呢?从作者以及作者

代表的广大士人来说,寄托了自己的政治理想,曲折表达了对现实中统治者和皇帝的不满。对社会文化建设来说,塑造这样一个好皇帝,等于传达了一种价值观,一种做人的标准——人主、皇帝、统治者,都应该像刘备那样仁厚爱民。观念和标准的确立,就是一种文化,一种舆论,一种规范。这就是一面镜子,百姓可以拿它去照统治者,统治者也可以拿它照自己、从而矫正自己的行为。

当然,国家的治理,社会的进步,人民的幸福,单靠道德高尚的好皇帝是绝对不行的,而是需要先进的理念和制度保障。但在封建时代,人们哪知道这个啊!所以寄希望于好皇帝是可以理解的。不管怎么说这也是一种文化上的正能量。因为,无论如何总比颂扬或不加批判地肯定残忍霸道的暴君好吧!这种文化上的正能量,至今也不能说完全失去了价值和意义。

司马懿：人有时会做出始料未及的事情

人有时会做出始料未及的事情，这体会是从《三国演义》中司马懿的命运轨迹中悟出来的。

司马懿，字仲达，三国时期魏国杰出的政治家、军事家，是曹魏时期著名的功臣与权臣。其孙司马炎称帝后，追尊其为晋宣帝。

人物故事

司马懿一家和曹家关系密切，其父司马防任尚书右丞时推荐了二十岁的孝廉曹操为洛阳北部尉。这是曹操踏上仕途之路的第一步，为此曹操对司马防的荐举一直心怀感激之情，曹操为魏王后曾专门请司马防叙旧。司马懿的长兄司马朗很早就进入曹操幕府为官，是曹操集团的重要人物之一。曹操早就知道司马防家老二司马懿有才干，邀他当官竟被他以有病的名义拒绝了。曹操当丞相时再次请他出山，他害怕再次拒绝会有灾祸就接受了。从此进入曹操幕府为之服务长达十二年，直到曹操去世。

进入幕府后的司马懿对曹操忠心耿耿，兢兢业业，以出色的才干屡献奇谋，赢得曹操的信任，地位步步高升，直至成为核心幕僚，参与机密大事。在曹操自己对于升魏王犹豫不决，并有人反对时，司马懿诚恳地拥护曹操为魏王。曹操对司马懿的雄才大略既赞叹又担心，唯恐自己死后儿孙辈控制不住他。史书记载曹操对司马懿"内忌而外宽，猜忌多权变"，曾跟太子曹丕说，司马懿不是甘为臣下的人,你要小心点,说不定会坏你的事。但曹丕与司马懿情投意合,私交甚厚,压根没有意识到事情的严重性,也就没把曹操的提醒放心上。

曹丕即魏王位后,司马懿顺理成章地获得重用,被封侯进入核心决策层。曹丕两次伐吴,都命司马懿镇守许昌,代他处理军国大事。当被赋予越来越多军政大权时,司马懿屡屡辞让。曹丕说,这不是什么荣耀,是让你代我操劳,为我分忧,我不想处理那么多杂事。在曹丕心里,司马懿的地位已经相当于辅佐刘邦的萧何了。

曹丕在位七年,虚岁四十时突然驾崩,儿子曹叡继位。临终时曹丕令司马懿与中军大将军曹真、镇军大将军陈群为辅政大臣。三人中曹真能力平平,陈群只懂政务,唯有司马懿是超一流的军政全才。当时正值三国彼此征战不休,具有超群军事才能的司马懿自然成了朝中中流砥柱。但凡国家有危难之处,都有司马懿的身影。他像一辆救火车一样四处灭火:西败诸葛亮、南拒孙权、北平公孙渊,功勋卓著。

但是,才高遭嫉、功高震主、忠者遭疑,这是封建专制社会中能人无法逃脱的宿命。司马懿亦然。随着司马懿功勋人望日益高涨,皇室成员和朝臣对司马懿羡慕嫉妒恨,怀疑和猜忌之声喧喧嚣嚣,充斥于朝野上下。这种声音深深影响着魏明帝曹叡,使他陷入对司马懿既倚重又不放心的痛苦纠结之中。

极为聪明敏感的司马懿对此心知肚明而又无可奈何,所以在奉命出征途中路过故乡,面对父老乡亲没有衣锦还乡的愉悦,反而充满了伤感。不过虽然如此,他仍忠于自己的职责,总能完美地完成朝廷交给的任务。即使被贬亦无怨言,一旦再被起用即全力以赴投入工作,其主动性超过皇帝的预期。如听说孟达叛变,来不及向皇帝请示,迅速调动大军日夜兼程,以疾风骤雨之势灭了他。

曹叡在位十二年，虚岁三十六死去，死时养子齐王曹芳只有八岁。曹叡深深担忧王朝的命运，在选择顾命大臣时因为对司马懿不放心，开始时没有考虑他。但在身边亲信的明争暗斗和他自己的反复考量中，最终选择了司马懿与曹真的儿子曹爽为托孤重臣。此时，司马懿正在征辽胜利班师回朝的路上。三日之间，诏书五至。司马懿日夜兼程赶回见曹叡最后一面。曹叡当面向司马懿托孤，对此场面，《三国演义》有生动细致的描写：

> 懿受命，径到许昌，入见魏主。叡曰："朕唯恐不得见卿；今日得见，死无恨矣。"懿顿首奏曰："臣在途中，闻陛下圣体不安，恨不肋生两翼，飞至阙下。今日得睹龙颜，臣之幸也。"叡宣太子曹芳，大将军曹爽，侍中刘放、孙资等，皆至御榻之前。叡执司马懿之手曰："昔刘玄德在白帝城病危，以幼子刘禅托孤于诸葛孔明，孔明因此竭尽忠诚，至死方休：偏邦尚然如此，何况大国乎？朕幼子曹芳，年才八岁，不堪掌理社稷。幸太尉及宗兄元勋旧臣，竭力相辅，无负朕心！"又唤芳曰："仲达与朕一体，尔宜敬礼之。"遂命懿携芳近前。芳抱懿颈不放。叡曰："太尉勿忘幼子今日相恋之情！"言讫，潸然泪下。懿顿首流涕。

这是极其感人的一幕。由此可以看出曹叡对司马懿是何等的倚重。虽然他对司马懿不尽放心，但他深知能辅佐儿子安天下的非司马懿莫属，所以临终时非常动情地把儿子极其郑重地托付给司马懿。同时被任命为辅政大臣的还有曹爽，但曹叡不信任他的能力，所以当着他的面毫不避讳地表达了对司马懿的特别依赖。

司马懿和曹爽扶曹芳即皇帝位之初，曹爽对司马懿还算恭敬，一应大事必先告知,但后来事情发生变化。曹爽门客何晏告诉曹爽,大权不可委托他人,不然必生后患;还挑拨离间,说你老爸和司马懿破蜀兵时就是被这家伙气死的。曹爽深以为然。此后借助皇室成员的特殊身份步步紧逼,从多方面挤兑、排斥司马懿。为了加强实力,曹爽屡屡提拔自己心腹如何晏、邓飏之流担任京城重要官职,这些人大多是徒有虚名的浮华人士,没有理政治国的实际能力。就在曹爽势力一天天膨胀的时候,司马懿在率兵同东吴打仗,并屡屡获胜,功勋日著,威望日增。为了架空司马懿,曹爽及同伙把与司马懿关系亲近的郭太后迁到永宁宫,使之无法接触;又奏请皇帝对司马懿明升暗降,升为太傅剥夺兵权,驱离权力中枢。

曹爽的做法,用当下流行话说,明显是往死里整的节奏。此时司马懿开始称病辞朝,不问政事。曹爽等人担心司马懿装病,利用心腹李胜外出任职,借辞行之机窥探司马懿的实情。司马懿知其来意,假装病重,骗过了李胜。曹爽听说大喜,说:"此老若死,吾无忧矣!"从此不再防备司马懿,每天纸醉金迷,过着和皇帝规格一样的生活。

嘉平元年(249年)春正月,曹芳出城祭高平陵(明帝陵墓),曹爽等人跟随。乘此机会,司马懿发动政变,以迅雷不及掩耳之势将曹爽势力一网打尽。从此,曹魏的军政大权落入司马懿手中,为司马氏取代曹魏奠定了基础。

人生启悟

纵观司马懿的一生,与曹家、与曹魏政权有着千丝万缕复杂微妙的关系。入曹操幕府是司马懿人生事业的起步期,曹操非常看重司马懿的才能,司马懿受到重视并得到重用。但因其才气过人,曹操对其既信任又不放心,既使用又提防。但信任大于怀疑,不然不会临终安排他为辅政大臣。曹丕执政时期,司马懿得到了充分的信任,其地位达到巅峰。在曹叡一朝,司马懿一边建功立业,一边受猜忌。对此,世故练达的司马懿心里清楚,也表示理解,不然他不会始终保持谦恭的姿态,并一而再、再而三地告诫儿子们做人要谦虚谨慎,凡事要退让三分。他知道只有谦恭才能保住自己和家庭的地位。

但到了曹芳时期,皇帝太小,不能执政,大权完全落到曹爽一伙不懂治国只会贪婪弄权的人手里。越是无能就越害怕有能力的人,于是曹爽就把司马懿往死里整,这才把司马懿逼到墙角,逼他使出霹雳手段消灭了政敌。

无论是史书还是小说,都写出了曹爽一伙的无知无能和猖獗,也写出了司马懿从隐忍到反抗。由此看,司马懿的行为不是主动的而是被动的,是为保护自己的自卫行为。一个对国家功勋卓著的军政全才,一个三朝顾命老臣,被一群无知无能、不知天高地厚的人压制多年,终于打破沉默,忍不住爆发了。他走到这一步,是始料未及,此前谁都没有想到的。不但是读者始料未及,也是他自己始料未及的。天下事,料不定。人能看清来路,而看不清去路——谁能料定自己未来路上会出现什么局面,会促使自己做出什么行动呢?!一切都是因缘和合,都是阴差阳错,都依错综复杂、变动不居的因素的变化而变化。

关于司马懿,在为曹操、曹丕、曹叡三代效劳时期,应该说都是全心全意、尽职尽责的,不然他不会连续成为三朝顾命大臣。他因为能力出众、功勋盖世遭嫉妒受怀疑,那不是他的错。无论史书还是小说,在高平陵事件之前,都没有写过他有"篡逆"之想。他的"篡逆"之举,应该是客观形势逼出来的。

司马懿的"篡逆",以封建时代的价值观念来看,绝对是罪恶的、不道德的,是奸臣贼子;但是用历史的眼光看,也未尝没有合理性。试想,一个深宫里长大的十几岁的小皇帝能做什么?换另外一个姓曹的小孩子(或没有任何治国经验的曹姓成人)又能做什么?还不是一样被控制在一群无德无能不懂治国只知弄权腐败的人手里?与其让这批人掌权胡闹,何如让司马懿这样的人掌权?!

　　研究历史的学者指出,司马懿之所以成功,不仅仅是靠阴谋,主要的是当时曹爽控制下的曹魏政权已经不得人心。国家分裂得太久了,军阀混战下人民的生活苦透了,统一是大势所趋,人心所向,符合历史发展方向。这个时候如果没有司马懿,还会有"司马贰"或别的什么人出来承担使命。因缘际会,历史选择了司马懿,他完成了这一使命。从这个意义上说,司马懿对历史是有贡献的。

　　行文至此,忽然想起德国哲学家黑格尔的一句话:恶是推动历史前进的动力。其意为,历史的发展并不是按照人的善良愿望或道德理念前进的,相反,总是不得不以弱化甚至牺牲道德为代价的。黑格尔这一思想得到了恩格斯的肯定。恩格斯在《路德维希·费尔巴哈和德国古典哲学的终结》一书中,把黑格尔的上述思想概括为"恶是历史发展的动力借以表现出来的形式"。恩格斯认为,说人性是善的固然是一种伟大的思想,但说人性是恶的是一种更伟大得多的思想。在恩格斯看来,与费尔巴哈片面强调"善"的作用的思想相比,费尔巴哈的思想是贫乏和肤浅的,而黑格尔关于"恶"的历史作用的思想是深刻的。黑格尔和恩格斯的观点对于我们理解司马懿的历史作用,有指导意义。

贾宝玉：纠结着所有人的纠结

《红楼梦》中贾宝玉首次登场时，作者（转化为故事叙述人）用两首《西江月》词，对他做了总体介绍。其一曰：

> 无故寻愁觅恨，有时似傻如狂；纵然生得好皮囊，腹内原来草莽。潦倒不通世务，愚顽怕读文章；行为偏僻性乖张，哪管世人诽谤！

贾宝玉梦游太虚

这首词写的是，社会的、传统的、主流的、世俗的眼光中的贾宝玉。以传统的世俗价值观看，贾宝玉性情"乖张"，行为"偏僻""不通世务""怕读文章"，是"愚顽"的傻子和狂人，用现在的话说是个另类的怪物，为社会所不容。可是读完全书发现，贾宝玉挺好的呀！很正常啊！怎么就成了另类、怪物了呢？仔细一想明白了，原来他的"性情""行为"与社会、与传统、与世俗、与主流价值观念不合：他一意孤行，执意坚持活出自我，对社会流行的价值观虽不是主观上公然挑战，但行为上却是无意识地消极反抗，对之不理不睬不合作,拒绝随波逐流,更不同流合污("哪管世人诽谤")。

这首词揭示了贾宝玉形象的核心秘密,是理解他性格和行为的一把钥匙:这边要求他融入社会按规范活,那边他却蔑视规范坚持活出自我;他和社会要求形成了尖锐的对立和冲突,他一生就纠结于自我和社会的矛盾冲突中。

人物故事

上述对立和冲突,作者凝聚为一个绝妙的意象:通灵宝玉。作者让它时刻戴在贾宝玉的脖子里,成为他的象征符号和"命根子"。

这块玉的前身是"石"——大荒山无稽崖青埂峰下一块女娲补天留下的顽石,后来经茫茫大士渺渺真人携入红尘,幻化为宝玉口中五彩晶莹玉。大荒山代表自然界,红尘代表世俗社会。顽石入红尘,意味着从自然进入社会,即"石"幻化为"玉"。玉本来也就是石(玉石),但一经进入社会就有了经济和政治的附加值,有了社会性,即成为"富"和"贵"的象征。由此看,玉具有自然和社会的双重属性。这双重属性的对立冲突,就是贾宝玉生存的基本困境,是他形象的内在矛盾,也是他永远无法摆脱的内心纠结。

从创作角度看,人物性格决定情节;从欣赏角度看,情节反映人物性格。贾宝玉的生存困境和内心纠结是作者设计情节的内在依据,也是读者理解贾宝玉形象的总钥匙。贾宝玉的纠结表现于诸多方面。

首先,贾宝玉不喜欢读书,说起读书就头痛,每当听说父亲要问他的读书情况,立马吓个半死,为此没少挨训直至挨打。当然,说贾宝玉什么书都不读,也不尽然。他不喜欢读的是"四书五经"之类所谓的"正经书",不喜欢八股文。"四书五经"和八股文是封建时代"高考"的基本内容,内容陈旧僵化,形式古板可憎,束缚人的情感和灵性,所以最为贾宝玉所厌恶。贾宝玉喜欢的是能自由抒发个人感情和灵性的唐诗、宋词,是歌颂自由恋爱的《西厢记》和《牡丹亭》。

其次,就人际交往来说,贾宝玉喜欢和女孩们在一起,而不喜欢和污浊的男人在一起。他最著名的观点是:"女儿是水做的骨肉,男人是泥做的骨肉,所以看见女儿便清爽,看见男人便觉得浊臭。"这是一种绝对反传统的独特的人生观和价值观。这里需要指出的是两个意思:一,宝玉喜欢的是"女儿"而不是"女人"。根据他的观察,未出嫁的女孩清纯如水,不受世俗污染,所以可爱;而女孩一旦出嫁变为女人,就变得面目可憎。第五十九回春燕对莺儿转述贾宝玉的话:"女孩儿未出嫁是颗无价宝珠;出了嫁,不知怎么,就变出许多不好的毛病儿来;再老了,更变的不是珠子,竟是鱼眼睛了!分明一个人,怎么变出三样来?"第七十七回抄检大观园后周瑞家的带"犯错误"的司棋出去,小姐丫鬟们依依不舍。司棋要求到相好的姐妹们那里告个别,对这一可怜而卑微的要求,周瑞家的一点不动心,反而是挖苦嘲笑加威胁,表现得十分可恶。宝玉恨得咬牙切齿,说:"奇怪,奇怪!怎么这些人,只一嫁了汉子,染了男人的气味,就这样混账起来,比男人更可杀了。"宝玉话里第二层意思,他所谓的"男人是泥做的骨肉",是指口口声声仕途经济的世俗男人而不是指所有男人。也就是说宝玉也不是不与男人交往,而是不和被功名利禄污染的男人交往。秦钟、柳湘莲、蒋玉菡重情义,无功利,就是宝玉的好朋友。

两次,讨厌仕途经济,拒绝家庭和社会安排的世俗道路。贾宝玉是贾府的继承人,承担着支撑门面光宗耀祖的重任,这就要求他熟读"四书五经",热衷仕途经济,注重与社会名流、贵族官场建立关系网,以便为将来入仕做官作准备。而贾宝玉却偏偏极为反感这一套,就因为林黛玉不劝他入仕,他视为知己;而薛宝钗和史湘云因劝他入仕,他立马翻脸要把她们赶出去,与他一贯的温和友善大相径庭,显得很不近人情,态度非常强烈,可见他对仕途经济之厌恶已达到忍无可忍的程度。宝玉的亲姐姐元春被封为贵妃,全家人欢天喜地热热闹闹地庆祝,他却完全没有感觉,没事人一样该干啥干啥。

最后,家庭、社会要求他承担责任,而他却拒绝承担这一责任,他沉浸乃至陶醉于个体心灵的小世界里,追求的是情感的满足,与功名利禄的外在世界天生无缘。茫茫人生苦海中唯一的慰藉便是众人的或各人的眼泪,是女孩子爱自己的真情。陶醉在这样的"情"中,结束痛苦的人生,这就是宝玉的"主义",这就是宝玉的宗教,这就是宝玉的价值观。

总结贾宝玉上述"性情""行为"可以看出,他的一举一动都发自天性,反感社会性,即钟爱石性而厌恶玉性。他始终被困在自然性与社会性的夹缝中,始终与世俗相冲突,他一生活得好累好累。他想超脱而又超脱不了,想逃避而又无处可逃。他心力交瘁,最后终于忍无可忍,离开红尘遁入佛门。

人生启悟

贾宝玉,豪门贵族家最受宠爱的心肝宝贝,享受着来自祖母的百般呵护,被一群他喜欢的女孩子所簇拥、所关爱,居住在宫殿般的大观园,饮美酒着华服,不用求职不还房贷,这不是神仙般的生活吗?作为世间一凡人,还有比这更幸福的吗?但我们都看到了,贾宝玉活得并不快乐——精神上纠结、郁闷、惆怅、痛苦,找不到出路。

是贾宝玉过于敏感了吗？也许有一点儿。因为和他活在同一屋檐下的贾琏怎么没这痛苦呢？！是贾宝玉庸人自扰吗？也不是，因为我们看到他的苦恼确实是发自内心的，真实的。设身处地想想，只要不是贾琏、贾珍那样的淫滥之徒，但凡注重一点心灵生活，都会感到痛苦的。

贾宝玉的纠结仅仅是他个人的吗？或者仅仅是他那个时代的吗？未必！事实上，贾宝玉身负的矛盾是文明发展进程中整个人类的矛盾，他的命运是整个人类的命运。道理很简单，任何时代、任何社会里的任何人，毫无疑问都必须面对自我和社会的矛盾和冲突，面对二者之间的纠结。

请联系自己的内心生活看是不是这样？就天性而言，哪个孩子不是天生喜欢游戏而不喜欢读书？就读书而言，哪个孩子不喜欢读符合自己天性的书而喜欢"四书五经"之类的所谓正经书？就日常生活而言，哪个男孩儿不喜欢和女孩儿玩儿？就社会交往而言，哪个人不是喜欢与自己情投意合的人交往，而是和高高在上的权贵交往？光宗耀祖、功名利禄固然诱人，但那是从小被灌输的，而不是天生自有的。所以，贾宝玉的所作所为所思所想，无不是出自天性，出自本心，出自自然。

然而，"人生在世"，这个"世"就是社会。社会是由层层叠叠纵横交错的规矩、规范组成的，作为社会成员的每个人必须遵守这些规矩，也就是自然人向社会人的转化。人的成长过程，受教育的过程，其实就是由自然性向社会化进化过渡的过程。这期间人的自然性和社会性必然发生冲突。所以我们说，贾宝玉身负的矛盾是文明发展进程中整个人类的矛盾，贾宝玉的困境是文明社会所有人的困境。换句话说，贾宝玉纠结着所有人的纠结。

由此看，《红楼梦》不仅写了过去（那个时代），也写了现在，而且还写了将来。我就不信将来的社会能完全消解个人天性和社会性的矛盾。只要是社会，就是不同人的集合，由于人的性格和利益不同，人与人之间势必会发生矛盾，于是就必须有社会文明、社会规范来调整，来约束，于是个人与社会的冲突将依然存在。如此看来，贾宝玉形象的意义将永远不会消失。

由此我们可以断定，每个人在内心深处大约都有一个贾宝玉，他的痛苦可能在每个人身上重演。不同之处在于，他在艺术中，因此他可以按作者的安排出家，而你，终于摆脱不了复杂的社会关系之网，你要在这里挣扎一辈子。

曹雪芹之所以安排贾宝玉出家，是因为他终于没有办法让他摆脱困境，无法消解他的纠结，只好打发他出家。于是给我们留下一个决绝潇洒的艺术形象，让千千万万读者为之唏嘘、为之叹息，于是贾宝玉成为一个永恒的审美对象。

审美对象是用来审美的，而不是用来学习模仿的。艺术是艺术，生活是生活，艺术和生活是两个性质完全不同的领域。走出艺术反观我们自己，我们能像他那样不读书不上学吗？能像他那样游手好闲什么也不做吗？能像他那样潇洒出家吗？当然不能。我们有需要关爱的亲人，有自己喜欢的学业、事业，我们不能撒手而去，我们必须留下来。留下来就要想办法调和自我和社会的矛盾，就要消化心里的纠结。该适应的必须适应，该接受的必须接受，该融入的必须融入，这叫什么？这叫成长！这是文明社会每个人必须过的人生关。孔夫子说自己而立、不惑、知天命、耳顺、从心所欲不逾矩，说的恐怕就是自我与社会的关系，就是自己的成长过程。

我们平时老听人说《红楼梦》深刻，总是不大理解。今天通过对贾宝玉人生困境、内心纠结的分析，你是否理解了呢？《红楼梦》是不朽的,其价值是永恒的,因为它揭示的是人类生活中最深层的"公因式",既超越了时间,也超越了空间。

林黛玉：跟着感觉走　活在自我中

林黛玉是曹雪芹呕尽心血倾情塑造的一个艺术典型，自作品发表以来，她已经像一个真实存在过的人一样走进千千万万读者的心里。仔细想来，她比真实存在的人还真实。因为，如果是真实的人早死了，而她还活着；真实存在的人，你可能知道他/她的音容笑貌，行为举止，但未必知道他/她的内心，而林黛玉却毫无保留地把整个心灵世界呈现给你，而且走进你心里。这就是生活易逝、艺术永恒的道理。

黛玉葬花

作为一个成功的艺术形象，林黛玉意蕴丰厚、深邃，让人不知从何说起。迷茫困顿中忽然想到四个字：人生在世。这四个字是自古以来中国人抒发人生感慨的口头禅。四个字道出了人生的基本处境——人（自我、个人），活在世（他人、社会）上。既然人在世，当然就有了"人"与"世"的关系，那么如何处理这一关系，就现出了人与人的区别；对于文学欣赏来说，读者就有了一个把握人物的基点。

人与世的关系,说来复杂,简化起来无非两种:重人还是重世,即坚守自我还是融入社会。事实上,绝对地坚守自我或彻底地融入社会的人是没有的。因为作为社会一员,不可能不接受社会约束,也不可能完全丧失自我,所有的只是侧重点不同。自我和社会就像人生的两极,两极之间形成一个张力场,人生就游移徘徊于这一张力场之间。

以此基点衡量《红楼梦》中人物,林黛玉侧重于坚守自我,她是跟着感觉走,活在自我中;而和她"双峰对峙"的对比性人物薛宝钗,则侧重于融入社会,她是跟着理念走,活在规范中。

人物故事

林黛玉出生于一个世袭侯爵的书香之家,因为膝下无子,父母把她当儿子养,从小教她读书识字,视之为掌上明珠,让她过着无拘无束、娇惯被宠的童年生活。无奈命运不济,母亲早逝,为减轻父亲的内顾之忧,她被送到贾府由外祖母贾母抚养。在这里,她和贾母的心肝肉贾宝玉同行同坐同止同息,得到了无微不至的关怀和怜爱。不久,父亲也撒手人寰,林黛玉彻底成为孤女,由暂时寄居贾府变为无依无靠只能以贾府为家了。

初次进贾府时林黛玉理智上清楚地记得母亲的遗言,外祖母家与别家不同,必须步步留心,时时在意,不要多说一句话,不可多行一步路。可是,理智归理智,行动归行动。我们看到事实上林黛玉并没有那么谨言慎行。很快,她就给贾府留下了"孤高自许,目下无尘"的印象。寄人篱下的处境似乎更加激起她的心高气傲,她自我保护意识更强,自尊心更敏感。她警惕地注视着周围的一切,唯恐被人歧视和轻蔑。周瑞家的送来了"两枝宫制堆纱新巧的假花",她首先注意的不是宫花如何"新巧",而是立马感觉到受了歧视,埋怨说是别人挑剩下的才给她。要知道周瑞家的在贾府奴才中可是个有头有脸的人,但黛玉全不管这些。贾母为薛宝钗庆生日,她心里不快活,但这无论如何不宜表露出来,但黛玉不管,她偏偏流露出"不忿之意"。史湘云心直口快,曾当众人直言黛玉长相像贾府一个小戏子,她完全无意伤害林黛玉,但敏感的黛玉认为这是"取笑"她,不禁怒形于色,弄得别人下不来台。

以林黛玉的学识教养,她也知道做人应该低调,应该隐忍,但她就是学不会,就是忍不住。我们看到她爱说就说、爱恼就恼、爱哭就哭、爱笑就笑。她不怕得罪任何人。薛宝钗被她讽刺过,史湘云被她恼怒过,惜春被她打趣过,夜赌的老婆子被她揭穿过,絮聒得令人厌烦的李嬷嬷被她斥骂过……至于谁该得罪,谁不该得罪,她根本就没考虑过。一切都根据天性的好恶,凭着自己感情冲动,毫无顾忌地任意而行。既不作任何修饰,也没有半点掩藏。她心里所想的,也就是口中所说的。而口中所说的,又常常是别人所不肯说的真相。譬如袭人与贾宝玉的暧昧关系,众人心照不宣,只有林黛玉当面对袭人说:"你说你是丫头,我只拿你当嫂子待。"这位聪明的姑娘,似乎把一切都看得清楚明白,就是没看出自己的锋芒毕露会带来的后果。她只顾任性而为,久而久之给众人留下"尖酸刻薄"的印象。

林黛玉之所以口无遮拦,是因为心里毫无算计。她的所作所为,似乎没有经过脑子而纯粹发乎天性,只是一味地跟着感觉走。所以她虽然轻易地与人闹些不愉快,但转脸就忘,立刻与人和好。如她刚和湘云闹过一场气,立马又拿宝玉写的偈语给湘云看,好像压根没闹过别扭一样。虽然她早就感觉到薛宝钗"有心藏奸",也曾经不止一次地和她有过过节,但就因为宝钗推心置腹地和她说了一番话,又给她送了燕窝,她真心感受到宝钗对她好,立刻把一颗心掏给她，并真诚地把一切过错都归于自己，此后把宝钗当作亲姐姐来称呼、来对待。林黛玉才华出众，她自己也以才华自傲，元春省亲时她曾想大展奇才将众人压倒。但当湘云吟出好诗时，她高兴得手舞足蹈，连声叫好，感叹之余自己只好搁笔了。

承上天眷顾，茫茫人海中命运给她安排了一个贾宝玉。两个人从青梅竹马、两小无猜孕育出甜蜜的爱情。这是林黛玉荒凉的生活中唯一的感情慰藉和希望，按说她应该小心谨慎，细心呵护，对宝玉迎合依顺了吧，但是她依然我行我素，动不动就耍小脾气，和宝玉"三日好了，两日恼了"。有一次，她看见宝玉从宝钗家里出来，她立马嘲讽："我说呢，亏在那里绊住，不然早就飞来了。"当她到宝钗家里看见宝玉在，她也不满，说早知他来，我就不来了。当宝玉听从宝钗的劝告不喝冷酒，她也不高兴，阴阳怪气地说："我平日和你说的全当耳旁风，怎么她说了，你就依得比圣旨还快些？"在公众场合湘云说黛玉像戏子，惹得好心的宝玉急忙给湘云使眼色，这也惹得黛玉大怒，她非常尖利地责问宝玉："我恼她与你何干？她得罪了我与你何干？"就这样，两个人总是磕磕绊绊没完没了，常常当面让你难堪，下不来台。因为贾宝玉对许多女孩子都很近乎，"见了姐姐就忘了妹妹"，她心里难受。尤其是宝钗和湘云都是强有力的竞争对手，她总是不放心，因此总是试探，总是怄气，总耍小性儿。后来宝玉向她交了底并发了毒誓，她吊着的一颗心才放了下来。

总之，黛玉的种种表现表明，她"是一个最容易想起自己，而又是最不会为自己打算的人。这是一个只知道信从自己的感情，而不知道顺应世上人情的人。……由于她在许多表现背后，都是贯穿着这样的性格，因此，这个少女的敏感、'小性儿'、'尖酸刻薄'等等，不是把我们和她拉远，而是反而靠近了。我们看到她有一颗像玻璃一样纯清、透明、不能屈折、但容易破裂的心"。

人生启悟

立足于天性,坚守自我,跟着感觉走,所以黛玉活得天然率真,清高脱俗,人称做人如作诗。她的生活就是诗,整个人就是诗。她虽然知道贵族家庭的诸多规矩,但她仍然不顾忌那么多,口不饶人,把想说的话说了,想做的事做了。她懂世故但不世故,因而口无遮拦,得罪了不少人。她深爱宝玉,知道要想走向婚姻,必须讨长辈的欢心,但她却从不在这上面用心思,她只管爱她的,她爱得纯粹而不功利。这样天真无邪、单纯干净的人,对复杂如网的社会关系、沉重如山的家庭责任,肯定一窍不通——这些俗务也从来没有在她心上。因为她不融于世俗,世俗也容不得她。她活在自己的感觉、自己的天性中,终于为世俗天网所毁灭。

跟着感觉走,活在自我中难道不对吗?不好吗?没人说不对,没人说不好。事实上,忠于感觉,活出自我应该说是普遍的人性要求,不分时代和社会,也不分民族和阶级。但问题是人是各种社会关系的总和(马克思语),人生在世,意即生活在与他人、与社会千丝万缕的联系中,人是巨大的社会网络中的一个小结,所以任何人的生活都不可能不顾及他人与社会,不可能不顾及社会的规矩与规范。换句话说,不可能不适当地融入社会、适应社会。要适当融

潇湘馆听琴

入社会,就必须适当约束自我和天性。这是没有办法的事儿,这是要想与他人和谐共处必须付出的代价。任何人都概莫能外。这是再简单不过的道理。但林小姐也许是先天禀性如此?抑或是被娇惯、宠爱太过了?总之她活得太浪漫太诗化了,她的活法太单纯、单一,有些极端,所以为复杂的社会所不容,她为她的自我、天性付出了沉重的代价。

现实生活中和林黛玉一样活法的人不在少数,可能也有和林黛玉一样的苦恼。苦恼又找不到转移,这时候,艺术作品中的人,如林黛玉就成了这类人发泄心理积淤的突破口,人们从林黛玉这面镜子里看见了自己的影子,感觉林黛玉就是自己,自己就是林黛玉,所以历来林黛玉不乏知音、知己。

林黛玉走了,但林黛玉的性格、活法、心魂,甚至她的悲剧还在千千万万人身上重演着。让我们在艺术中欣赏林黛玉的同时,在现实生活中汲取她的教训,适当调整自己的活法,在保持自我的时候不要让自我过分膨胀,而是适当地融入社会,适应社会,争取在自我和社会的张力场中找到合适的位置。

薛宝钗：跟着理念走　活在规范中

众所周知,在《红楼梦》中,薛宝钗和贾宝玉、林黛玉一样,是三个最重要的核心人物之一(常被合称"宝黛钗")。其中黛玉和宝钗,作者每每将她们对比着写,俞平伯先生将其称为"双峰对峙,两水分流,各尽其妙,莫能相下"。研究者认为,无论从艺术形象本身,还是从作者的创作意图看,薛宝钗的重要性都不亚于林黛玉。薛宝钗和林黛玉都是曹雪芹塑造的成功的艺术典型。她们个性鲜明,形神各异,各有不同的风格和神韵,各具不同的思想蕴含和象征意义,因而被称为"薛林双绝"。

清费丹旭绘《十二金钗图册》

前面我们在讨论林黛玉时,曾从"人生在世"出发,以如何处理"人"与"世"的关系为基点,将林黛玉的活法归纳为侧重于坚守自我,跟着感觉走,活在自我中;而作为对比性人物的薛宝钗,其活法则侧重于融入社会,她是跟着理念走,活在规范中。

跟着理念走,活在规范中,是说薛宝钗在处理个人、自我与他人、社会关系的时候,尽可能地压抑自我、逃避自我、隐藏自我,自觉主动地以主流社会提倡的价值观念和传统的伦理道德为指导,用以规范自己如何想和如何做。所以她的一举一动都循规蹈矩、中规中矩，成为封建社会的道德模范，上流社会的优秀淑女。

人物故事

薛宝钗跟着理念走，作品中有丰富的描写，表现在诸多方面。

首先，最明显的是关于贾宝玉人生道路的选择上。作为少女，薛宝钗内心深处爱着贾宝玉，由于受"金玉良缘"说法的影响，朦朦胧胧中她意识到贾宝玉的将来与自己有紧密的关系，所以她不由自主地关心他未来的前途，规划他未来的发展。贾宝玉讨厌仕途经济，厌恶功名利禄，这一点薛宝钗心知肚明。但这样下去怎么办呢？男子汉大丈夫、贾家的合法继承人，怎么能不正经读书，不走正道呢？！对此，薛宝钗看在眼里，急在心里，于是冒着招他烦的风险，抓住机会就诚恳地劝他要以"仕途经济"为做人之本，"男人们读书明理，辅国治民，这便好了"；她还劝宝玉要少读杂书，要把精力放在"四书五经"之类用于科举的正经书上，要"留意于孔孟之间，委身于经济之道"，应该"在外头大事上做工夫"，博取功名富贵的好前程，而不要老是"在内帷厮混"。

宝玉对宝钗的"劝导"十分反感，有一次竟生气地说："好好的一个清净洁白女儿，也学得沽名钓誉，入了国贼禄鬼之流……真真有负天地钟灵毓秀之德。"尽管宝钗的好心没有得到理解，更别说好报，但事关重大，即使总遭抢白、老碰钉子，她仍不顾少女的尊严，一如既往地找机会把贾宝玉往她认为的"正道"上拉。与自己的面子相比，宝玉的前途更重要啊！有"理念"做指导，她分得清孰轻孰重。

其次，关于自己人生之路，她严格遵循封建社会的要求来安排。封建社会等级制度反映在两性关系上即"男尊女卑"，要求女子绝对做男性的附庸。那时社会上流行的口号是"女子无才便是德",号召女人要安分守己,要永远安于卑下和弱势地位。对这套奴役女性的道德规范,宝钗衷心服膺并热心宣传。她诚恳地对黛玉说:"自古女子无才便是德,总以贞静为主,女工还是第二种。其余诗词,不过是闺中游戏,原可以会,可以不会。咱们这样人家的姑娘,倒不要这样才华的名誉。""你我只该做些针黹纺织的事才是,偏又认得了字,既认得了字,不过拣那正经的看也罢了,最怕见了些杂书移了性情,就不可救了。"她还反对湘云与香菱谈诗,说:"我实在聒噪的受不得了。一个女孩儿家,只管拿着诗作正经事讲起来,叫有学问的人听了,反笑话是不守本分的。"她不仅这样劝告别人,她自己也以身作则,身体力行。她本人平时就"不以书字为事,只留心针黹家计等事"。

最后,对自己的婚姻大事,薛宝钗的表现有点矛盾甚至分裂。即感情上、潜意识中渴求,而理智上、意识上却不好意思。作为春心萌动的少女,薛宝钗喜欢大观园中才貌双全的贾宝玉很正常。所以她有事没事就到怡红院找宝玉玩,去多了惹得晴雯忍不住抱怨她"有事没事跑了来坐着,叫我们三更半夜的不得睡觉"。宝玉挨打,她前往探望送药,深情地说,别说老太太、太太心疼,就是我们看着心里也疼……刚说了半句又忙咽住,自悔说得太露骨了,羞得满脸通红。这都是她情不自禁的真情流露。但在理智和意识层面,她又自觉躲避着:"宝钗因往日母亲对王夫人等曾提'金锁是个和尚给的,等日后有玉的方可结为婚姻'等语,所以总远着宝玉。昨儿见元春所赐的东西,独他与宝玉一样,心里越发没意思起来。"从这段话可以看出,"金玉良缘"是她感情和潜意识中喜欢的(不然她不会时刻把金锁挂在脖子上),而"总远着宝玉"则是意识和教养层面的,在众人面前她要避嫌;元春所赐东西与宝玉的一样是暗示元春选中她给宝玉配婚,这是她感情和潜意识中向往的(不然不会把元春所赐红麝串时刻戴在手上),但意识和教养层面使她因元春的意图暴露在众人面前而感到"没意思起来"。描写宝钗上述心理的回目是"薛宝钗羞笼红麝串",一个"羞"字,揭示出感情与理智的矛盾,凸现出内心的复杂。

再看宝钗的日常生活。十几岁的女孩子正是爱好打扮、喜欢奢华的时候,但宝钗却不这样。她不喜欢浓艳深重的色彩,衣服颜色都比较浅淡,色调柔和,而且一色儿的半新不旧,看去不见奢华,唯觉雅淡。她的住处蘅芜苑,距离大观园核心地带较远,相对偏僻,不与花红柳绿争艳,只求清静宁静。蘅芜苑内没有鲜花,而以香草为主。香草是《离骚》核心意象之一,寓意品格高洁,这正是宝钗的人格追求。她平生不爱"花儿粉儿",喜爱君子高洁淡雅之质。宝钗内室的陈设如何呢?贾母携荣府女眷与刘姥姥逛大观园,途经蘅芜苑,参观了宝钗的闺房,只见室内陈设"雪洞一般,一色玩器全无,案上只有一个土定瓶中供着数枝菊花,并两部书,茶奁茶杯而已。床上只吊着青纱帐幔,衾褥也十分朴素"。连这位老太太都嫌房里太"素净"了,巴巴地把自己收藏多年的体己古董玩器给了她喜爱的宝丫头,为其装扮"闺房"。宝钗这样并不是有意做给谁看,而是她的审美观决定的。她在《咏白海棠》中有一句诗:"淡极始知花更艳。"诗中透露出她以朴素淡雅为美的审美情趣。

再看宝钗的人际交往,为人处事。早在薛宝钗初到荣府的时候,作者就把她和林黛玉放在一起作了对比性介绍:"宝钗行为豁达,随分从时,不比黛玉孤高自许,目下无尘。故比黛玉大得下人之心,便是那些小丫头们亦多喜与宝钗去顽。"这一评价是此后作者对她们二人描写的总纲。在作者笔下,宝钗安分随时,沉静内敛,装愚守拙,恪守"三从四德"。她性格温和,人情练达,与人为善,处处注意和身边的任何人处好关系,事事照顾他人的情感,所以深得上上下下所有人的喜欢。即使是心地鬼祟、几乎对一切人都怀着嫉恨的赵姨娘,也对她衷心称赞:"怨不得别人都说宝丫头好,很大方,会做人。如今看起来,果然不错。"正是这种会做人的处世之道,形成了宝钗的特点,成为她自己也未必认识到的自然习惯,在不同场合,以不同方式表现出来。

人生启悟

上述种种,都证明着宝钗的活法是跟着理念走,活在规范中。如此规范地活着,她得到了什么呢? 得到了上至贾母下至仆人的赞赏,即得到了好名声;与此相应,她得到了和谐融洽的人际关系,活得如鱼得水;更重要的是,得到了她想要的婚姻。在贾家决策人看来,宝钗的性格、为人更适合做贾家的媳妇而不是林黛玉。

有得必有失,那么宝钗失去了什么呢? 首先最重要的,她失去了宝玉的爱情。她以社会规范为价值观,和宝玉完全相反,所以她苦口婆心的好意反而招来了反感,失去了她所爱的人的倾心之爱。这是没办法的事,他们谁也改变不了谁,只能一直分别走在两股道上而不能在一条路上同行。最终,她得到了宝玉的身而始终没有赢得他的心,宝玉出家,宝钗陷入独守空房、有命无运的悲剧。

其次,她失去了自然天真的人生情趣。宝钗在母亲面前,其实葆有小儿女的情态。如她把黛玉带到自己家里无拘无束地挤眉弄眼和黛玉开玩笑,这是她最不设防最可爱的时候。可惜这样的时候太少了。她一出门就要戴上面具,用规范把自己包装起来,呈现出另一种面目。正如黛玉给薛姨妈说的,离了姨妈她就是个最老道的,见了姨妈她就撒娇儿。

最后，她还失去了起码的同情心和怜悯心。跟随王夫人多年的贴身丫头金钏，因受不了王夫人的无端侮辱，一怒之下跳井自杀。王夫人受良心谴责，于心不安。宝钗竟笑着安慰她说，也许金钏不是赌气跳井，而是自己玩疯了失脚掉下去的；即使是赌气死的，也是糊涂人，不必可惜；您要真是心里过意不去，多赏她几两银子也就完了。这番话十分扎心：一向温柔敦厚的薛宝钗怎么能把王夫人过失杀人之罪一下子洗白，反把罪责栽到受害人身上；她怎么能把一个鲜活的人命看得那么贱，几两银子就打发了。她"会做人"也不能会做到这种程度啊！

总之，在作者笔下，薛宝钗既可爱又有可憎的地方。作者对她在批评中寄寓着同情，赞赏中寄寓着批评，明写其优点，暗写其缺点，"爱而知其丑，憎而知其善，善恶必书"，终于写出一个真实可信的不朽的艺术典型。

回到本文主旨上，林黛玉跟着感觉走活在自我中，有得有失，有利有弊；薛宝钗跟着理念走活在规范中，结果一样。看来真的是做人难，人难做，难做人。天下事没有两全，更没有十全。从人生态度即活法角度看，还是那个自我和社会的张力场，在张力场中找到一个适合的点，是一种人生智慧，这一智慧需要在实践的摸索中逐渐积累。怎样活才好，是需要一辈子探索的事。

王熙凤：聪明反被聪明误，
　　警示唤不醒执迷人

　　王熙凤是《红楼梦》中和"宝黛钗"同样重要，甚至比他们还重要的人物。据研究者统计，前八十回中，有五十二个回目写到王熙凤。我们读《红楼梦》，在眼前晃来晃去的总是王熙凤；说起书中

《十二金钗图册》

故事情节，关涉到的人物最多的也是王熙凤。如果没有了她，大观园和贾府的日常生活将失去轴心，无法正常运转，由此可见她在作品中的分量。

　　关于王熙凤，二百多年来人们已经从多方面进行过全方位的研究，对她的思想性格做过深入细致的剖析。该说的话似乎已经说完了，笔者不再重复。这里只想从一个小的角度切入，谈一点对这一形象的理解及感想。

人物故事

　　王熙凤为什么能成为贾府生活的轴心？因为她是大管家。大管家的位置本来应该是邢夫人或王夫人，作为孙辈媳妇能越过长

辈当了管家,是因为她能力超群,出类拔萃。

王熙凤的才能是多方面的,首先是卓越的管理才能。王熙凤没有上过学,更没学过管理学,但她却无师自通具备出色的管理才能。偌大一个贾府,主子加奴才有三四百号人,每天的外交内政,事务繁杂,头绪纷乱,但王熙凤却能处理得井井有条,纹丝不乱。这在讲礼节守规矩的豪门贵族大家庭里,实在是要个本事的。最能体现王熙凤管理才能的事件是"协理宁国府"为秦可卿治丧。借助于这一特殊的大事件,曹雪芹把王熙凤的管理才能表现得淋漓尽致,让上上下下的人佩服得五体投地。充分证明了别人对她的评价:"少说有一万个心眼子。""竟是个男人万不及一的。""脂粉队里的英雄。"

王熙凤还是个天生的语言天才,她特别会说话。她的话生动活泼,风趣幽默,能针对不同人、不同场合、根据当时的具体情景随机应变出得体绝妙的话语,往往逗得人开怀大笑。她的话来自生活,大俗大雅,灵活多变,充满生命活力,不但贾母喜欢,连平时在她面前大气不敢出的丫鬟奴仆们也喜欢。王熙凤走到哪里,哪里就一片笑声。她的风趣幽默,不仅仅为逗笑取乐,更重要的作用是化解矛盾,危机公关。如贾母因大儿子贾赦想娶她的贴身丫鬟鸳鸯做小妾而怒不可遏,结果被王熙凤几句幽默诙谐的玩笑给化解了。这种说话的技巧,是古今中外文学作品中少见的。王熙凤如果活到现在,可以成为一个优秀的段子手,可以到电视台出演脱口秀。

因为太优秀太能干了,所以王熙凤很自信、自负、自傲。她的口头禅是"凭是什么事,我说要行就行"。这种性格表现在心理上是强烈的表现欲、控制欲、操纵欲;表现在行为上是争强好胜,目空一切,处处逞能;表现在人际关系上是老子天下第一,谁都不能触犯,谁惹了她,她睚眦必报,千方百计予以反击,直至让其灭亡。总之,她要把她的才、权、势,使尽、用尽、发挥尽,不留余地。

王熙凤的逞强,表现在治家上,是对奴仆们的严苛与阴狠。平心而论,面对几百口子人的庞大人群,管理需要严格,不严不足以治家。但王熙凤的"严"常常到了不近人情甚至残忍的地步。如对一个被贾琏指令在外"把风"的小丫头,她一巴掌把她打得"两腮紫胀起来",威胁要"撕烂他的嘴"、"烧了红烙铁来烙嘴"、"若不细说,立刻拿刀子来割你的肉",并真的"向头上拔下一根簪子来,向那丫头嘴上乱戳"。她有病在床不能理事,王夫人房里丢了茯苓霜,她要平儿"把太太房里的丫头都拿来,虽不便擅加拷打,只叫他们垫着磁瓦子跪在太阳底下"。总之,在王熙凤的心目中,女奴们只不过是可以使唤的"活物儿"。即使已被主子(贾政)收了房,成了妾,生了子女的赵姨娘,也改变不了为奴的地位,王熙凤仍可当着她儿子的面训斥她。即使她至为贴心的陪嫁丫头平儿,她也是抬手就打开口就骂。

王熙凤的逞强,还表现在滥用权力,不择手段地捞钱上。她利用管家的便利,迟发下人的工资,然后拿去放高利贷。仅此一项,就有几百乃至上千两的灰色收入。她还敢于公然索贿。"王凤姐弄权铁槛寺"中,仅仅为了三千两的贿银,她竟敢勾结官府,活活断送了两个年轻的生命。她不择手段地敛取了大量钱财,贾府被抄家时,从她房里搜查出的银两就达五万、七万之多,还不包括无数的借券与田地券等。贾家势败之后,包揽词讼、重利盘剥成为贾家一大罪状。

王熙凤逞强更狠的表现是,玩阴谋害人命。一个是贾瑞,因为对她动了非分之想,让她感到厌恶,伤害了她的自尊心("癞蛤蟆想吃天鹅肉"),于是设计害死了他。贾瑞动歪心思固然有错,但错不至死。为此害死他,实在太毒了点。再一个是尤二姐。贾琏在外偷娶了尤二姐,惹得王熙凤无比愤怒。她拿贾琏没办法,只好把恶气撒在尤二姐头上。她先是巧言花语把尤二姐骗至大观园控制起来,接着唆使人告状把事情故意闹大,再去宁府把尤氏闹得鸡飞狗跳,晕头转向;这边借刀杀人,挑唆贾琏之妾秋桐侮辱挤兑尤二姐,置尤二姐于绝境,弄得她要死不能,要生不得;最后请胡太医乱用虎狼药,打掉了尤二姐腹中已经成形的男胎,终致万念俱灰的尤二姐"吞金自逝"。杀死尤二姐的计划严谨周密,环环相扣,让人看不出破绽,典型的吃人不吐骨头,杀人不见血。

人生启悟

就这样,王熙凤任性随意,把想说的说了,想做的做了,用现在的话说,她的自我得到了充分的实现,权力意志得到了最大程度的张扬。她志得意满,以世俗的眼光看,她应该算是一个成功者了,可是她又得到了什么呢?她得到了她想得到的,但同时她也失去了不得不失去的。她管理严苛,让下人敬畏也让下人忌恨,就连王夫人的陪房周瑞家的在夸奖吹捧她的时候也忍不住埋怨一句:"就只一件,待下人未免太严些个。"王熙凤能者多劳,日理万机,其能力在得到一致赞扬的同时,也累坏了身体。她怕落人褒贬,必须把事情做好,所以把自己搞得精神紧张,即使病中还在"查三访四",永远有操不完的心。她聚敛了大量钱财,没等好好享用就转化为她的罪证。她压制住了丈夫贾琏,但与此同时也失去了夫妻之间应有的信任和爱情,以至于贾琏发出要杀了她、要白刀子进去红刀子出来的威胁。

王熙凤最后的人生结局如何呢?曹雪芹用金陵十二钗正册中关于王熙凤命运的判词和曲子中的《聪明累》作了交代。"凡鸟偏从末世来,都知爱慕此生才。一从二令三人木,哭向金陵事更哀。"判词的后面画着"一片冰山,山上有一只雌凤"。其意暗喻贾家的权势不过是太阳一出就会消融的冰山,那时雌凤将会无所归依。"一从二令三人木",应当是指贾琏对凤姐态度的变化,从婚后对她言听计从到逐渐冷淡,并开始对她发号施令,最后被休弃。"哭向金陵事更哀",则是她被休后哭着回娘家的凄凉的写照,并预示着等待她的是比被休弃更悲惨的事,即病重身亡,万事皆休。

"机关算尽太聪明,反算了卿卿性命。生前心已碎,死后性空灵。家富人宁,终有个家亡人散各奔腾。枉费了,意悬悬半世心;好一似,荡悠悠三更梦。忽喇喇似大厦倾,昏惨惨似灯将尽,一场欢喜忽悲辛。叹人世,终难定。"曲子哀婉凄切,蕴含哲理,余味悠长,全都是对王熙凤人生命运的感慨:聪明反被聪明误,轰轰烈烈奋斗挣扎一辈子,结果是家亡人散,枉费了半世心,似做了一场梦。用更直白的话说就是,王熙凤啊王熙凤,你这是何苦啊!你这样的逞强好胜有什么意义呢?天下事,强弱胜负得失利弊,不好说啊!(作品中作者借鸳鸯之口还说过"天下事,料不定")这里有作者对王熙凤的赞叹和同情,也有对她的悲悯和批评。曲子余音绕梁,直入灵魂,令人咀嚼不尽。

王熙凤走到这一步,家庭败落是外在原因,更重要的是个人原因。她把生命之弓拉得太满,太蛮横霸道,欲望太强,作恶太多,正应了"多行不义必自毙"那句话。还有一个虽然看不见,但却谁也逃不脱的原因是宇宙(人生)规律——借用作品中语言表述即"月满则亏,水满则溢""登高必跌重""乐极悲生""盛筵必散""否极泰来"……

"月满则亏"等话是秦可卿临死时以鬼魂托梦的方式亲口告诉王熙凤的。秦可卿是王熙凤的闺蜜,是王熙凤一生绝无仅有的知己朋友。由于对王熙凤的深入了解和真诚关心,所以临终时走进王熙凤的梦中,推心置腹地和王熙凤谈过一次话,相当于临终遗嘱。秦可卿的遗嘱,务实的部分是让当家人王熙凤在祖坟处多置田产,以备败落时祭祀可以继续;还建议设立家塾供家族子弟上学。务虚的部分就是上面那些话。务实的部分是针对家族的,而务虚的部分则可以说是专门说给王熙凤个人听的。除此之外,秦可卿还特意赠给王熙凤两句话:三春去后诸芳尽,各自须寻各自门。整个遗嘱的基调是人生无常,盛时防衰,早做长远打算,做人做事悠着点。

做人的道理多着呢,秦可卿为什么单单拈出这几句?因为她对王熙凤太了解了——王熙凤太膨胀、太张牙舞爪了。做人处事如此之"过",之"满",之"极",依照事物的发展规律,无论家族或是个人,有一天势必会走向反面的。这是多么深刻、多么有针对性的金玉良言啊!如果有较高的文化修养,精神上比较敏感,立马会牢记心底,用于指导和规范自己今后的言行。但可惜的是,王熙凤虽然理智上也明白是啥意思,但她对这一套深奥的人生道理不感兴趣,加上她的性格因素,即骨子里的强横,"从来不信什么是阴司地狱报应的",无论对什么,从来没有丝毫的敬畏感,无法无天,啥都敢干,所以她终于没有听进去,秦可卿说了等于白说。

秦可卿用心良苦,她的话其实就是对王熙凤处事做人的警示,但警示唤不醒执迷人。王熙凤正执迷在自己的权势和威风中呢!她正活得热烈辉煌,威风八面,怎么听得进去这一套!所以她继续执迷下去,继续肆意地扩张,结果扩张太过终于付出了惨痛的人生代价。那是宇宙规律啊!别说你王熙凤,就是比王熙凤地位更高、能力更强的人,只要和王熙凤一样的张狂和膨胀,结果也会一样。天道平衡,盛衰流变,冥冥之中事物的规律像一只看不见的手在支配着一切。这是人类历史所一再证明了的。

  王熙凤的命运告诉我们,人有能力、权力不是坏事,你只要把能力、权力用到正道上,能力越强、权力越大,做的好事就越多,于他人于社会于自己都有利,皆大欢喜。但千万不可私心太重,不可自我膨胀,不可把事做"过"做"绝",尤其是不可拿能力和权力去干坏事,否则必遭惩罚。人在做,天在看,人不罚天罚。这不是迷信,而是谁也逃不脱的事物的发展规律,宇宙规律永恒不变!

贾探春：心强命不强

孙温绘秋爽斋偶结海棠社

贾探春是《红楼梦》中贾府四位小姐中的老三。四小姐中作者对她着笔最多，是作者钟爱的一个重要人物。作者赋予她心高志大，"巾帼不让须眉"的性格，是小说中极富思想意义与人生意蕴的艺术典型。她与王熙凤都是贾府女强人，都是"脂粉堆里的英雄"，都有精明的管理才智和杀伐决断的魄力。而探春与王熙凤相比，又有着王熙凤所不具备的"政治家"的远见、胆略、襟怀、智慧。她头脑的清醒与周密，理事的能力与效率，更是周围的兄弟姐妹无人能及的。从小说情节的字里行间，我们可以感受到作者对这位贵族少女由衷的喜爱与赞赏。

但遗憾的是，贾探春心强命不强，有能力有本事却没有好命运，作者对她的不幸命运表示了深切的同情与惋惜。

人物故事

贾探春心强命不强表现于多个方面。

首先，心高，却偏偏是庶出。探春的心高，主要表现于贵族小姐的尊严感上。探春是贾政的女儿，和元春、宝玉同一父亲，所以是贾家的千金小姐，是主子。但她和宝玉不同的是，宝玉是贾政之妻王夫人所生，是嫡子；而探春是贾政之妾赵姨娘所生，是庶出。嫡出庶出，在那个时代，区别相当大：妻为正，妾为副，所以王夫人每月例钱二十两，而赵姨娘只有二两。妾要像奴仆一样做家务。未经妻批准，妾不得出门；妻训斥妾，妾不得还口；他人赠物与妾，未经妻允许，妾不得接受；妻死与夫同椁，妾则不能。男性的子女，无论正出庶出，都要认其妻为母。妾生的儿女，伦理上都是代妻所生。这种极其严格的等级划分，反映到人们的观念中即妻尊妾卑，妻主妾奴。

在严格的等级观念下，探春的地位显得很尴尬。主子身份让她很自傲，庶出出身让她很自卑，庶出始终是她的一块心病。正因为有这个心理阴影，所以她尽量避讳这一身份。她曾对宝玉说："我只管认得老爷、太太两个人，别人我一概不管。"她有意无意地讨好贾母和王夫人。贾母孤独时，她来陪伴；王夫人遭盛怒的贾母指责时，她出面为王夫人辩护。同是兄弟，她和宝玉关系亲密而疏远着一母同胞的贾环。闲暇时，她为宝玉做鞋袜而不给贾环做。当着亲娘的面她认王夫人的哥哥王子腾为舅舅，而视亲娘的兄弟赵国基为奴才。赵姨娘为人不堪，在她眼中是"阴微鄙贱"，因而想方设法与之切割，划清界限，对之没有丝毫的母女之情。

探春害怕别人把自己和赵姨娘联系起来，当赵姨娘希望她利用手中权力"拉扯"一下赵家时，被她严词拒绝。她哭着埋怨说："何苦来！谁不知道我是姨娘养的，必要过两三个月寻出由头来，彻底子翻腾一阵，生怕人不知道，故意的表白表白。也不知谁给谁没脸。"这段话说明了她对庶出身份的忌讳和对生母的厌恶。探春对赵姨娘的态度，从生存角度看固然可以理解；但从人伦情感上看，为了保护自己，她未免显得太自私、太冷酷无情了点。

在荣国府上上下下人眼里,庶出是探春的致命伤。表面上人们把她当主子敬,实际上却为势利小人所看轻。在这种背景下,为了维护自己的尊严,她希望通过自己的努力赢得别人的尊重,所以被逼出非常要强的个性和干练泼辣的行事作风。人称有刺的"又艳又扎手"的玫瑰花。这"刺",就是她保卫自己的武器,谁胆敢侵犯了她,她毫不犹豫给以坚决回击。在这方面,最典型的是众所周知的"抄检大观园"时她的表现。

抄检大观园时,同是贾府小姐,表现却大为不同。迎春懦弱,惜春明哲保身不顾丫头,黛玉置身事外,独独探春表现出凛然不可侵犯的气势。她挺身而出保护丫头,声言你们搜我可以,丫头断然不能搜,我的丫头我知道,出了问题我负责,有责罚我顶着。探春凛然的气势把平时不可一世的王熙凤也镇住了,她一边给探春赔笑脸一边催促下人赶紧走。不识相的王善保家欺负她是一个姑娘又是庶出,"向前拉起探春的衣襟,故意一掀"。嬉皮笑脸地说道:"连姑娘身上我都翻了,果然没有什么。"还没等她把话说完,探春一巴掌甩在她的老脸上。这一掌打得过瘾,解气,打出了探春高傲的自尊,打出了她主子小姐的威风,打出了她的精神强度和性格烈度。人们常夸赞英国小姐简·爱自尊自强,可是跟我们的探春小姐比一比,还有比这一巴掌更自尊自强的吗?!

其次,探春心强命不强还表现在,志大,却偏偏是女辈。

探春身为贵族女孩儿,不喜欢穿金带银,不喜欢涂脂抹粉,而是颇有男子汉大丈夫的气概。首先她志趣高雅。这从她居住的秋爽斋的布置就可见一斑:"探春素喜阔朗,这三间房子并不曾隔断。当地放着一张花梨大理石大案,案上垒着各种名人法帖,并数十方宝砚,各色笔筒内插的笔如树林一般。那一边放着斗大的一个汝窑花囊,插着满满的一囊水晶球儿的白菊。西墙上当中挂着一大幅米襄阳《烟雨图》,左右挂着一副对联,乃是颜鲁公墨迹,其词云:烟霞闲骨格,泉石野生涯。案上设着大鼎。左边紫檀架上放着一个大观窑的大盘。"(第四十回)如此的文墨书香,哪里是一个少女的闺阁,完全是文人雅士的书房。屋里的陈设既表现出她对书画艺术的雅好,尤其是对端方厚重的颜体的偏爱,又显出她鄙薄脂粉气的巾帼雄才。宽阔通透的房间,大理石大案、斗大的花囊、大幅山水画、大鼎、大盘、大佛手,处处都是大、大、大,整个房间的风格就是阔大和豪放,处处透出须眉之风和丈夫之志。

探春的志大,还表现在她不让须眉的气概上。探春喜欢诗词,是大观园第一个诗社——海棠社的发起人。在致宝玉的"花笺"中,她向宝玉发出挑战:"孰谓莲社之雄才,独许须眉;直以东山之雅会,让余脂粉。"凸显出她胸中非凡的自信和不让须眉的气概!在"林潇湘魁夺菊花诗"时,"蕉下客"探春的菊花诗高居次席,这自然源于她对高洁菊花的喜爱,让读者联想到秋爽斋书案花囊中散发着幽香的白菊。

探春志大的另一个表现是,特别珍重自己的人格品位,自律甚严,以高洁的君子标准要求自己,绝不蝇营狗苟,小家子气。王熙凤有病不能理事,王夫人委托探春代理家政。掌权后,她亲妈赵姨娘想让她网开一面徇点私情,但探春一口拒绝,没有丝毫商量的余地。她公事公办,坚持原则。管家期间,廉洁自律,不贪占公家一分一厘。她自己吃个豆芽菜竟送给厨房五百钱。为给平儿过生日,她向厨房交代:"如今我们私下又凑了份子,当为平姑娘预备两桌请他,你只管拣新巧的菜蔬预备了来,开了账和我那里领钱。"这种品行,这种自律,非特别珍爱自己羽毛的"志大"之人不能做出。

当然,探春的"志大"更突出的表现是她的"政治家"眼光。是她，看出了贵族家庭人际关系的紧张，亲骨肉之间一个个像乌鸡眼一样，恨不得你吃了我，我吃了你。是她，最早看出了家族即将衰败的趋势："百足之虫，死而不僵，必须先从家里自杀自灭起来，才能一败涂地！""你们别忙，自然连你们抄的日子有呢！你们今日早起不曾议论甄家，咱们也渐渐的来了。"果然在元妃死后，没有了靠山，贾府迅速走向败亡。

虽然有如此大志，却无奈自己是个女儿身。壮志难酬，英雄无用武之地。胸怀大志的探春不得不悲愤地感叹："我但凡是个男人，可以出得去，我必早走了，立一番事业，那时自有我一番道理；偏我是女孩儿家，一句多话也没有我乱说的。"

最后，探春心强命不强还表现在，有才，却偏偏处末世。

大观园中才女济济，"闺阁中历历有人"，而其中贾探春可算个难得的通才。论琴棋书画、作诗联句，其才华虽不及黛玉宝钗，但也差不到哪儿去。而其他姐妹所不能比的，是探春的组织能力。大观园一群女孩子外加一个宝玉，平时无所事事，闲得无聊，白白空耗了青春。是探春发起诗社，把大家组织起来命题写诗。诗社的平台极大地激发了大家的艺术细胞，于是大家各逞其才，过着充满诗意的审美化的生活。这是青春生命绽放出的最美丽的花朵，是大观园最值得纪念的生活。

不过，曹雪芹所盛赞贾探春的"才自精明志自高"的"才志"，主要是指她治家理事之才，对家族命运高瞻远瞩深谋远虑之才。《红楼梦》中探春最光彩照人、最出类拔萃的是她代王熙凤管家的事迹。

把上下三四百号人、每天有大小几十件事需要处理的贾府交给一个十几岁的少女，担子实在太重了。虽有李纨、薛宝钗的襄理，但主要负责人是探春。探春果然不负众望，以出色的才华做出了理家老手王熙凤所做不到的成绩。

探春理家的才能,首先表现在战胜了恶奴的刁难,紧接着是拒绝了生母赵姨娘的无理要求。刁奴和生母,都不是省油的灯,一个阴险老辣,一个胡搅蛮缠,但探春竟有理有据坚决而妥善地处理了,让一群等着看笑话的刁奴们心怀敬畏,一个个老老实实服从管理。探春理家最值得称道的是她实行的改革。针对贾府主子们只知腐化享受,经济状况日益亏空的现状,她从实际出发,有针对性地提出了节流开源的措施,省下钱来对贾府的财政状况略有小补。但遗憾的是,探春的努力,对日趋没落的贾府无异于杯水车薪,无济于事,无法挽救末世贵族的灭亡命运。所以,曹雪芹在探春的"判词"中感叹:"才自精明志自高,生于末世运偏消。"

人生启悟

纵观探春的人生,发现可以用老百姓的一句话加以概括:心强命不强。这里的"命"是指命运,更准确地说是宿命。什么是宿命?宿命是指,不管你高兴不高兴,愿意不愿意,不依人的意志为转移,不得不接受的东西。例如探春,庶出,女辈,处末世,这些都是与生俱来的东西,给你没商量,你无法拒绝,只能接受。这些东西像绳索,像枷锁,牢牢地把探春鲜活的生命和精明的才干捆绑了、压抑了、窒息了。无论你怎样挣扎,都无法逃脱它的掌控,因而活活困死了一个精明强干的女孩子。

探春的宿命,是封建社会加给她的,带有鲜明的时代特色。如今,"封建"死亡了,加在探春身上的枷锁也随之不存在了。假设探春能活在现今这个时代,她一定会实现她的理想——"立一番事业",做出杰出成就。

看看探春,想想我们,让我们为能生在这样开放、充满活力的新时代而庆幸吧！让我们代探春实现她没有实现的理想，立我们的事业，成就我们的成就吧！

席方平:将决绝抗争进行到底

席方平是《聊斋志异》名篇《席方平》的主人公。他是中国文学中罕见的具有震撼力量的艺术形象。其震撼力表现在,身份卑微,但性格

清·改琦《聊斋故事画册》书影

刚烈,为了为父申冤,面对无法洞穿的黑暗势力,以一己微薄之力,誓将抗争进行到底。

人物故事

席方平父亲生性憨直老实,曾与同乡羊姓财主结怨。姓羊的死后买通阴间差役打死了席父。席方平对父亲的惨死悲恸欲绝,发誓到阴间为父申冤。到阴间看到父亲被差役折磨得不成样子,他愤怒地大骂狱吏,然而狱吏都是被羊姓财主买通的,无奈中他只得到城隍那里去告状。但他没想到的是,城隍早得了财主贿赂,不但不准他的状,反而说他告的不是事实,不予立案。

城隍处告不赢,他又告到郡里,结果郡司扑面给他一顿毒打,又把状子批给城隍复审。席方平在城隍处受尽酷刑,痛苦不堪。城隍怕他再次上告,派差役押送他回家。差役刚离开,他折头返回,又偷偷跑到阎王府,控告郡司、城隍的贪赃枉法。阎王下令传

郡司、城隍对质。两级官员害怕劣迹暴露，私下找席方平以金钱私了，席方平不予理睬。几天后阎王升堂，态度陡变，不由分说劈头盖脸给席方平二十大板。席方平不服，讽刺他受贿枉法，阎王极为恼怒，下令以火床烧烤、锯劈肉身的大刑伺候。阎王问还告不告，席方平恐再遭毒刑，表示不告了。阎王立即下令把他送回人间，差役指给他回家的路，就转身走了。席方平心想，这阴间衙门的黑暗比阳间还更严重，要想申冤就必须找更高的玉皇大帝。传说灌口二郎神是玉皇大帝的亲戚，这位神灵聪明正直，如果告到他那里一定有效，暗喜两个差役已经回去，就调转身子朝南跑去。正在急急忙忙地往前奔跑，那两个差役又追了过来，说："阎王疑心你不回去，现在果然如此。"说着就揪他往回走，又押到阎王面前。这时的阎王没有了雷霆之怒，反而和颜悦色夸赞席方平是大孝子，答应替他父亲申冤，还赏席方平千金家产，百岁寿命，并且签字盖印，让席方平亲自过目。

席方平道谢退出公堂，差役再次送他回家。来到一个村庄，有户人家大门半开着，差役招呼席方平一起坐下歇息。趁席方平不提防，差役把他推入门里。席方平惊魂稍定，发现自己已转生为婴儿。席方平气得大哭，滴奶不进，三天后死亡。魂魄飘飘荡荡，总忘不了找二郎神告状。经过周折，席方平终于如愿以偿，二郎神替他昭雪了冤案，从阎王到狱吏，凡贪赃枉法作恶多端者均受到应有惩罚。

人生启悟

《席方平》情节曲折回环，盘旋往复，而贯穿其中的红线是席方平为申冤层层告状的经历——为申冤，他到城隍处告狱吏，到郡司处告城隍，到阎王处告城隍和郡司，到二郎神处告阎王，只要沉冤得不到昭雪,只要官员贪腐司法不公,他都要告——一级一级往上告,一个也不放过。贪官无奈,几次把他送回阳间,他几次折返回去,英勇无畏,不依不饶。在这一过程中无论遇到多么大的灾祸,无论经受多少严刑拷打,无论贪官施以怎样的诱惑,他都金刚怒目,绝不屈服。在这里,读者看到了席方平决绝的抗争意志和不达目的誓不罢休的顽强精神。

在中国文学史上,面对恶势力进行决绝反抗的形象并不少见,但刚烈、执着、顽强到席方平这种程度的,差不多可以说是绝无仅有。席方平的抗争让人想起鲁迅先生一段话:"只有纠缠如毒蛇,执着如怨鬼,二六时中,没有已时者有望。"(华夏纪时法是十二时辰,白天六时,晚上六时,二六时就是一天,就是每时每刻)。

面对强大无比的黑暗势力,以一己微薄之力将抗争进行到底,这种精神放到中国文学史乃至整个中国历史文化背景下,都可以说是极为珍贵的。因为,在漫长的中国封建社会里,官僚手握权力不是为百姓,而是为自己。权力在他们手里是捞取利益的工具,所以官僚贪腐、司法不公可以说是普遍现象,已经深入骨髓难以疗救。"衙门口朝南开,有理没钱莫进来""三年清知县,十万雪花银",就是当时社会的真实写照。在这种社会背景下,贪官污吏与社会上的黑恶势力相互勾结,肆意妄为,欺压百姓。受到欺压的老百姓要想通过反抗取得胜利,实在是难上加难,甚至是绝无可能。一次次抗争,一次次失败,惨痛的教训让老百姓学会了忍气吞声,打掉牙往肚里咽,用老百姓自己的话说即"屈死不告状"。

"屈死不告状"的态度,在上述背景下可以理解。但是如果弱者都采取这种态度,其结果无疑是助长邪恶势力更加疯狂,更加无所忌惮,老百姓的生活更加暗无天日,没有丝毫希望。所以,虽然黑恶势力很强大,但还是要勇敢抗争。抗争才有希望,放弃抗争就只能任人宰割,死路一条。

面对强大的黑恶势力,席方平抗争了,虽然一次次遭受荼毒凌辱,但他决绝的态度让恶势力胆寒。初到阎王处告状,吓得城隍、郡司立马找他和解,试图以赔钱私了;当阎王对他的决绝态度无可奈何时,也不得不屈尊赔笑,夸他是孝子,答应为其父申冤,并赏千金家产和百岁寿命。从城隍到阎王的胆怯服软说明老百姓悟出了一个道理:软的怕硬的,硬的怕愣的,愣的怕不要命的。两军(或两种心理力量)相对勇者胜,这是千古不易的规律。况且,最重要的是,席方平力量虽小,但代表的是正义,是公理,背后有"法"做支撑,属阳光的一方;而从城隍到阎王貌似强大,但代表的是邪恶,亏的是理,是法,属阴暗的一方。阴暗怕阳光,龌龊摆不到桌面上,所以弱小的正义只要像席方平那样决绝地坚持,就有胜利的希望。

在作品中,在二郎神的主持下,席方平终于获得胜利,邪恶势力终于得到应有的惩罚。这样的结果(艺术处理),浅层看是体现了饱受凌辱的弱小者的美好愿望,深层看是反映了中国老百姓朴素而坚定的道德信仰——邪不压正,正义终将胜利,邪恶终将失败。中国民间老百姓信奉的最高力量是"老天爷",即作品中的玉皇大帝。玉皇大帝太忙了,管不了那么多具体案子,二郎神就是他的代表。在这里,玉皇大帝及二郎神,不可简单化地理解为迷信世界的"人格神",从性质上看其实质是中国人心中的"天道"(宇宙规律),是"举头三尺有神明"的"神明"(道德律令、良心),是人间正道的最高主宰者,是公理正义力量的化身,是人们依靠和信仰的精神符号(偶像)。有这个在,邪就终究不会压正。

有这个信仰和没这个信仰结果大不一样。有,弱者的抗争就有了目标,有了支撑,有了希望,有了力量,就有了灵魂归宿和精神家园;没有,就只能放弃抗争,死心塌地做奴隶,万劫不复,没有尽头。这一信仰是社会秩序、社会道德的定海神针,是大众心中的一杆秤,是社会文明的稳定器和指路灯。

众所周知,《聊斋志异》是蒲松龄借狐鬼妖魅以谈现实,《席方平》是其中的典型代表之一。《席方平》中蕴含的丰富文化信息,给人留下诸多思考。

莲香：彰显男人白日梦

莲香，《聊斋志异·莲香》中主人公。《莲香》以温婉柔情的笔调，详尽叙写了人与狐与鬼相恋的故事，相当典型地表现了天下男人的白日梦。

人物故事

故事大致分为两部分。前半部分写桑生与一狐一鬼痴情相恋，后半部分写狐鬼相继转世为人，与桑生组成现实的幸福美满的和谐之家。

青柯亭刊本《聊斋志异》书影

沂州书生桑晓，少年时成孤儿，独自寓居于红花埠。桑生性好静，每天除去东邻吃饭外，其余时间闭门不出当"宅男"。东邻书生问：你独自一人不怕有鬼狐吗？桑笑曰，大丈夫怕什么鬼狐！雄的来了我有利剑，雌的来了我收留！东邻书生与朋友们密谋，雇请一妓至桑生处，妓女自称是鬼。桑生吓得要死，打算赶紧搬走。第二天东邻书生来，桑生始知自己被捉弄，遂安心常住。

半年后某夜又有女子叩门，桑生以为又是朋友开玩笑，便开门迎之。女子貌美异常，自我介绍叫莲香，是西邻妓女。桑生信而不疑,灭烛登床,亲热欢好。从此,隔三岔五莲香常来。一天晚上桑生独坐,鬼女李氏翩然而至,约十五六岁,风流美丽,飘然若仙。桑生怀疑她是狐精,女子自称是李姓良家女子,爱慕桑生高雅风流,希望能见爱。桑生不加怀疑,欣然纳之。女子说:"我为情缘把贞操交给了你,若不嫌我丑陋,愿常来陪伴。"临走,将一只绣鞋赠给桑生,桑生每想念李女时拿出此鞋,李女旋即而来。自此,莲香、李女相互避开,轮番陪伴桑生。不久,莲香发现桑生气色灰暗,直觉桑生有别的女人,桑生矢口否认。莲香约定十天不来,十天后发现桑生身体状况更差,追问之下桑生承认李女天天来陪他。莲香断定李女为鬼,认为这样下去桑生会送命的,她好言相劝希望他与李女断绝往来。桑生以为是她嫉妒,不以为然。眼看着桑生身体每况愈下,莲香心疼,以药为其治病,桑生逐渐好转。莲香夜夜相陪,为桑生身体着想拒绝他的求欢,她殷切嘱咐桑生,一定要断绝与李女的关系,桑生假意答应,待莲香离开后又招来李女缠绵如故。莲香知桑生执迷不悟,一时难以劝醒,决定一百天不来。桑生挽留,莲香负气而去。

莲香去后,李女无夜不来与桑生欢会,两个月后桑生终于一病不起。直到这时桑生才怀疑李女,后悔不该不听莲香的话。桑生在空房思念莲香时,莲香来到他的病床前。桑生泣不成声,求莲香救命。莲香说:"你已病入膏肓,实在无法救治了。我这是来向你诀别的,以证明我并不是出于嫉妒。"桑生求莲香毁掉害死他的绣鞋,莲香看鞋时李女出现。两女见面对质,桑生始知莲香为狐而李女为鬼。桑生数落指责李女,李女无言以对。莲香询问李女的生平,李女说:"我是李通判的女儿,少年夭亡,埋在院外。我好比是死了的春蚕,情丝未断,与桑郎交好,是我的心愿。累他于死地,实在并非我本心。"李女知错痛哭,恳请莲香拯救桑生。接下来,在莲香的指导下,两女同心协力将桑生救治过来。莲香因桑生初愈,日夜陪伴护理。李女也每夜必来,殷勤伺候,侍奉莲香像亲姐姐一般,莲香也很疼爱她。三个月后,桑生完全恢复健康,为桑生计,李女不复来,有时来了看一眼便走。莲香多次留她与桑生共寝,李女坚决不肯,莲香越发爱怜她,说:"女子貌美如此,我见了都很喜欢,何况男人呢?"

接下来是故事的后半部分,两女的狐鬼身份被"洗白",变成阳世美女重回桑生身边,组成"一夫二美"和谐幸福的小家庭。

大致梗概是:李女离开桑生后自愧是鬼无颜再见他,决定不再回坟里,魂灵随风飘游时偶然路过富人张家,其女燕儿病死在床,魂遂附在她身上复活。复活后向张家解释说自己是李通判女儿的魂灵,感谢桑郎的关照,送给他的绣鞋还在他那里。张家半信半疑中派佣女到桑生那里要绣鞋。要回后,燕儿试穿发现绣鞋比脚小很多,这才明白自己是借尸还魂了。于是把前因后果细说一遍,张家始信。莲香听说这一奇闻,劝桑生向张家提亲。桑生觉得自己家贫,不敢贸然行动。后经周折,终于把燕儿娶回家门,成了名正言顺的夫妻。

这边莲香生下儿子后一病不起,临终把儿子委托给燕儿代为抚养。桑生和燕儿痛哭流涕,但莲香却说:"不要这样,你们愿我活,我却愿意死。若有缘分,十年之后还能再见面。"说完死去,穿寿衣时她已还原为狐,桑生隆重安葬莲香。莲香的孩子取名狐儿,燕儿待之如亲生。后来桑生考中举人,家境渐渐富裕。燕儿一直没有生育,她劝桑生再娶一妾。恰此时有一老妇卖女儿,燕儿让其领进来,她一看女孩酷似莲香,大为惊异。细问身世,确认女孩儿是莲香再世。三人共同回忆前尘往事,百感交集。燕儿提议将自己前世尸骨与莲香的葬在一起,桑生乐而从之。

人生启悟

相对而言,在《聊斋》中《莲香》篇幅较长,故事曲折离奇,婉转多姿,笔调柔情似水,一往情深。字里行间可以感觉出作者写作时感情相当投入,对人物心理体贴入微,曲尽其妙,因而具有巨大的艺术魅力,吸引读者一口气读下去。

与其他穷困潦倒、屡屡倒霉的寒儒相比,作品中桑生太幸福太幸运了,他的人生太完美了,完美得让其他书生"羡慕嫉妒恨"。桑生性孤僻,无依无靠,按生活惯例,他可能一辈子也无出头之日。但桑生中举了,功成名就了,而且最不可思议的是,在一无所有的情况下,不请自来,他意外获得两个美女真心实意、生死不渝的爱情。两个女人开始时对对方小有醋意,但很快冰释前嫌亲如姐妹,两人争着对他好。试问,世间还有比他更幸福幸运更完美更得意的吗?!

不过,也正因为太圆满太完美,才证明这不是生活而是艺术,不是真实而是虚构。现实生活中缺失的可以通过艺术来弥补,正因为生活不完美才逼出了艺术中的完美。作者为了桑生人生的完美,调动了所有艺术手段,利用了各种不可思议的偶然与巧合,终于制造出没有任何遗憾的人生"大团圆"。

作者为什么以这么大的热情精心构筑、刻意打造桑生的完美呢? 原因无它,他要借助桑生的命运,圆自己的白日梦。作为一个几十年在外坐馆当家庭教师的蒲松龄来说,寂寞无聊的生活逼出了他对美好人生的向往,对幸福美满的渴望。生活中没有,难道艺术中不可以有吗? 现实中不能实现,在幻想中实现一下不行吗? 毫无疑问,当然可以! 艺术与现实的区别就在于此,艺术的功能就在于此,艺术是代人做白日梦,从某种意义上说,艺术就是人们的白日梦。《莲香》的创作动机以及其价值和意义就在于它圆了作家的白日梦。

这里说《莲香》圆了作家白日梦,除心理分析理论的支撑之外,还有其他作品做旁证。在《聊斋》所构筑的艺术世界里,一夫二美、美女争相投怀送抱、自荐枕席于书生的故事频繁出现,颇可证明蒲松龄对此特感兴趣。例如,在《小谢》中,女鬼小谢和秋容争相讨好献媚于书生陶望三,二女亲如姐妹,但为争夺陶的爱情,相互间争风吃醋,明争暗斗;但在陶望三危难时刻,二女又捐弃幽怨携手舍命相救,一个千里告状鸣冤,一个不辞劳苦送银两。陶望三与两位美女由相识、相恋,最终结为夫妇。对陶望三的艳福,作者借"异史氏"之口表示歆羡:"绝世佳人,求一而难之,何遽得两哉!"再如《连城》,故事中心线索是乔生与连城超越世俗、超越生死的精神之恋。因爱而不能,连城死而变鬼,乔生因悲伤过度,一痛而绝。在阴间,乔生找到了连城,在朋友帮助下准备还阳成亲。此时,突然冒出一个女鬼宾娘,愿以妾之身份跟随连城侍奉乔生。宾娘的出现实属节外生枝的败笔,小说家不可能不知道,无奈作者喜欢,心愿所至,即使画蛇添足亦在所不惜。

再进一步,往深处说,或泛化地说,一夫二美、娇妻美妾、贤妻爱妾、妻贤妾娇,不仅是作家蒲松龄的白日梦,从人性层面看,毋宁说是天下所有男人的白日梦,至少是潜意识中的白日梦。

还记得贾宝玉吗?挨打后众多女孩子去探望他,同情他,安慰他,为他哭鼻子。他没想到自己被打竟然换来这么多女孩子的眼泪,他"心中大畅",感到自己的挨打值了——"既是他们这样,我便一时死了……一生事业纵然尽付东流,亦无足叹息""就便为这些人死了,也是情愿的"。贾宝玉希望天下所有女孩子都爱他,亲他,近他。他希望把所有他喜欢的女孩儿都弄到自己身边。第十九回宝玉偷偷跑到袭人家,见到几个女孩儿都很好,他立马向袭人表示,如果她们都在咱们家就好了。在大观园众多女孩子中,除灵魂挚爱林黛玉之外,他还爱的女孩儿多着呢!对于贾宝玉的泛爱,有谁认为他神经不正常或说他心理变态呢?!这难道不是人性的真实表现吗?!

一夫两美甚至多美,总之是占有不止一个女性的情感和身体,从人性或自然性、本能性角度看,可以理解(心欲是自由的);但人生在世,又不得不受社会伦理道德规范的约束。怎么办?现实中不能实现的转移到艺术中去实现——在心理实验中借助想象去实现。换句话说,梦想(幻想、愿望、心欲)只能当它是梦想,艺术只能当它是艺术,梦想只能在"梦"(夜梦或白日梦)中、在艺术中,而不能在生活中、现实中——切不可把梦想当真实,不可把艺术当生活,混淆二者的界限必然会付出代价。这时候,艺术就起到了补偿性、替代性的作用,这就是艺术存在的理由之一。只要人类(各种)梦想在,艺术就在;梦想永恒,艺术也永恒。

连城：为酬真爱生死以

清·改琦绘《聊斋故事画册》

连城是《聊斋志异·连城》的女主人公。为报答知己的真爱，她痴心真挚到一病两死的程度，正所谓"为酬知己生死以"。——这里的"以"是"用、把、拿"的意思。"生死以"是介宾结构"以生死"的倒装，把宾语"生死"提到介词"以"的前面，直译是"愿以生命为代价……"。

人物故事

《连城》的故事梗概大致如下：

晋宁人乔生，才华出众，为人豪爽厚道。朋友顾生早死，乔生对其妻儿常有诸多关照。县令爱乔生之才，对他很器重。然而县令不幸死在任上，家小滞留晋宁无法返乡，乔生变卖家产，不辞劳苦往返两千多里把县令的遗体连同其家人送回他的家乡。乔生的慷慨好义赢得了世人尊重，但家境却因此日渐贫穷。

当地史姓举人有个女儿叫连城，精于刺绣，知书达礼，史举人非常宠爱她。一次，史举人拿出一幅女儿的绣品请年轻书生就图题诗，意图是想借此选个有才学的好女婿。乔生献上的两首诗打动了姑娘的芳心,她以父亲名义赠银两资助乔生读书,乔生感动地称连城为自己的知己。但举人却嫌乔生穷,不愿选他当女婿,而让女儿与盐商儿子王化成定了亲。连城因此抑郁成疾,卧床不起。和尚称治病需要男子胸上一钱肉,史举人求王化成,但遭到坚决拒绝。无奈举人放话,谁愿献肉就把姑娘嫁给他。乔生听说后赶到史家,从胸上割肉交给和尚,连城服下病果然好了。史举人想履行诺言把姑娘许配给乔生,但王家不依,威胁其要打官司。史举人害怕,便想以钱摆平乔生。乔生拒收钱,说自己之所以不吝惜心头肉,不过是为了报答知己罢了。说完拂袖而去。连城于心不忍,托老妈子去劝慰他。乔生告诉老妈子说:"古人说:'士为知己者死。'我报答她不是为了她生得漂亮。我怕连城未必真知我的心,如果真知,就是做不成夫妻又有何妨呢?"老妈子忙替连城表白了她的一片真情。乔生说:"果然这样,我们相逢时,她若为我笑一笑,我就死而无憾了!"连城嫁到王家几个月便死了,乔生悲恸欲绝,痛哭一场也死了过去。

　　黄泉路上行人如蚁,乔生巧遇在阴间掌管典籍的顾生,由他带领找到了连城。连城问他因何而来,乔生说你死了我怎敢在世上偷生?!顾生问何事可以效劳,乔生请他代为查询连城将托生到什么地方,他要和她一起去!顾生感于其情至殷,动用权力让他们一起还阳复生。连城女伴宾娘求情同往,承顾生关照三人如愿回到阳世。连城和乔生喜结连理,王家听说后告到官府,官府受了贿赂将连城又判给王化成。乔生痛不欲生,但终究无可奈何。连城到王家后绝食抗议,直至悬梁上吊。被人救下后病得眼看就要死去,王家害怕才把她送回娘家。史举人把女儿送到乔家,历经周折,有情人终成眷属。

人生启悟

这篇作品,有两点值得关注。一是其爱情观,或者说价值观与其他同类小说不同。它不以貌而是以心——知己、真爱——作为爱情的基础。

古代小说、戏剧中,爱情观大致脱不了郎才女貌的老套。男的爱上女的,没有别的原因,就因为女的长得漂亮。赞语一般是"闭月羞花""沉鱼落雁""惊为天人""天生丽质"之类。单单因为长相而不问别的就发狂,其境界还没走出生物学、生理学的范畴,太浅太俗了点儿。但《连城》完全不一样。男女相爱,都没提到长相。乔生爱连城,是因为她的绣品好,知书达礼,心灵手巧;最重要的是,她善良心细——善解人意,知人所需,解人所困,帮助人还维护了人的自尊。这是一般富家女孩儿做不到的。关于这一点,乔生当面对连城的老妈子说得更明白,我报答她不是因为她漂亮,而是想让她知道我的一颗心,如果她真知我心,即使做不成夫妻也无妨。可见,乔生把"知己"看得是何等重要!

连城当初爱上乔生,不仅因为他有才,更因为他人品好——慷慨好义,为人厚道。关于乔生的人品,作品开头用两件事(照顾朋友家人,变卖家产送县令遗体回乡)加以介绍,为此老少皆知,"士林益重之"。后来,乔生割心头肉为连城治病,更凸显他对她的爱心,这使连城越发感动,从此认定乔生是自己的"知己",下决心此生非乔生不嫁。

《连城》值得关注的第二点是,男女双方相爱的深度、强度、烈度。连城之爱乔生,爱到一病两死的程度:得知父亲拒绝乔生,把自己许配给了王化成,她抑郁痛苦得"沉疴不起";得知王家"来议吉期",她急火攻心,旧病复发,不治而亡;从阴间还阳后又被逼至王家,她"忿不饮食,惟乞速死",无人看守时悬梁自尽。她为守真爱,态度决绝得不留丝毫余地;为酬真爱,她献出了一切,包括生命。这种刚烈程度,实属罕见。乔生呢,为酬真爱,毫不犹豫自割心头之肉;听说爱人死去,"生往临吊,一痛而绝";在阴间念念不忘找到连城,要求与其一起还阳。在乔生心里,非连城不娶;在连城心里,非乔生不嫁。总之,两个人为酬真爱,确实如汤显祖所说:"情不知所起,一往而深,生者可以死,死可以生。生而不可与死,死而不可复生者,皆非情之至也。"(《牡丹亭》)

不以门第、名利、美貌,而以真情、真爱、知己作为爱情的基础,为酬真情、真爱、知己可以献出自己的一切,包括生命,这种注重精神因素,把心灵相通看得至高无上,这种情操和境界,不仅在古代文学中熠熠生辉,至今仍不失其现实意义。

连琐：红袖添香夜读书

连琐是《聊斋志异·连琐》的女主人公，作品讲的是女鬼连琐与书生杨于畏倾心热恋的故事。

人物故事

杨于畏居于泗水之滨，"斋临旷野，墙外多古墓，夜闻白杨萧萧，声如涛涌"，如此环境，鬼气森森，阴冷恐怖。某夜杨于畏正秉烛读书，忽闻有女吟诗，声音细婉哀楚，颇为动人，觅之不见踪影。第二天夜里再吟如昨，杨于畏悟其为鬼，然心向慕之。又一夜女鬼哀吟毕，杨于畏续诗两句，女鬼高兴地出面与杨于畏叙谈。女鬼自我介绍：我是陇西人，十七岁暴卒，至今已二十余年，九泉荒野，孤寂难熬，自作诗两句以抒寂寞，想了很久没想出下句，现在承蒙你代续上了，我九泉之下也感到欢快！杨于畏想和她交欢被婉拒。女鬼解释说自己是鬼，幽欢会折人阳寿，她不忍心害他。女鬼见杨桌上有元稹作的《连昌宫》词，感慨地说："我活着时最爱读这些词。现在看到，如在梦中。"

王士禛评《批点聊斋志异》书影

杨于畏和她谈诗论文,觉得她聪慧博学,心中喜爱。杨于畏与女鬼于窗下剪烛夜读,此情此景,温馨可人,杨于畏感到自己找到了一个知心朋友。此后女鬼每晚必来与杨于畏相会,两人一起读书写字,抄写文章,吟诗诵词。女子多才多艺,为杨于畏弹奏音乐,教杨于畏学下围棋。书房里,"两人欢同鱼水,虽不至乱,而闺阁之中,诚有甚于画眉者",融洽如此,"乐辄忘晓"。

女子无比珍惜这样的时刻,殷切嘱咐杨于畏不要将他们密会之事外泄,但杨于畏被朋友所逼,无奈还是把女鬼的事说出去了,他们的生活受到一些不必要的干扰,不过很快就过去了。后来,女鬼遇到麻烦向杨于畏求助,杨于畏拼全力相助,解除了女鬼的危险。这样亲密来往时间长了,女鬼说她得了人之生气,可以还阳了。在杨于畏的帮助下,女鬼终于起死回生,终于从鬼蜮世界回归现实人间。还阳之后她感慨地说,二十余年就像做了一场梦!可以想象的是,还阳后的女鬼可以光明正大地和杨于畏来往进而结婚,像公主和王子一样,从此以后过着幸福美满的生活。

人生启悟

这篇小说,把苦读中贫寒书生所能想到的理想和愿望全写出来,而且还全实现了:阴森恐怖的环境,孤独寂寞的书生,此情此景他会想些什么呢?毫无疑问当然是希望有人来陪伴他,而这个人呢,当然是女孩儿,有道是"红袖添香夜读书",而且最好的是,女孩儿还知书达理,琴棋书画无所不通,是文艺范儿的美女,这样的人和书生有共同语言,心有灵犀一点通。这些书生所渴望的美好要素,这篇小说全都有了。因此可以说,这篇小说是贫寒书生内心欲望的外化,心理秘密的投射,或者说是客观对应物。

类似《连琐》这样的作品,在《聊斋志异》中比比皆是。

《小谢》写书生陶望三借住在朋友的废宅中,夜晚遇见两个天真烂漫的女鬼——小谢和秋容——与之嬉闹。一个用脚轻踹他的肚皮,一个用纸条捻成细绳撩其鼻子致使其奇痒难忍喷嚏连连。当陶生正襟危坐读书时,两个女鬼一会儿把他的书合上,一会儿从后面捂住他的眼睛,娇嗔顽皮之态甚是可爱。相互熟悉后女鬼对陶生不再嬉闹而是争着为之效劳,帮助他做饭,盛饭,刷锅,洗碗,"生乐之,习以为常"。再后来陶生相继把她们拥入怀中,教她们读书写字,吟诗作对,二女把他当成老师伺候他,"坐为抓背,卧为按股,不惟不欺侮,争媚之"。当陶生遭难被打入大牢时,二女拼了老命为之申冤。结局呢,自然很美好,在道士的帮助下两女还阳与陶生结为夫妇。

《红玉》写冯生相如:"一夜,相如坐月下,忽见东邻女自墙上来窥。视之,美;近之,微笑;招以手,不来亦不去。固请之,乃梯而过,遂共寝处。问其姓名,曰:'妾邻女红玉也。'生大爱悦,与订永好,女诺之。夜夜往来,约半年许。"这是女鬼主动投怀送抱,为生服务。

《绿衣女》写书生于璟,读书醴泉寺:"夜方披诵,忽一女子在窗外赞曰:'于相公勤读哉!'"于是蜂妖绿衣女出场。一出场就热情无比,于璟虽然知道其非人,但"于心好之,遂与寝处""由此无夕不至"。

《香玉》写胶州黄生读书于劳山下清宫,一日自窗中见女郎,乃牡丹花神香玉,得知黄生乃骚雅之士,遂自荐枕席,终夜贪欢,并作诗明志:"愿如梁上燕,栖出自成双。"

书生夜读,有女(狐、鬼、妖)来会,不但伴读,而且陪睡,主动献身于书生而无怨无悔,此类情节在《聊斋志异》中反复出现,不胜枚举。为什么呢?很简单,从创作心理学分析,因为作者蒲松龄感兴趣。他之所以如此感兴趣,除一般的,或者说共同的男性心理投射之外,还与他本人的特殊经历、境遇有关。有论者指出,红袖添香故事的频繁出现,正是蒲松龄长期处在孤独落寞境遇中的精神补偿。他长期在缙绅人家坐馆,受雇于人,一年中只在年节假日返家小住几日。他曾在题为《家居》的诗里感慨说:"久以鹤梅当妻子,且将家舍作邮亭。"独自生活的寂寞,不免假想象自遣自慰。《连琐》《香玉》《绿衣女》之类的作品,其实就是作者将这等自遣寂寞的诗意转化为艺术形象罢了。

  蒲松龄的创作实践进一步证明弗洛伊德的心理分析理论并非凭空臆想,而是确有道理。文艺作品是作家、艺术家理想、愿望、欲望的转移、净化、升华。高雅的艺术有益于人们心理的宣泄与平衡,有益于社会文明的发展与进化。

黄英:读书人的新活法

黄英,《聊斋志异·黄英》中女主人公。作品主要讲了黄英和弟弟陶生与书生马子才的故事。

人物故事

作品以介绍马子才开头。顺天人马子才,家里世世代代喜好菊花,到了马子才爱得更深了;只要听说有好品种千方百计也要买到它。听说金陵有好品种,立马跑去买到两棵幼芽,如获至宝似的往家带。路遇"丰姿洒落"的少年陶生和姐姐黄英,姐姐在金陵住烦了,想到北方觅地栖身。马子才说自己虽贫,但愿邀黄英姐弟同住。黄英说房屋好坏无所谓,但院子一定要宽敞。三人一块儿回到马家,黄英姐弟借住在马家南边荒芜的院子中。陶生帮马子才管理菊花,也在马家吃饭,两家相处和睦。

但马子才家贫,黄英姐弟不愿增加马家负担,遂提出种菊卖菊以谋生。马子才性情耿直,听了陶生的想法鄙夷地说,原以为你是一个风流高士,能够安贫,今天说出这样的话,实在是对菊花的侮辱。陶生笑着说:"自食其力不为贪,贩花为业不为俗。人固不可苟求富,然亦不必务求贫。"马子才无言以对。

此后,陶生把马淘汰掉的残枝劣种捡回去加以经营,等菊花盛开的季节,到陶家买菊花的人络绎不绝,陶生收获颇丰。马子才厌恶陶生贪财,又恨他私藏良种不让自己知道,想与他绝交。陶生友好地拉他参观,结果发现陶家院子里种满了菊花,品种也都是自己原来淘汰扔掉的。这才高兴起来,暗暗佩服陶生很能干。秋天,陶生用蒲席把菊花包起来运往南方,第二年春天从南方把珍奇花卉运回来,在城里做起了卖花的生意。陶生逐渐富裕起来,盖起了高房大屋,慢慢地旧日的花畦全都盖起了房舍。

不但如此,陶生还买地扩大了菊花的生产,继续来往于北方和南方做生意。黄英在家指导仆人栽种菊花,还在村外买了二十顷良田,宅院修造得更加壮观。马子才的妻子病死后,马子才和黄英结了婚。马子才觉得依靠妻子的财富生活不光彩,嘱咐黄英南北宅子各立账目,以防混淆。然而家中所需要的东西,黄英总是从南宅拿来使用。马子才虽屡次嘱咐送还,但不过半年,家中所有的物品便全都是陶家的了。马子才无奈,便不再过问。

黄英召集工匠大兴土木,几个月后楼舍连成一片,两座宅子合为一体,生活享用超过了富贵世家。马子才心里不安,"耻以妻富",当面对黄英说,我清廉自守三十年,被你牵累坏了;如今活在世上,靠老婆吃饭实在是太没男子汉气概了;别人都祈祷富有,我却祈求咱们快穷了吧!黄英说:"我并非贪鄙之人,只是没有点财富,会让后代人说爱菊花的陶渊明是穷骨头,一百年也不能发迹,所以才给我们的陶公争这口气。"

"但由穷变富很难,由富变穷却容易得很。床头的金钱任凭你挥霍,我决不吝惜。"马子才说花别人的钱财很丢人。黄英说,你不愿富,我不愿穷,没办法只好分开住;这样你清高你的,我浑浊我的,两不相扰。于是在院子里盖茅屋让马子才住。几天后,马子才苦苦思念黄英,叫人去叫她,她不肯来,没有办法只得又搬回来,同当初一样住到一块了。有一次,陶生醉酒后显形为一株奇伟的菊花,马子才始知黄英姐弟原来都是菊精之化身,于是更加敬重他们。

人生启悟

《黄英》故事丰赡细腻,既浪漫又写实,意蕴耐人寻味,可从多角度解读。笔者首先想到的是,以马子才为一方,以黄英姐弟为另一方,封建社会文人两种人生观、价值观,两种不同的人生选择、不同的活法。

菊花,本来是自然花卉,但从陶渊明后被赋予了清高雅洁、安贫乐道的文化内涵,成了文人雅士人格追求的象征符号。马子才爱菊成癖,骨子里就是由上述文化观念为支撑。在马子才这里,爱菊是精神需求,心灵寄托,人格象征,如此高雅纯洁之物,怎能与钱这种粗俗之物相提并论呢?!他认为作为读书人,就应该像陶渊明那样安贫乐道,不为五斗米折腰。所以他虽然贫穷,但并不以此为耻,反倒以此为荣。当陶生说要通过卖菊挣钱维持生计时,他心里极为不屑("甚鄙之"),极力反对。他认为这样做等同于市井逐利之徒,有辱菊花精神。而陶生却不这样认为,他说:"自食其力不为贪,贩花为业不为俗。"陶生的意思是,种花贩花是靠自己劳动养活自己,光明正大,既说不上贪,也说不上俗。于是,两种人生观和价值观于此凸显出来。

很明显,马子才的背后是儒家文化,而陶生的背后是商贾文化。两种文化体现出两种不同的人生观和价值观。

人生观和价值观不同,因而导致了两种人生选择、两种活法的不同。

马子才有条件通过种菊贩菊发家致富,但他放弃了,他宁愿坚守清贫简单的生活。和黄英结婚后有机会过上富裕享福的生活了,他不但不高兴,反而很反感。他宁愿在高楼大厦包围中住茅草屋,也不愿和黄英住在一起,他认为过豪华富裕的生活违反了他的生活原则。他埋怨黄英玷污了、连累了他的"清德",他宁愿继续他的清贫,返回他的清贫。马子才的生活追求用他自己的一句话表述:"人皆祝富,我但祝穷耳。"——不但不主动求富,反而主动求贫。

但陶生和黄英却是另一种选择、另一种活法。陶生认为:"人固不可苟求富,然亦不必务求贫。"意思是,财富本身不是罪恶,只要取之有道,富裕总比贫穷好;人生在世,固然不可用不正当的手段攫取财富,但也大可不必刻意求贫。

平心而论,马子才的坚守自有可以理解甚至有值得敬佩之处——毕竟他有选择生活理念、生活方式、生活态度的自由。但是,走出特定理念,总让人感到他被陈腐的观念绑架了,他的坚守颇为迂腐。而陶生的观点贴近生活实际,符合人性,更能顺应当时日益兴起的商品经济潮流。陶生自信追求财富的合理性与正当性,所以积极行动,运用自己高超的种植技术,种出顾客喜欢的菊花品种;还不辞劳苦地在南北方市场交流符合大众需求的奇花异卉,深得顾客欢迎,自己从中也赚得了财富,很快改善了家庭经济条件,"一年增舍,二年起华屋"。

针对马子才鄙视财富的观念,黄英从另一角度做了批驳。马子才鄙视财富,很大一个原因是他认为陶渊明安贫,安贫是清高的标志,所以他也安贫,进而主动求贫。黄英本姓陶,她姐弟俩认陶渊明为先祖,自然他们认为自己就是陶渊明精神的继承人。但对于陶渊明的精神,黄英有独特的理解。她认为陶渊明是宁愿"安贫"也不愿忍受名利场奢侈浮华的恶俗,他的"安贫"是一种抗拒恶俗的姿态;但"安贫"不等于主动"求贫",更不等于求富无能,因而不得不"安贫"。黄英向马子才解释自己的求富动机:"妾非贪鄙。但不少致丰盈,遂令千载下人,谓渊明贫贱骨,百世不能发迹,故聊为我家彭泽解嘲耳。"黄英的意思是陶家人既能安贫,亦能求富,安贫与求富并不矛盾,只是不同环境中的不同选择而已。能富(丰盈),才证明陶家并非无能的"贫贱骨,百世不能发迹",所以黄英要以实际行动"为我家彭泽解嘲"。

总之,作为读书人,黄英姐弟传达了那时代一种新的人生观、价值观,选择了一种新的人生道路、新的活法。他们既承认菊的清高雅致的精神属性,过清高不俗的雅致生活(不去"苟求富");亦承认菊花的商品属性,以自己喜欢大众也喜欢的菊花为商品,通过辛辛苦苦地种菊贩菊劳动致富。这样既坚守了自己的爱好和高洁,亦满足并提高了社会大众的审美情趣,在这个过程中自己又赚到了钱,这是对自己、对他人、对社会都有益(双赢、多赢)的事业,因而光明正大,对自己的事业充满自信。在当时的历史条件下,这绝对是开时代先风的新理念和新活法,值得点赞。如果说陶渊明当年的"安贫"成为当时的名士,那么千年之后陶家子孙以"雅富"成为新时代的名士。

黄英姐弟为旧时代的读书人打开脑洞,辟出新路,意义非凡。旧时代读书人只知有科举而不知世上还有其他路可走,实在太悲哀了。读读《儒林外史》,看看里面的周进、范进、鲁编修父女、马二先生等人;再想想孔乙己,这些人一辈子皓首穷经把鲜活的生命耗尽于八股文,一辈子吊死在科举这棵枯树上。科举,科举,成就了极少数人,但毁了千万人的青春和生命,思之令人叹息!

难能可贵的是,一辈子固守书斋,一辈子投身科举的蒲松龄,竟然写出《黄英》这样的作品,竟然以赞扬的笔调肯定黄英而嘲讽了马子才。可见蒲松龄本人的"身"与"心""知"与"行"是二元的,分裂的;他的"心"承认、赞扬甚至羡慕黄英姐弟的价值观和活法,然而"身"却跳不出现实的藩篱。我们猜测蒲松龄心里一定很苦恼,很遗憾。但也可以理解,看到想到不一定能够做到,这是人生常态。这种人生矛盾、人生尴尬绝非蒲松龄独有,毋宁说是一种普遍的人生现象、人生处境。

可庆幸的是,蒲松龄的旧时代毕竟一去不复返了,那时的种种局限已不复存在了。现代社会为现代人提供了更多的人生选择和广阔的生存空间,那时做不到或不容易做到的事搁现代都"不是个事儿"了。相比较而言,现代人是何等幸福啊!

叶生：怀才不遇者的悲情人生

叶生是《聊斋志异·叶生》中的主人公，作品以沉痛愤懑的笔调，淋漓尽致地叙写了一位怀才不遇者的悲情人生。

人物故事

淮阳叶生（秀才），文章辞赋在当时首屈一指，但是命运不济，始终未能考中举人。恰巧关东丁乘鹤来任淮阳县令，见叶生文才出众，便召叶生面谈，结果非常高兴，便让叶生在官府读书，并资助他和他家。到开科考试时，丁公在学使面前称赞叶生，使他得了科试第一名。丁公对叶生寄予厚望，乡试考完，丁公要来叶生的文稿阅读，依然大为赞赏，结果却再次名落孙山。叶生沮丧至极，自觉辜负了丁公期望，惭愧之至。丁公劝慰，答应任满进京时带他一起北上。

叶生非常感激，但到家后还是病倒了，服药一百多服不见效。此时丁公因冒犯上司被免职，离任回乡前给叶生写信想见他一面，叶生读着信哭得很伤心，让送信人捎话说自己病很重，很难立即痊愈，请先动身吧。丁公不忍心就这样走，仍慢慢等着他。过了几天，看门的人忽然通报说叶生来了，丁公大喜，遂带他一起回乡。

病得那么严重，怎么忽然痊愈了？读完全文知道，这是叶生死后的鬼魂来了。回到家后丁公让儿子拜叶生为师。丁公子聪慧，在叶生施教下进步很快，一年能落笔成文，很快进县学成为秀才，乡试时考了第二名,到京城会试中了进士,被授予官职。上任时带着叶生,并送他进太学国子监读书,与他早晚在一起。一年后,叶生参加顺天府乡试,终于考中了举人。丁公子奉命主持南河公务,离叶生家乡不远,顺便带他回去。

到了淮阳县界,丁公子派人护送老师回家。到家后,妻子看见他吓得赶紧往后退。叶生说我中了举人了,你怎么不认识我了?妻子说你已经死了好几年了,因为家穷孩子小,你的棺木还没有埋葬。叶生听了非常伤感和懊恼,进屋见自己的棺材,一下扑到地上没了踪影。妻子见叶生的衣帽鞋袜落在地上,伤心地大哭。叶生的学生丁公子听说,泪湿衣服,哭奔到灵堂祭拜,出钱修墓,用举人的葬礼安葬了叶生。

人生启悟

读了叶生的故事,心里异常沉痛、压抑,忍不住想为之一哭。为谁哭?当然首先是为叶生,为作品主人公哭。

叶生才华"冠绝当时",但命运不济,始终困于科场,未能考中举人。即使有贵人赏识亦无济于事。无奈只能死后魂随知己施展才能。才能固然施展了(学生当官,自己中举),但死后的得志更反衬出生前的不得志。活人的愿望只能死后去实现,够悲惨了;然而更悲惨的是,叶生最终发现这种实现是虚的、假的,是做梦,是自己在骗自己!别人骗自己尚可谅解,自己骗自己就太荒唐太羞耻了!这种打击何其惨痛,心理创伤何其深重!所以一见自己的灵柩便"扑地而灭"。设身处地为叶生想,能不哭吗?!能不让人哭吗?!

叶生怀才不遇,或者说命运不济,原因多多。

一是个人无法把握的制度因素。叶生的才华表现在"文章辞赋"上,而当时科举考试要的是"八股",二者根本就是两码事儿。你的才华是圆的,他的框子是方的,有道是"圆凿不可以方枘",所以叶生的失败是必然的。这种情况在古代很普遍。《儒林外史》中鲁编修父女瞧不起女婿遽公孙,就因为遽公孙擅长辞赋而不喜欢八股文。也许叶生情况与遽公孙相类。

二是个人无法把握的偶然因素。如《儒林外史》中的范进,五十多岁了还是个童生,衣衫褴褛地混在一群年轻人中考秀才。和范进有同样经历的主考官周进,想起自己身世,便可怜范进,因而特意关注范进的考卷。看第一遍觉得毫无趣味,觉得他一直考不中实属活该。因为闲着无事他再看一遍觉得有些意思,"直到看三遍之后,才晓得是天地间之至文,真乃一字一珠!可见世上糊涂试官,不知屈煞了多少英才!"这才以第一名把范进拔为秀才。试想,如果周进没有与范进同样的经历,如果很忙没有时间细看范进的卷子,如果只看一遍被其他事打扰了,那么范进就又会名落孙山,说不定一辈子再也没有出头之日。而这里这么多的偶然因素,谁敢保证都能遇到,又有谁能把握呢?显然是不可能的。

还有无法把握的人为因素。正如"异史氏"所说,在考生这边,生就嶙峋傲骨,不能媚俗取容,唯有自惜自怜;在社会这边,举世贤愚倒置,能慧眼识人的伯乐如今又在哪里?当道无爱才之人,不值得指望!

这么多影响命运的因素个人无法掌控,所以作为个人,只能徒叹"遇合难期,遭逢不遇";只能"行踪落落,对影长愁";只能安慰自己"人生世上,只须合眼放步,以听造物之低昂而已"(人生在世,只有闭着眼睛走路,任凭造物主的安排)。

叶生的遭遇令人泪下,离开叶生看作者,作者蒲松龄的遭遇同样令人泪下。《叶生》之所以写得如此沉痛感人,就因为叶生的遭遇其实也是作者的。蒲松龄十九岁考中秀才,激发了他走科举之路的雄心大志,但遗憾的是,幸运之星亮了一下从此寂灭。此后参加乡试,直考到须发斑白也不得中。虽满腹经纶,只能屈居他人屋檐下坐馆教书。可以想象,一次次应考一次次落败,内心是多么痛苦,又多么委屈,多么不服。有理由相信,叶生的悲情、叶生的灵魂其实也是作者的,他要借叶生的酒杯浇自己心中之块垒。蒲松龄为叶生哭其实也是在为自己哭。读者哭人物其实也是在哭作者。

纵观历史,怀才不遇者绝不止叶生一人、一批人、一代人,而毋宁说是一种超越社会和时代的普遍现象(谁能保证每一个有才之人都有机会得到充分发挥呢)。这里有社会历史原因,也有超越社会历史的原因;既有个人的特殊原因,也有超越个人的普遍原因;既有偶然原因,也有必然原因;情况复杂,不可一概而论。

如果是社会历史原因,要改变怀才不遇的荒谬形象,就需要进行社会改革,通过改革促进社会进步,消除造成怀才不遇现象的原因。关于这一点,人类社会历史的发展,已经充分证明了不断改革的必要性。社会越进步,怀才不遇的现象就越少。

如果是个人原因,那就需要个人针对具体情况做出必要的调整。如《聊斋志异·黄英》中的黄英姐弟,不再把自己的人生绑定在科举上,而是利用自己高超的种植技术,以种菊贩菊为业,既养活了自己,也有益于他人、有益于社会,活得有声有色,岂不明智?!人常言,"此处不养爷,自有养爷处""树挪死,人挪活""活人不能让尿憋死",这些人生智慧普通老百姓都知道,某些书生为什么那么死心眼,非要一棵树上吊死呢?!

如果是无法掌控的所谓"造物弄人"方面的原因,那就需要当事人先接受现实,再理解、化解,或者说自我排解、自我安慰。《叶生》中在这方面做了不少努力。叶生的自我排解之法是两点:一是老师靠有出息的学生证明自己("借福泽为文章吐气,使天下人知学生沦落,非战之罪也");二是得知己无憾(士得一知己可无憾,何必非要穿上官服,摘掉秀才帽子,才算是发迹走运呢)。这话听起来有点无奈,但也自有道理。作者蒲松龄借"异史氏"之口说出的自我排解之法是,顺其自然,听凭命运("造物")安排。这样听起来似乎有点消极,但其实是洞达造物奥妙后的清醒和理智。正如英国作家毛姆所说,对于无法改变的事情发牢骚,等于是徒然浪费感情。也正如史铁生所说,看破了人生而后爱它,这才是明智之举。

范进:身份的魔力

谁都知道身份对于一个人的重要性,但究竟有多重要,读《儒林外史》中范进的故事,就明白了。

人物故事

范进,封建社会最下层一介寒儒。从二十岁起咬牙坚持参加科举考试,无奈命运不济,一直到五十四岁还是个童生。

清科举考试制度

家里穷得叮当响,五十四岁考秀才时面黄肌瘦,衣衫褴褛,寒酸得让人看不下去。家里呢,"住着一间草屋,一厦披子,门外是个茅草棚"。因家穷娶不上媳妇,只得娶了那个时代被人瞧不起的屠户的女儿。

因为范进又穷又没身份,所以被全社会瞧不起,无论到哪儿没人把他当人看。就连岳父胡屠户也瞧不起他,动不动用最恶毒的语言把他骂得狗血喷头。直到他考上秀才想进城参加乡试考举人时,还被胡屠户轻蔑地视之为"癞蛤蟆想吃天鹅肉"。

但正如《红楼梦》中鸳鸯所说,天下事料不定。曾几何时,范进时来运转。就在他五十四岁考秀才时,他的穷酸样激起了曾有过相同命运的主考官周进的同情和怜悯,多看几遍他的试卷发现他的文章自有妙处,因而选他为秀才第一名。后来,范进参加乡试又中了第七名。

转眼间,范进从寂寂无闻成为举人,换句话说忽然有了身份了。举人的身份像有魔力一样,一下子把范进的形象放大了,变形了,在乡人眼里他立马成了人物,光芒四射了。接下来,范进的境遇发生了意想不到的魔幻般的变化。

首先是他自己对突然而来的身份转变极度不适应,竟至于喜极而悲,喜极而疯。苦苦坚持几十年,日思夜想的美梦突然成真了,长年累月绷紧的心弦突然松弛,天上掉下的馅饼太大了,一下子把他砸晕了。这一笔看似夸张而又极为真实,作者对那个时代的文人心理洞若观火,把握得入木三分。

接着是乡邻对范进态度的变化。范进中举的喜报还没有传来时,他"家里已是饿了两三天",没办法母亲只好吩咐他把一只下蛋的母鸡卖掉去买米。对范家的这种生存窘境,乡邻们无动于衷,但报告范进中举的消息传来后,乡邻们的态度立刻变了:范进的破家成了范府,范进成了老爷。"当下众邻有拿鸡蛋来的,有拿白酒来的,也有背了斗米来的,也有捉两只鸡来的。"不但带东西,而且还主动热情帮范家做事:有的飞奔到集上去寻范进,有的在家里搬桌弄椅帮助做饭招待报喜的客人,有的想办法帮范进治病,有的飞奔去迎胡屠户……总之,中举前没人理睬的卑贱者范进,中举后成了人人赶着巴结的贵人高邻。

一向不把范进当人的岳父胡屠户,对他也从随时随地都会骂他、作践他,转为宠他、敬他,以他为荣了。听说女婿中了举人,立马拿钱前来祝贺,一口一个贤婿地夸赞没完。

范进中举的消息不但惊动了众乡邻,而且惊动了乡绅张静斋。张静斋也是举人出身,而且是做过一任知县的。他一来就拐弯抹角地和范进套近乎,拉关系,一口一个"世先生"。张静斋看范家穷,一出手就赠送白银五十两,而且盛情邀请范进离开破家搬到他的高门华屋去。

从小门小户的平头百姓,到豪门大家的乡绅,一时间巴结逢迎范进成了当地社会小气候。"自此以后,果然有许多人来奉承他:有送田产的,有送店房的,还有那些破落户,两口子来投身为仆图荫庇的。到两三个月,范进家奴仆、丫鬟都有了,钱、米是不消说了。张乡绅家又来催着搬家。搬到新房子里,唱戏、摆酒、请客,一连三日。"

范家老太太对此变化感觉像是做梦,怀疑是不是真的,人们告诉她:"岂但这个东西是,连我们这些人和这房子都是你老太太家的。"惹得老太太像她儿子一样,喜极而疯,中风死去。

人生启悟

范进还是那个范进,破家还是那个破家,怎么转眼间从无人理睬变成人人一溜小巴结,争先恐后追着赶着也要闻一闻香气的香饽饽了呢?原因无他,就因为他中了举人,有了身份了。举人身份是当官的资格证,当官就有权,有权就有势,有权有势当然就有财富,既贵且富,当然就脱离卑贱阶层跻身富贵阶层了。

范进只是刚刚得到中举的消息,离实际当官还远着呢!当成当不成还两说呢!但当官就会发财是那个时代的铁律(当时社会流行的俗语是"三年清知县,十万雪花银"),虽然范进暂时还没当官,但毫无疑问他是资质优越的潜力股,在他身上投资,肯定是不会错的。这就是范进突然被众人热捧的社会背景及心理秘密。也就是说,中举使范进无形中升值了,身价百倍了,在他身上有利可图了,于是他自然就香起来了。

从范进变戏法一样的命运转变可以看出身份的附加值,或者说身份的魔力。身份的魔力背后,无疑是权力的魔力。权力,即使在古代,无论理论上还是制度上都是有制约的,其发财致富的可能性几乎是没有的。但事实与理论相差甚远,制度约束形同虚设,所以当官发财成为封建时代流行的共识,所以才有了范进命运戏剧性的转变。范进的故事,揭示出的是中国社会渊源已久的"官本位"痼疾。

就一般情理而言,乡绅张静斋老于世故,深谙官场游戏规则,提前布局,提前感情投资可以理解,但众多普通百姓受惠的可能性是不大的。那么众乡邻为什么也争先恐后趋之若鹜地巴结范进呢?这里很大程度上是受盲目的,也可以说是无意识的权力崇拜所支配。不管将来对自己是否有利,崇拜权力、接近权力总是不错的——万一将来用得上呢!即使用不上,在权力面前露个脸儿,留下个好印象,至少可以避免对自己的伤害,总之是没坏处的。这里揭示的是,"官本位"意识不但深入官员、读书人的骨子里,而且深入普通老百姓的骨子里。吴敬梓对古代中国社会及人心的了解深矣、至矣!

胡屠户：势利人的标本

胡屠户是《儒林外史》中范进的岳父，是个形象鲜明、性格典型、所占篇幅不多但却给读者留下深刻印象的小人物。什么印象？典型的势利眼，是势利人的代表性、标本性人物。

众所周知，势利之心是人性的弱点，具有广泛性、普遍性。具体到《儒林外史》，范进中举后从众乡邻到乡绅张静斋的种种作为，都可以视为势利之心的表现。范进中举前家里已经饿了两三天了，其母亲饿到两眼都看不见，但没人理睬。这正应了古人一句话——穷在闹市无人问。但听到范进中举的消息后，众人却忙不迭地前往范家巴结趋奉。范进的身份变了，人们对他的态度随之也变了，而其中变化最明显的，莫过于其岳父胡屠户。

吴敬梓塑像

人物故事

胡屠户以杀猪卖肉为生，在那个时代地位低下，最被人瞧不起。范进穷困潦倒,又是儒生,"九儒十丐",也同样被瞧不起。两家同居底层,可谓门当户对。屠户的女儿三十多岁了还没嫁出去,无奈只好嫁到范家做媳妇。

不过,虽然都被瞧不起,但屠户家因为做着生意,毕竟没有穷到没饭吃的地步,这就有了小瞧范家的资本。所以在屠户这里,范进没有一点尊严,屠户对他总是趾高气扬,颐指气使,呼来喝去,不是教训,就是斥责。即使是范进中了秀才后,屠户拿着大肠和酒赶去祝贺时,也仍然忘不了牢骚加训斥:"我自倒运,把个女儿嫁与你这现世宝穷鬼,历年以来,不知累了我多少。如今不知我积了什么德,带挈你中了个相公。"屠户把范进中秀才视为自己"积德"积出的恩泽,所以大言不惭地教训他"凡事要立起个体统来"之类:"你是个烂忠厚没用的人,所以这些话我不得不教导你。"语气间俨然是有文化的高贵长辈教训没文化的粗俗小辈。

从学历看,秀才高于童生,但毕竟还只是个秀才,还不具备做官的资格。再加上范进已经五十四岁,即使中个秀才,也光彩不到哪儿去,所以胡屠户依然不把他往眼里放。半年后,范进要参加乡试,找胡屠户借路费,他不但不给,反而一口啐在范进脸上,骂了个狗血喷头:"不要失了你的时了!你自己只觉得中了一个相公,就'癞蛤蟆想吃天鹅肉'来!我听见人说,就是中相公时,也不是你的文章,还是宗师看你老,不过意,舍与你的。如今痴心就想中起老爷(举人——引者注)来!这些中老爷的都是天上的'文曲星'!你不看见城里张府上那些老爷,都有万贯家私,一个个方面大耳。像你这尖嘴猴腮,也该撒泡尿自己照照!"这一通臭骂,连损带贬,外加人格侮辱,无所不用其极,直把范进骂得"摸门不着",秀才做人的尊严生生被扔到臭水沟里了——他压根儿没把他当人看。

视科举为生命的范进艰难中坚持参加了乡试,结果竟然考中了。中了举人,就有资格当官了,就成为老爷了,这一来胡屠户不敢作践了。他卖肉时听到消息,慌不迭地赶紧提着肉拿着钱跑去贺喜。范进喜极转疯,有人出主意让范进最怕的胡屠户扇范进的嘴巴激其惊醒,胡屠户的反应是不敢打。他为难地说:"虽然是我女婿,如今却做了老爷,就是天上的星宿。天上的星宿是打不得的!我听斋公们说:打了天上的星宿,阎王就要拿去打一百铁棍,发在十八层地狱,永不得翻身。我却是不敢做这样的事!"被众人怂恿着不得不打了一下时,不敢再打第二下。因为他"心里到底还是怕的,那手早颤起来"。打完站在一边,不觉那只手隐隐地疼将起来,自己看时,手掌再也弯不过来,心里懊悔不已。这哪里是真的疼将起来,分明是心理作用,是既悔又怕,悔怕交加,所以疼起来。

由于打了不该打的人,他心怀愧疚,觍着脸称范进为"贤婿老爷",低三下四向他赔不是,解释为什么打了他,然后开始拍女婿的马屁。他向乡邻说,从此不再杀猪了,有这样的贤婿后半辈子就有依靠了。他还夸耀自己有先见之明——早就发现范进的不凡了:"我每常说,我的这个贤婿,才学又高,品貌又好,就是城里头那张府、周府的这些老爷,也没有我女婿这样一个体面的相貌!你们不知道,得罪你们说,我小老这一双眼睛,却是认得人的,想着早年,我小女在家里长到三十多岁,多少有钱的富户要和我结亲,我自己觉得女儿像有些福气的,毕竟要嫁个老爷,今日果然不错!"这些话与事实乖谬得太离谱,连他自己恐怕也不相信,所以惹得周围人都笑起来。在回家的路上,胡屠户看女婿的衣裳后襟有许多褶皱,跟在屁股后替他扯了几十回。

以听到范进中举的消息为分界,胡屠户对范进的态度来了个一百八十度的大转弯,变脸之猛之快,令人惊诧。他完全不顾自己原来对范进的侮辱,完全不在乎别人怎么看怎么想。他对范进前倨后恭,"倨"时倨到极致,"恭"时恭到巅峰,前后巨大的反差,折射出胡屠户势利人的滑稽嘴脸。世上势利人多矣,而势利到胡屠户这一地步的,还真少见。正所谓见过势利人,没见过胡屠户这样的势利人。他可以算是势利人的典型、代表和标本。

人生启悟

透过胡屠户的势利,我们发现他内心深处的阶层论——在他眼里,人是分为不同阶层的。在他阶层之上的,他巴结逢迎,在他阶层之下的,他鄙视蔑视。社会生活中人的阶层是上下不断流动的,所以他就随着人的阶层流动而随时改变着对他们的态度。

最初,范进的身份是童生,处于读书人的最下层,胡屠户自以为自己身份、地位比他高(哪怕只是个屠户),所以不分场合肆意作践他。当范进由童生升为秀才时,胡屠户感觉他的身份比自己高了,害怕他瞧不起自己,所以先发制人,立马赶去警告他:"你如今既中了相公,凡事要立起个体统来。比如我这行事(屠宰行业——引者注)里都是些正经有脸面的人,又是你的长亲,你怎敢在我们面前装大?若是家门口这些做田的,扒粪的,不过是平头百姓,你若同他拱手作揖,平起平坐,这就是坏了学校规矩,连我脸上都无光了。"

这段话透露出在胡屠户心里,秀才高于杀猪的,杀猪的高于做田、扒粪的,所以他警告范进不能瞧不起他们杀猪的,但又必须瞧不起平头百姓,不能和平头百姓平起平坐,否则就坏了"规矩"。就这样,以自己的阶层为基准,仰视高端、巴结高端,鄙视低端、作践低端。处于低端时,渴望平等,害怕被鄙视;处于高端或自以为处于高端时又固守不平等,害怕平等,不愿平等。就这样,胡屠户对周围的人要么仰视——巴结,要么鄙视——作践,就是不会平视——尊重。

势利眼源于阶层意识,阶层意识源于封建文化中"天有十日,人分十等"的阶层论、等级论。阶层论、等级论的要害是承认并维护人与人之间不平等的合理性与合法性,是造成人与人之间矛盾冲突的思想根源之一。

通过胡屠户的故事乃至整个《儒林外史》(以及其他古代文学作品)可以发现,中国传统文化中缺乏人格平等的价值观,缺乏人与人之间应该相互尊重、相互理解的人生观。观念的陈腐导致人与人之间的隔膜、歧视、对立、争斗,导致人心的冷漠,人群的撕裂,破坏社会的和谐。这种现象,至今也不能说得到了完全改善,在思想意识现代化的道路上,我们还有很长的路要走。

匡超人：一阔脸就变

匡超人是《儒林外史》中重要人物之一，一个"一阔脸就变"（鲁迅语）的典型。作者用比较多的篇幅详细描绘了他从一个淳朴好学积极上进的青年，一步步蜕变为道德沦丧、冷酷无情的无耻之徒的全过程。

人物故事

匡超人原本是温州乐清县一少年，因家庭贫困，上几年学后跟一个商人到省城帮忙记账。商人

清群玉斋木活字本《儒林外史》书影

破产，匡超人生活无着落，靠给人拆字勉强度日。此时传来老家父亲病重的消息，匡超人忧心如焚，急于回去孝亲，但苦于无钱只好作罢。极度艰难之时，偶遇善良爱才的马二先生慷慨资助，才得以回到农村老家。

到家后见父亲卧病在床，他为父亲端吃端喝，极尽孝道：白天杀猪卖豆腐，晚上服侍父亲。父亲夜里睡不着，要吐痰，要喝水，一直到四更鼓，匡超人就读书陪到四更鼓，每夜只睡一个更头。哥哥买了只鸡为他接风，叫他不要告诉父亲，他不肯，把鸡肉先盛了送

给父母,剩下的才肯吃。晚上村里失火,大火中他背父亲,扶母亲,拉嫂子,寻哥哥,保护了全家。房子烧毁了,全家人在路边租了房住,即使在这种情况下,匡超人仍然每晚陪伴父亲,读书到三四更。

一天夜里,匡超人的读书声被偶然路过的知县李本瑛发现,李本瑛深受感动,鼓励他参加考试,提携他中了秀才,还赠送银子鼓励他继续往上考。岂料李知县遭人诬陷被罢了官。因匡超人与知县的关系,可能被累及,地方潘保正好心,劝他暂时外出躲避。保正写信介绍匡超人到杭州投奔他的堂弟潘三。

匡超人去杭州的船上偶然结识了商人兼诗人景兰江。到杭州后拜访潘三未遇,于是便和景兰江等人开始了交往。景兰江身边有一个小团体,即一群西湖假名士。他们或因科举败北或因其他原因无法取得功名进入仕途,于是就聚在一起吟诗唱和,刻诗集,结诗社,写斗方,诗酒风流,充当名士。这些人表面上潇洒风流,但骨子里仍忘不了功名利禄。他们口头上蔑视功名富贵以显得清高,实际上心里想的是走"终南捷径",意图有一天名利双收。他们中的代表人物是赵雪斋,他们拿他和一个独身无家的进士作比较:"赵爷虽不曾中进士,外边诗选上刻着他的诗几十处,行遍天下,哪个不晓得有赵雪斋先生?只怕比进士享名多着哩!""而今人情是势利的!倒是我这雪斋先生诗名大,府、司、院、道,现任的官员,哪一个不来拜他。人只看见他大门口,今日是一把黄伞的轿子来,明日又是七八个红黑帽子吆喝了来,那蓝伞的官不算,就不由得不怕。"匡超人听了茅塞顿开,原来他只知道天下学子只有科举这一条路,见了这群"名士"才知道"天下还有这一种道理"。比起科举来,这可是一条轻松快乐的捷径。从此,匡超人主动加入这群人中,参加了"西湖诗会",开始和他们聚会应酬,打得火热。

就在和"名士"厮混的同时,地保向他推荐的潘三出差回来找他了。潘三在布政司当差,是一个把持官府,包揽词讼,拐带人口,啥事都敢干的黑社会人物。他看不起景兰江之流的名士,劝匡超人不要与他们"混缠"。他劝匡超人"要做些有想头的事",即有实利,能捞钱的事儿。他看匡超人知书识字,能写会算,而且聪明伶俐,但对社会一无所知,是个可以利用的人物,于是劝他跟着自己干。潘三勾结差人拐卖乐清县大户人家逃出来的使女,伪造的官方文件(朱签)就是匡超人的手笔。事后潘三慷慨地给匡超人二十两银子。银子来得如此快,匡超人心花怒放,跟着干的胆子也就越发大了起来。接下来在潘三的周密安排下,他又顶替人进考场当枪手,并顺利中了秀才,又赚了二百两银子。这之后,潘三帮他在城里买了房子,介绍媳妇成了亲,一年后生了个女儿。

人常说,幸运来的时候挡也挡不住。就在匡超人沉醉在幸福的小日子时,他的恩人李本瑛平反昭雪,被朝廷授予给事中,约他进京"要照看他"。在恩人的"照看"下,匡超人参加岁考被录取为"一等第一",又以"优行"的名义"贡入太学",接着又考取了教习(官学的教师),在京城有了名分和体面的地位。不仅如此,李本瑛问他是否娶亲时,匡超人答没有,李本瑛把自己十九岁的外甥女嫁与匡超人,匡超人快乐得"魂灵都飘在九霄云外去了"。到这一步,农家子弟匡超人像做梦一样走到了人生的巅峰。

功名富贵到了巅峰,可是他的道德、灵魂却跌进了地狱。就在他一路奋斗、一路高升、一路幸运的时候,做下了一溜恶事。最早是在潘三的诱惑下参与制作假文件和当枪手替人考试。他发迹之后,心越来越狠,胆越来越大,越来越冷酷无情。为了甩掉包袱进京,他一再逼迫妻子回乡下。妻子是城里长大的,过不了乡下生活,回乡后被人养着心中不安,不久得病而亡。在京城,他竟忍心欺瞒对他恩重如山的李本瑛,骗娶了李本瑛的外甥女。获得教习后回杭州办理相关手续期间,因罪在监的潘三听说匡超人回杭州了,托人捎话想见他一面叙旧。匡超人害怕传出去对他影响不好,打官腔说要是见了就是有违朝廷律令,因而坚决拒绝会见。不但如此,为了撇清与潘三的关系,他的道德调子更高,他当着朋友的面表示:"潘三哥所做的这些事,便是我做地方官,我也是要访拿他的。"这时候他自己知道潘三的犯罪事实中他也有份,他的高调充分证明他是十足的伪君子。

人生启悟

至此,匡超人完成了从淳朴厚道的农村青年到寡廉鲜耻的小官员的转变历程。本来一个勤奋好学、清纯可爱的孩子,怎么"一阔脸就变"了呢?

唯物辩证法原理告诉我们,事物的发展变化是内外因共同起作用的结果,内因是事物发展变化的依据,是第一位的,它决定着事物发展的基本趋向;外因是事物发展变化的外部条件,是第二位的,它对事物的发展变化起着加速或延缓的作用,外因必须通过内因而起作用。

以此分析匡超人的变化,外因毫无疑问当然是他所处的腐朽黑暗的封建社会。这样的社会是一个大染缸,有巨大的腐蚀能力,一个清白的孩子是难以抵挡的。具体到匡超人来说,黑社会潘三所策划的那些勾当来钱那么快,而他自己又那么穷,这种诱惑他怎么能不动心呢?还有,官员李本瑛利用权力对他一次次地"照看",让他轻而易举获得了他人努力奋斗一辈子都得不到的东西,这种"鸿运"也是他迅速蜕变的重要原因。以上是具体原因,抽象的原因是像空气一样笼罩四野的腐败的社会氛围,时时刻刻耳濡目染,对他无形中的影响就没法说了。

就内因说,是他道德观念或者说良心脆弱、薄弱,他内心深处即骨子里是自私自利的自我中心主义,是人性之恶。潘三让他干的那些事,他不可能不知道是在犯罪,但尽快捞钱的欲望主宰着他,顾不上道德不道德。当李本瑛问他是否婚娶时,他当然应该说实话,但他停妻另娶、另攀高枝的野心在蛊惑着他,所以不惜铤而走险,昧着良心欺骗了他的恩人。就社会角度说,潘三是犯罪之人,但就个人关系来说,潘三也是匡超人的恩人。匡超人参与过犯罪,但潘三没有供出他而是保护了他。潘三提出想见他一面叙旧,也是人之常情,匡超人见他也不违法。但匡超人唯恐对自己哪怕有一丁点不利,所以他拒绝见潘三。不见就不见吧,让人恶心的是他还拿不着边际的冠冕堂皇的理由作掩饰,暴露出深入骨髓的自私自利的本性。

外因是条件,内因是根据。具体到匡超人来说,社会的诱惑是条件,但面对诱惑怎么选择,你是自由的,大主意是你自己拿。如果说在极端贫困之时拒绝不了金钱的诱惑,那么当李本瑛询问是否婚配时你应该说实话,这是最起码最低标准的道德要求。但匡超人连这一点都做不到,可见他在道德或者说良心上已经突破底线,滑落到大众文明水平线以下,无可救药了。匡超人的转变说明,人的道德、良心在诱惑面前实在是太脆弱了。

社会是个大染缸,也许你无法改变它,但你能把握的是你自己。在诱惑面前你有自由选择的权利。如果你连自己都把握不住,连起码的道德底线都守不住,一入染缸就变色,除了说明你本来就是没有道德良心的人,或者道德良心极其脆弱的人之外,还能说明什么?!常常有人把自己变坏的原因完全推向社会,而不反省自己,这是非常荒谬的。同样的社会,同样的环境,那么多人没变坏怎么就你变坏了呢?就如匡超人来说,明明已经结婚生女,为什么说自己尚未婚娶呢？社会逼着你昧着良心说瞎话了吗？这种罪恶选择的责任你能推给社会吗？！

匡超人的转变还让读者看到，在社会这个大染缸里，一张白纸是很容易被染黑的。换句话说，一个人，如果没有坚定的人生观和价值观做支撑，孩提时的淳朴可爱是靠不住的。社会上恶的人和现象无处不在，其对人尤其是对年轻人的影响力是强大的，如果没有成熟的强大的精神世界作支撑，是很容易被俘虏的。由此证明，学校、社会、家庭对人从小进行人生观和价值观的教育是多么的重要。

匡超人死了，他所生存的社会也一去不复返了，但匡超人所面临的人生选择还在，匡超人的灵魂还在，怎么选择，就看各人自己的啦！

鲁编修：被洗脑的悲哀

鲁编修是《儒林外史》中的人物。"编修"是官名，明、清时隶属于翰林院。自明英宗时起有"非进士不入翰林，非翰林不入内阁"的说法，所以读书人无不以中进士进翰林院为奋斗目标。

人物故事

鲁编修经刻苦努力，终于进入翰林院，获编修之职位。这对于封建时代文人来说，已经是相当荣耀了。不过，编修虽然令人羡慕，但只是个虚名，在飞黄腾达之前只是坐在冷板凳上的京官，没有油水可捞。翰林们只是每日编编书、写写文章。鲁编修在《儒林外史》中出场时已离开京城。人问原因，他的回答是："做穷翰林的人，只望着几回差事。现今肥美的差都被别人钻谋去了，白白坐在京里，赔钱度日。"所以告假还乡。

鲁编修说的"差事"，指的是被外派出去做主考、副主考或学政。主考、副主考到外省主持乡试，地方官要送公费、路费；学政到各地主持院试，州、县官要送"棚规"（即考生送的份子钱），此外还可舞弊出卖举人、秀才，从中收受贿赂。鲁编修没有捞到这样的"肥差"，不甘白坐赔钱，所以告假。

鲁编修回乡的另一件事是，为十六岁的小女寻亲。在官二代娄公子家，鲁编修看上了官三代蘧公孙。蘧公孙少年英俊，风度翩翩，鲁编修托人说成了这门亲事，把蘧公孙招赘在自己家门。鲁编修因膝下无子,女儿虽学业出众,无奈女孩无缘参加科举考试,所以把所有希望寄托在女婿身上。但令他遗憾的是,蘧公孙无意于科举,一心只在诗词之类上。

鲁编修平生最推崇的是"举业"(科举),即"中了去"(中举、中进士),而最看不起的是吟诗弄词,他称这些人"盗虚名者多,有实学者少"。女婿进门之后,多日里完全没有读书做文章的意思,女婿认为专心八股一心科举的人太俗,因而只在自己认为的风雅之事上用功夫。鲁编修对女婿的表现极为不满,他也曾出过两个题目逼女婿做。女婿勉强成篇,要么是诗词上的话,要么是《离骚》上的话,就是没有"四书五经"上的话,这些东西与科举文体八股文风马牛不相及,鲁编修心中恨恨。

鲁编修因女婿拒绝做举业,心生闷气,郁闷中不小心跌了一跤,结果是半身麻木,口眼歪斜,这就是中医所谓的中风之症,是心里郁结被气出来的毛病。又见蘧公孙去参加什么娄三娄四公子的莺脰湖名士大会,在会上吟诗舞剑、赏月品曲。鲁编修更加生气,他忍不住责怪道:"令表叔在家,只该闭户做些举业,以继家声,怎么只管结交这样一班人?如此招摇豪横,恐怕亦非所宜。"鲁编修视这群人的行为为旁门左道,不务正业,是男子汉不该有之事。于是对女婿的嫌弃乃至厌恶之心更重了。

鲁编修修身律己甚严,平日里不作诗、不听曲、不赏月,即使中了进士,点了翰林,功成名就之时,仍不忘八股文的写作,不忘仕途的再进取。后来时来运转,意外接到诏命,朝廷提拔他升了侍读(陪侍帝王读书论学或为皇子等授书讲学之官)。盼星星盼月亮一样苦等的"进步"终于圆梦了,合家欢喜,摆酒庆贺,没想到乐极生悲,鲁编修痰病大发,不省人事,丧了性命。

人生启悟

鲁编修的死让我们立马想到范进。范进年轻时开始参加科举考试,一直考到五十四岁还是个童生。他失败得太多了,失败对于他来说已经习惯成自然了,所以当听到中举的消息时怎么也不相信,终于相信时突然精神失常,疯了。鲁编修和范进看似反常其实很正常的反应,说明他们对于目标的实现太渴望太痴迷了。神经长时间绷得太紧,目标突然到手,神经突然中断,结果就是不死即疯了。

鲁编修、范进的反应为什么如此激烈呢?很明显,因为他们的精神世界太空虚、太脆弱了,只有科举入仕一根柱子在支撑,除此之外空空荡荡,什么也没有,人生的成败得失、进退荣辱全系于此,所以极端敏感,敏感到神经质。如鲁编修,看起来高雅正派,一副正人君子模样,可实际上俗不可耐,内心除了升官就是发财。一句话,功名利禄是他唯一的人生目标,得到了志得意满,得不到颓唐消沉。由此看,他的精神世界被统治者驯化了,掏空了,洗白了。他的思想感情被异化、僵化了,因而变成木偶、变成机器人了。换句话说,他已经没有属于自己的灵魂,只剩下僵硬的躯壳了。五彩的人生和缤纷的世界在他那里不存在,他对此盲目,他活在自己极为狭窄的世界里。这样的人,这样的活法,当然不是罪恶,但却是深深的悲哀和不幸。

类似的不幸之人在《儒林外史》中比比皆是。

鲁编修的女儿,因为家里没有男孩,父亲从小就把她当儿子养。五六岁上请先生开蒙,读"四书五经";十一二岁就讲书、讲文章,教她做八股文。鲁小姐天资高,记性好,小小年纪肚子里已记有三千余篇各省宗师考卷。鲁编修常叹道:"假若是个儿子,几十个进士、状元都中来了!"在父亲的教导下,鲁小姐晓妆台畔,刺绣床前,摆满了一部一部的文章;每日丹黄烂然,蝇头细批。人家送来的诗词歌赋,正眼儿也不看,家里虽有几本什么《千家诗》,东坡、小妹诗话之类,她送给侍女们看。闲暇时诌几句诗,也只是当笑话,不以此自豪。嫁了丈夫,满心指望他替自己圆梦,但丈夫志不在此,令她非常伤心。丈夫为此也痛苦不堪,夫妻关系颇为紧张。无奈之下,鲁小姐只好把所有希望寄托在儿子身上。儿子四岁时,她每日拘着他在房里讲"四书",读文章要读到三四更,有时遇到书背不熟时,还要督责他念到天亮,把儿子折磨得死去活来。就因为鲁小姐神神道道执迷于八股举业,把全家弄得鸡犬不宁,偏离了正常人的生活轨道,失去了家庭的温馨与幸福。

范进不说了,再说一下周进。这老先生和范进一样考举人一直考到胡子白。回回进考场,回回空手回。没办法只好坐馆教书,受尽嘲弄与屈辱。六十多岁了还是老童生,内心极为痛苦,所以当他进省城路过贡院时想进去看看,但被看门人用鞭子打了出来。在别人帮助下好不容易进了贡院,大半生追求功名富贵却求之不得的辛酸悲苦,以及所忍受的侮辱欺凌一下子倾泻出来:"见两块号板(科举考试时,号子中供生员答卷兼睡觉用的木板——引者注)摆的齐齐整整,不觉眼睛里一阵酸酸的,长叹一声,一头撞在号板上,直僵僵不省人事。"他苏醒后还是情不能已,满地打滚,哭了又哭,直哭得众人心里都凄惨起来。几个商人得知原委,答应每人拿出几十两银子,帮助他捐了个监生进场。周进感激不尽,连说:"若得如此,便是重生父母,我周进变驴变马也要报效!"趴在地上就磕了几个头。作为讲究气节、尊严的旧时文人,到了这一步,真正是斯文扫地,把人丢尽了。何以如此?举业是周进的生命,他把一生全押在这里了,为此连尊严、气节都不要了。

再如马纯上马二先生,宅心仁厚,乐于助人,是个好人。但他把一生精力全投入举业考试上。口口声声人活着"总以文章举业为主""举业二字是从古到今人人必要做的""中了举人、进士,即刻就荣宗耀祖""显亲扬名才是大孝"。

　　由此可以看到马二先生视举业为神圣衷心崇拜,虽然一辈子被举业害苦,但依然痴迷于此。他已经被八股举业洗脑了,除此之外,什么也不知道了。

　　从鲁编修到马二先生可知,被洗脑的不是某个人,而是大批人;这已不仅仅是个别人的悲剧,而是社会和时代的悲剧。社会和时代所提倡的人生观和价值观极度偏执,极度单一,不尊重人性,不把人当人,而把人当作可以用一把草引诱的驴子。在这样的背景下,大批人的人性被扭曲,人活得不像人,人活成了奴才,活成了木偶,活成了怪人。

　　人是观念动物,需要某种观念作支撑。接受、服膺、信仰某种观念可以理解,但完全被偏执陈腐的观念所俘虏,整个大脑被洗白,整个灵魂被掏空,丧失所有的人生乐趣,成为没有自我的机器人、空心人,就是十足的悲哀了。

王玉辉：活人死在观念中

王玉辉是《儒林外史》中作者着墨不多因而不太显眼的人物。但阅读他的故事，却让人惊心动魄，毛骨悚然，因而印象深刻。什么印象？他看起来是个活人，但却已经死在了陈腐杀人的观念中。

人物故事

王玉辉的故事，原文不长，索性直录在这里，让读者看个明白，也免得转述过程中遗漏了什么。

> 王先生（王玉辉——引者注）走了二十里，到了女婿家，看见女婿果然病重，医生在那里看，用着药总不见效。一连过了几天，女婿竟不在了，王玉辉恸哭了一场。见女儿哭的天愁地惨，候着丈夫入过殓，出来拜公婆和父亲，道："父亲在上，我一个大姐姐死了丈夫，在家累着父亲养活，而今我又死了丈夫，难道又要父亲养活不成？父亲是寒士，也养活不来这许多女儿！"王玉辉道："你如今要怎样？"三姑娘道："我而今辞别公婆、父亲，也便寻一条死路，跟着丈夫一处去了！"公婆两个听见这句话，惊得泪下如雨，说道："我儿！你气疯了！自古蝼蚁尚且贪生，你怎么讲出这样话来！你生是我家人，死是我家鬼。我做公婆的怎的不养活你，要你父亲养活？快不要如此！"三姑娘道："爹妈也老了，我做媳妇的不能孝顺爹妈，反

累爹妈,我心里不安,只是由着我到这条路上去罢。只是我死还有几天工夫,要求父亲到家替母亲说了,请母亲到这里来,我当面别一别,这是要紧的。"王玉辉道:"亲家,我仔细想来,我这小女要殉节的真切,倒也由着他行罢。自古'心去意难留'。"因向女儿道:"我儿,你既如此,这是青史上留名的事,我难道反拦阻你?你竟是这样作罢。我今日就回家去叫你母亲来和你作别。"亲家再三不肯。王玉辉执意,一径来到家里,把这话向老孺人说了。老孺人道:"你怎的越老越呆了!一个女儿要死,你该劝他,怎么倒叫他死?这是什么话说!"王玉辉道:"这样事,你们是不晓得的。"老孺人听见,痛哭流涕,连忙叫了轿子,去劝女儿,到亲家去了。王玉辉在家,依旧看书写字,候女儿的信息。老孺人劝女儿,那里劝的转。一般每日梳洗,陪着母亲坐,只是茶饭全然不吃。母亲和婆婆着实劝着,千方百计,总不肯吃。饿到六天上,不能起床。母亲看着,伤心惨目,痛入心脾,也就病倒了,抬了回来,在家睡着。又过了三日,二更天气,几个火把,几个人来打门,报道:"三姑娘饿了八日,在今日午时去世了。"老孺人听见,哭死了过去,灌醒回来,大哭不止。王玉辉走到床面前说道:"你这老人家真正是个呆子!三女儿他而今已是成了仙了,你哭他怎的?他这死的好,只怕我将来不能像他这一个好题目死哩!"因仰天大笑道:"死的好!死的好!"大笑着,走出房门去了。

故事的核心是,王玉辉的三女儿出嫁刚一年多,丈夫得病死了。因公婆家和娘家都贫穷,她不想连累他们(让他们养活),所以决定绝食自杀。面对她的决定,公婆心疼得泪如雨下,表态肯定会养活她,不会把她推给娘家,因而劝阻她"快不要如此"。而王玉辉呢？作为亲生父亲，不但不劝阻，反而鼓励她。他把女儿的行为上升到"青史留名"的高度，为女儿的自杀找到冠冕堂皇的理由，以坚定她的决心和意志。女儿在父亲的鼓励（也许可以说是逼迫）下绝食八天终于死去，老妈伤心欲绝，"哭死了过去"，但王玉辉却仰天大笑，一边笑一边赞扬："死的好！死的好！"

读了王玉辉的故事，笔者想，无论古代还是现代，心理正常的读者都会感到揪心的疼。读者感叹，王玉辉这人怎么这么自私、冷血，心理简直太阴暗、扭曲了。

王玉辉的阴暗、自私、冷血，首先表现在对女儿绝食理由的不理解乃至于有意无意的歪曲上。

女儿自杀的理由说得明白：父亲是寒士，大姐姐死了丈夫让父亲养着，自己不忍心再让父亲养活，所以决定自杀。这完全是一个经济问题，是女儿对父亲大孝的表现，这里并没有提到丈夫死了改嫁不改嫁、守节不守节的伦理道德问题。女儿对父亲的孝心感天动地，为了不增加父亲的经济负担宁愿一死。而这时候王玉辉的表现是，压根儿没有听懂女儿的话，或者是听懂了装糊涂，他根本不接女儿的话茬，不表态说愿意养活她，而是把女儿原本没有的意思生拉硬扯到殉夫守节上，上升到"青史留名"的道德高地上。

既然父亲已经把话说到这份上，做女儿的还能怎么想！这不是明着往火坑里推吗？作为女儿说那样的话，说明她深明大义，是为父亲着想，但她的内心深处依情依理依人性应该不愿意真就死去，这样说话也许是对父亲的一个试探。如果父亲真心疼她，真诚表态愿意养活她，她受到感动，感到活下来有了依靠，也许会放弃寻死的想法，毕竟求生是人的天性人的本能啊！但公婆表态愿意养活，而父亲却鼓励她去死。事情到了这一步，即使原本不想死也必须去死了，因为已经没有活下去的理由了。女儿真正绝望了，死,是唯一的选择了。

把明明白白的经济原因硬是转嫁到伦理道德上,明摆着就是道德绑架——把女儿架到道德绞刑架上去受死。这种也许自觉也许不自觉的暗中偷换,体现出王玉辉的心理,一,阴暗自私;二,残忍冷血。

王玉辉的阴暗、自私、冷血还表现在,面对女儿在死亡线上挣扎,母亲"伤心惨目,痛入心脾,也就病倒了";而王玉辉却毫不动心,"依旧看书写字,候女儿的信息"——等着她死。女儿终于饿死了,母亲哭得死去活来,而王玉辉却大笑,说死得好。

人生启悟

王玉辉的冷血无情,太违背常情常理了。难道是他彻底丧尽天良,泯灭了人性了吗?好像也不是。女儿死后老妻悲恸不已,王玉辉带她到苏州散心。在苏州船上见一穿白衣的年轻妇人,他"想起女儿,心里哽咽,那热泪直滚出来",说明他心里对女儿还是有感情的。

既然还有父女感情,那么为什么还鼓励她死,死后还大加赞赏呢?这是因为他脑子里塞满了"饿死事小,失节事大""夫死妇随""殉夫守节"之类的道德观念,正是这些观念窒息了父女之情,窒息了正常人该有的恻隐、怜悯之情。父女之情是天然的、自然的、本能的,其力量本来是强大的、坚不可摧的,但在王玉辉身上却不是这样。王玉辉用另一种力量以绝对压倒的优势,毫无争议地战胜了情感,可见这种力量是多么的强大。这种力量就是封建伦理道德观念。

王玉辉六十多岁了还是个秀才,他自述秀才已经做了三十年。虽然仅仅只是秀才,但他在著述上却有"宏图大志",他立志"要纂三部书嘉惠来学"——礼书、字书、乡约书。礼书专讲事亲之礼、敬长之礼之类;乡约书专门针对普通百姓,意在用儒家"仪制""劝醒愚民"。由此"大志"可知,王玉辉是封建伦理道德观念虔诚的信仰者,热情的宣传者,坚定的执行者。他完全被封建道德观念洗脑了,异化了,成了这种观念的人格化身。他以女儿的生命为代价,忠实地、完全彻底地实践了他服膺的道德理念。女儿以年轻的生命挣来了一座沉重的贞节牌坊,让他这个做父亲的脸上有光。

审视王玉辉的所作所为,读者感到他虽然是个活人,却已经死在腐朽观念中;读者豁然明白,原来观念是可以杀人的,腐朽观念原本是杀人的刀!

在儒家的礼制观念中,历来是道德至上——道德! 道德!! 道德!!! 道德喊得震天响,至于人的生命、人的幸福,狗屁不是——饿死事小,失节事大。道德是人创造的,本来应该为人的幸福服务,但儒家的某些道德观念却相反,是用来扼杀、破坏、摧残人的幸福,甚至于杀人的。由此,我们理解了鲁迅先生关于封建伦理道德的实质是"吃人"的论断,实在是入木三分,鞭辟入里,深刻、精警、到位之极!

和一般动物相比,人的最大特点是活着需要观念,人活在观念中,被观念所支配,因此称人是观念动物也不为过。好的、积极健康的观念给人以活力,让人活得幸福快乐,而落后的腐朽的观念则会破坏乃至于摧毁人的幸福,直至把人活活害死。时至现代,依然如此。例如,当今世界上不时游荡在各个阴暗角落的恐怖分子,就是被邪恶的观念绑架了,他们也是死在了自己的观念中。

严贡生：粗鄙的利己主义者

邮票《两根灯草》

严贡生是《儒林外史》中的人物，是严监生的哥哥。严监生因临死前伸两个指头而出名，给人以极端悭吝的印象。不过，如果读原著就知道，其实他并不吝啬，而是宽厚大方，处处为他人着想，有点可怜也有点可爱的人。与严监生相反，他的哥哥严贡生是一个极端吝啬，阴狠歹毒，处处算计他人，因而招人痛恨的人。

科举时代挑选府、州、县生员（秀才）中成绩或资格优异者，升入国子监读书称为贡生，意谓以人才贡献给皇帝。换句话说，贡生是封建时代资质优异的读书人。读书人给人的印象一般都是温文尔雅，遵循伦理道德的君子。但严贡生却是与人们通常印象完全相反的人。他满脑子邪恶，一肚子坏水，是个不折不扣的小人，一个十足的利己主义者。他的利己主义毫不遮掩，一点也不"精致"，而是刺眼的赤裸裸的粗鄙。

人物故事

严贡生粗鄙的利己主义有多种表现。

其一,抓住一切机会敛财

例如严贡生由秀才升为贡生时,四处宣扬,希望满天下都知道,为的是让人前来祝贺收份子钱,结果闹得四邻不安——"他为出了一个贡,拉人出贺礼,把总甲、地方(地保——引者注)都派分子,县里狗腿差是不消说,弄了有一二百吊钱,还欠下厨子钱,屠户肉案子上的钱,至今也不肯还,过两个月在家吵一回。"(第57页)严贡生与人交往,别人请他吃饭可以,但他却从不回请,明显失礼让人鄙视也无所谓。

其二,对他人财物像流氓无赖一样公然抢夺

作品中有这样两件事。

第一件:严贡生家一头小猪跑到邻居王小二家了,王家慌忙送回严家。严贡生不收,说猪到别人家再送回来不吉利,于是以八钱银子把猪卖给了王家。王家把猪养到一百多斤时一次错走到了严家,严家把猪关起来不放了。王家过来讨猪时,严贡生一口咬定猪本来就是自己家的,他们要讨时需按时价付钱。这样蛮横无理简直要把王家气死,但王家是穷人,哪是严家的对手?争吵时严家几个儿子如狼似虎地出来把王小二的哥哥"打了一个臭死,腿都打折了,睡在家里"。可怜王家好不容易养好的猪就这样被严贡生讹走了。

第二件:五六十岁的乡下农民黄梦统,到城里交钱粮时因一时短少,央人向严贡生借二十两银子,每月三钱利息,写了借据送到严府,但并没有拿走银子。后来黄梦统在大街上遇见乡里亲眷,亲眷说有现银,答应给他救急,黄就借了亲眷的钱交完钱粮。大半年过去,黄忽然想起这事,跑到严府想取回借据,但严贡生向黄索要几个月的利息。黄梦统说我不曾借本,何来利息?严贡生说因你的借据我二十两银子不能动了,你误了我大半年的利钱,所以该赔。黄梦统没话说,赶紧买酒买肉想和解,但严贡生执意不肯,硬是把黄梦统的驴、米和口袋一并抢去,而且不给字据。

两件事,对象都是社会最底层的老百姓,严贡生看他们好欺负,公然掠夺,其行径为拦路抢劫的强盗无疑。

其三,该付的账尽量少付直至设阴谋赖账

严贡生悭吝、抠门至极,平日里该付的钱也不想付,千方百计赖着不付或少付。

在省城,他攀上了一门好亲戚,二儿子娶了一个富家小姐。结婚的那天,按风俗,婆家有吹打的班子娘家才发轿,但时间到了吹打的却始终不来,原因是那天是个好日子,办喜事的人多,八钱银子还叫不动的班子,严贡生只给了二钱四分成色不足的银子,而且称银时还故意少给人家二分。这样待人,谁愿意来?!

更为恶劣的是,为了赖掉该付的钱,严贡生挖空心思设计谋用阴招害人。

在省城结婚后,要送新婚夫妇回老家。和船家讲好价钱是十二两银子,下船时付账。船行二三十里时严贡生忽然头晕起来,自称两眼昏花,口里恶心,吐出痰来。严贡生赶紧叫仆人拿云片糕来吃,吃了几片立马好了。剩下的几片他故意放在掌舵人的旁边,再也不去查点。掌舵的以为严家不要了,忍不住诱惑拿来吃了。船到岸,新郎新娘被送回家了,船家来讨工钱时,严贡生开始装模作样地找他的药。什么药?就是舵手吃掉的那几片云片糕。他声称那药如何如何贵重,费了几百两银子才配了一料。严贡生声色俱厉,坚持要船家赔偿,否则就要告到官府去。这可把船家吓坏了,赶紧磕头赔不是,请求高抬贵手,开恩放过。见此情形,严贡生借坡下驴,一边骂一边溜回家去。

这场戏设计精准,思虑周密,演得天衣无缝,无懈可击,让船家张嘴没话说。由此可以看出严贡生内心的阴暗阴险阴狠阴毒,他把读书得来的知识,全都用到如何坑人害人上了。

其四,以冠冕堂皇的理由霸占兄弟财产

严贡生家挥霍无度,时常亏空赊欠,而严监生却极度节俭,积下十万家私。无奈严监生有命无寿,早早撒手人寰,留下巨额财产给夫人和孩子。对这笔财产,严贡生心里觊觎,但苦于没有机会。后来,严监生孩子得病死了,严贡生感到机会来临,开始下手了。

按封建礼制,严监生家没有男孩,必须从严贡生家过继一个。严监生夫人赵氏想从严贡生家过继一个年龄小的,但严贡生不依,非要把刚结婚的老二过继给她。然后他命令让他家老二住正房,让赵氏搬出去住偏房。不但霸占房子,还要霸占弟弟家所有财产。他命令仆人将所有田产、利息账目连夜攒造清完,交与他审查过目。他大言不惭地说,我们乡绅人家,这些大礼是差错不得的。

严贡生如此霸道,冠冕堂皇的理由是赵氏只是他兄弟的妾,妾的地位仅仅高于仆人,没有资格继承遗产。因而他坚决不承认赵氏是过继儿子的母亲,而只让儿子称呼她为"新娘",让赵氏称他的儿子和媳妇为"二爷""二奶奶",媳妇来了让赵氏先过来拜见。严贡生这样做等于把兄弟家所有一切全霸占了。

但是,严贡生这么霸道既不合情理,也不合礼法。严监生的正妻去世后,赵氏是通过正式礼制由妾扶了正的,这是街坊邻居包括严氏家族都知道的,严贡生当然也是知道的。不过,严贡生为了霸占财产,完全不顾事实了。无限膨胀的利己主义使他丧心病狂,忘乎所以了。

其五，谎话连篇，投机钻营

作为读书人，严贡生深谙官场权力的作用，因而千方百计找机会投机钻营，攀附权力。他与张静斋和范进并不认识，但不知道从哪儿探得张静斋、范进二人要去拜见县太爷的时候，他突然出现在他们面前，大方热情地设宴招待他们。席间，严贡生言之凿凿地炫耀他和"汤父母"（县太爷）亲密无间的关系。说"汤父母"初来乍到的时候于众多人群中两眼只看他一人；他去谒见"汤父母"时受到超规格的热情接待；"汤父母"对他家"着实关切"，把他二儿子取为县考第十名，还问他业师是谁，是否娶亲等。事实是，严贡生所有炫耀都是子虚乌有，凭空捏造。

在炫耀和县太爷关系的同时，严贡生还不失时机地吹捧自己："实不相瞒，小弟只是一个为人率真，在乡里之间，从不晓得占人寸丝半粟的便宜，所以历来的父母官，都蒙相爱。"严贡生说这些话时张口就来，不假思索，用唾沫星子为自己贴上满脸黄金。

严贡生谎话连篇抬高自己的目的，是想通过张静斋、范进二位引起县太爷的注意，以便有机会从中牟利。

人生启悟

纵观严贡生的所作所为，说明他已经丧失社会良知，丧失读书人做人的道德底线，已经堕落为十足的流氓、无赖、恶棍了。平心而论，利己是人性的弱点，读书人有这样的弱点可以理解，但利己粗鄙无耻到严贡生这种地步，实在不多见。

严贡生虽然如此的无耻无赖无良，但在社会上却活得结结实实，自自在在，活得人模狗样，没人敢惹。这真应了社会上流行的一句话——我是流氓我怕谁。这种人从不会自我反省，当然更不会自我谴责，因为善恶是非观念在他这里完全颠倒了，众人以为耻的他没感觉,甚至以为荣了。不知廉耻,没有良心,他反倒"自由"了。这种人在任何时代任何社会都有,而且活得有滋有味。他们的存在说明社会机体有病了,需要心理医生治疗了。

后　记

　　中国古代文学名著太多了,需要解读分析的人物太多了。本书只解读分析了其中主要的一小部分,主要是神话和小说。解读神话是因为,神话是中华文化之源、民族文化之根,篇幅虽短小,但思想含量巨大,其中蕴含的传统文化基因,早已深深积淀在中华民族的灵魂深处;但我们往往重视不够,所以特意分析了其中几个著名人物,注重开掘其中的文化精神。

　　由于篇幅所限,许多名著及文体没有涉及,如《金瓶梅》《老残游记》等。已经涉及的也不充分,如四大名著,每本书的人物分析都可以单独成书,本书的解读只是择其要者。但"天下事",永远是"了犹未了,以不了了之"。如果有机会,留待以后继续讨论吧!

　　感谢我所供职几十年的河南大学文学院!感谢听过我的课的历届同学们!感谢关心、鼓励我的所有人!感谢读者朋友们!